创新托举梦想

《中国科学报》十九大报道作品集

陈　鹏◎主编

科学出版社

北　京

图书在版编目（CIP）数据

创新托举梦想：《中国科学报》十九大报道作品集 / 陈鹏主编. —北京：科学出版社，2018.3
　ISBN 978-7-03-030896-2

Ⅰ.①创… Ⅱ.①陈… Ⅲ.①新闻报道-作品集-中国-当代 Ⅳ.①I253

中国版本图书馆 CIP 数据核字（2018）第 029269 号

责任编辑：侯俊琳　牛　玲　张翠霞 / 责任校对：何艳萍
责任印制：徐晓晨 / 封面设计：有道文化
联系电话：010-64035853
电子邮箱：houjunlin@mail.sciencep.com

科　学　出　版　社 出版
北京东黄城根北街 16 号
邮政编码：100717
http://www.sciencep.com

北京建宏印刷有限公司 印刷
科学出版社发行　各地新华书店经销
*

2018 年 3 月第 一 版　开本：720×1000　1/16
2018 年 8 月第二次印刷　印张：21 3/4
字数：350 000

定价：98.00 元
（如有印装质量问题，我社负责调换）

编　委　会

序

一个伟大时代的到来，必将诞生伟大的思想为指引。党的十九大在擘画全面建设社会主义现代化国家的宏伟蓝图时，特别从战略高度强调了创新是引领发展的第一动力，是建设现代化经济体系的战略支撑，为新时代加快建设创新型国家和世界科技强国指明了方向。

科技和创新是这个时代最鲜明的主题。近现代以来，以数次科学革命和技术革命为标志，重大科学发现、重大技术突破层出不穷，推动了新兴产业的兴起和发展，催生了一批现代化科技强国。经过多年的积累和发展，我国科技创新能力和水平快速提升，产出数量位居世界前列，产出质量大幅提高，已成为具有重要影响力的科技大国，目前正处于从量的积累向质的飞跃、从点的突破向系统提升转变的重要阶段。中国在世界舞台综合国力的角逐中正在迅速崛起、崭露锋芒。

科技和创新是这个时代最伟大的事业。实现新时代中国特色社会主义的基本方略，就科技创新而言，就是到2035年科技实力有大幅跃升，跻身创新型国家前列；到2050年建成世界科技强国。届时，中国将成为全球创新的引领者，在前沿基础研究和战略高技术的主要领域成为全球科技创新中心。这也意味着，我国自主创新能力建设将获得长足发展，科技创新将实现历史性转变。

科技和创新也是这个时代最大的普惠。它们不仅深刻改变了我们的生活，也极大提升了中国在世界的地位，向世界分享着中国经验。自党的十八大以来，我国在基础科学研究方面作出了具有世界影响力的创新成就，在战略性高技术领域取得了一系列重大成果，在国防安全、大型客机研制、深海探测、信息技术、人工智能、超级计算机、人口健康和能源领域等方面取得了一系列重要进展。中国要强，中国人民生活要好，必须有强大的科技。科技创新为这个时代凝聚着动力、充实着内涵。

经略创新、征程跋趾。当前，我们正处于历史上最好的发展时期，已经具备跨越发展的基础和条件。持续、高强度的研发投入能力和全球规模最大的研发人员队伍，为科技创新提供了雄厚的基础；完整的工业体系和创新链条，为科技创新提供了关键保障；新一轮科技革命的战略机遇，为我国在更高起点上实现弯道超车创造了有利条件；建设现代经济体系、不断保障和改善民生也为科技创新提供了强劲需求与动力。

伟大事业托举伟大梦想，伟大梦想肩承伟大责任。全面学习贯彻党的十九大精神，重点是用习近平新时代中国特色社会主义思想武装头脑、指导实践、推动工作，把广大科研人员的思想统一到党的十九大精神上来，把力量凝聚到党的十九大确定的各项任务上来。要在全面从严治党上发挥领率作用，严守党的政治纪律和政治规矩，遵守组织纪律、廉洁纪律、群众纪律、工作纪律、生活纪律，同以习近平总书记为核心的党中央保持高度一致，落实好习近平总书记对中国科学院提出的"三个面向""四个率先"目标要求，加快建设创新型国家、社会主义现代化强国。必须激发广大科技工作者的聪明才智，以重大创新产出为导向，在事关国家全局和长远发展的重大创新领域，加快突破，迎头赶上，推动自主创新能力整体跃升。必须动员组织全社会最广泛的力量，普及科学知识、培育科学文化、营造创新氛围、厚植创新土壤，让科技创新成为社会发展的鲜明底色，让创新的车轮行进得更加稳健迅捷。

党的十九大的召开，是一个新时代开启的标志性节点，更是一个擘画蓝图、书写未来的重要时刻。中国科学报社精心策划、部署了所属报刊网和新媒体的十九大报道工作。从 2017 年 7 月份开始，陆续以综述、专访、评论、案例报道、署名文章等形式，聚焦党的十八大以来的创新成就，讴歌创新驱动的新时代的到来。"点赞新成果 迎接十九大""创新前行大家谈""十九大代表风采录""喜迎党的十九大特别报道""科观中国：对标十九大 畅谈新变化""科技界热议党的十九大报告"等系列报道、系列评论，着重展现了以习近平同志为核心的党中央对科技发展的重要指示和重大部署、对科研工作者的期待和关怀，充分展示了科技领域在国家飞速发展的背景下取得的一系列重大成就，突出显示了科技界特别是中国科学院自党的十八大以来取得的重大科技成果，这些成果为我国经济社会发展提供了强有力的支撑作用。这些报道的推出，不仅体现了我国科技事业蓬勃发展的态势，更对未来科技创新的重点领域方向进行了前瞻，为盛会的召开营造了浓厚的氛围，同时也获得了良好的社会反响。

伟大的时代需要卓越的思想者、创造者，同样也需要敏锐的记录者、眺望者。探索科学，把握创新，需要科技媒体勇立潮头鼓呼激扬，更需要社会每一分子激发创新创造的自觉，在时代洪流中努力实现不一样的价值、绽放出不一样的色彩。

（作者系中国科学院院长、党组书记）

目 录

第五篇 钟科平系列

第九篇　凝心聚力　践行新时代新使命

第十篇　2017，我在现场

第一篇　点赞新成果　迎接十九大

★ ★ ★ ★ ★

创新激发活力，科技成就梦想。从"蛟龙"入海到"墨子号"上天，从大亚湾中微子实验到气候变化碳收支研究，从人工智能到干细胞与再生医学……党的十八大以来，以习近平同志为核心的党中央坚定创新自信，砥砺奋进。我国的科技事业蓬勃发展，一批重大科技成果竞相产生，彰显了我国科技实力的迅猛提升。

本篇充分回顾五年来科技界在开展基础前沿研究、完成国家重大科技任务、服务创新驱动发展等方面的卓越成绩，进一步展示中国科学院人勇于担当，在战略性先导科技专项上取得的丰硕成果。

碳专项：勇担历史使命　迎战气候变化[*]

李晨阳

在办公室里，中国科学院大气物理研究所研究员廖宏向记者展示了一张全球气候变化图，上面深紫和猩红的点状分布显示了增暖效应明显的地区。她解释说，中国正处于西伯利亚—蒙古特大增暖区的下风边缘，是受近百年来人类活动所致全球变暖影响较大的区域。采取积极行动，应对气候变化，将是中国科学家肩上不容卸下的使命。

自 2011 年起的 5 年间，包括廖宏在内，来自中国科学院及高等学校、部委所属 98 个研究院所的 4000 余名科研人员，都投身于中国科学院战略性先导科技专项"应对气候变化的碳收支认证及相关问题"（简称"碳专项"）研究，产出了一批重大科研成果。

▶ 五大任务群挑起艰巨使命

"碳专项"启动于 2011 年哥本哈根气候大会之后。专项首席科学家、中国科学院院士吕达仁告诉《中国科学报》记者，它的初衷在于为国家应对气候变化提供基础数据、科学知识和技术支撑，包括对中国碳排放的数量、来源、趋势及预期减排强度等进行定量测算。

这无疑是一项艰巨的任务。相应地，"碳专项"的规模也非常惊人——总投资达 8 亿元，由五大任务群组成，下设 15 个具体项目。

科学家面临的第一个难题是如何编制中国自己的碳排放清单。这既是全面掌

* 本文发表于《中国科学报》2017 年 8 月 23 日第 1 版（要闻），作者李晨阳为《中国科学报》记者。

握与管理我国碳排放的必然要求，也是应对气候变化的重要决策依据。在国际谈判桌上，一张科学、严谨、有说服力的碳清单能大大提升国家的话语权。

"排放清单任务群"基于我国能源消耗、自然过程、土地利用及畜牧业等特点，构建了能源消费与水泥生产排放、土地利用与畜牧业的甲烷和氧化亚氮排放、自然过程碳排放的实测系统，再加上一颗冉冉升空的"碳卫星"，形成了天地一体化的碳排放核算和监测体系。"生态系统固碳任务群"对国内各类生态系统的碳储量和固碳能力进行了系统的野外调查；"气候敏感性任务群"充分研究了过去时期的气候变化，用更丰富的资料和更严格的分析方法建立起全新的温度变化数据序列，并发展和完善了中国科学院气候系统模式；"影响与适应任务群"在深入分析历史记录的基础上，评估未来 50 年内典型地区重要产业经济、系统适应气候变化的策略和措施；"绿色发展任务群"则着重于探讨国家应对气候变化的碳管理与可持续发展权衡的国家战略、制度设计和调控政策。

统纳全国的空间尺度和纵贯万年的时间尺度，都对参与"碳专项"的科技工作者们提出了极大挑战。那么，他们要怎么盘活这样一局大棋呢？

▶▶ 创新模式盘活空前布局

吕达仁解释说，专项涉及了遍及全国的温室气体、气溶胶排放、生态固碳调查测量与分析，需要得到具有全国代表性的各类精确数据，并采用国际先进的观测仪器、观测与分析方法和规范，得出国际科学界认可的科学数据和统计结果。这是一项宏大且极为繁重的科学工程与调查。

以气溶胶地面浓度观测网为例，研究者共布设了 20 个一级观测站和 16 个二级观测站，其中不乏一些地处西藏阿里、珠穆朗玛峰等偏远地带的站点。有些位置过于偏僻的站点，人力紧缺，不时还会发生突然断电等意外，这些都给项目的开展造成了重重困难。

面对规模空前的项目，中国科学院的创新管理模式把"不可能"变成了"可能"。廖宏回忆说，在项目进行过程中，中国科学院副院长丁仲礼会随时针对某一个具体的科学问题召开专题研讨会，群策群力，力求在最短时间里拿出解决方法。"实践证明，这是非常有效的方法。"廖宏说，"这种模式激发了每个人的积极性和创造力，把一个大项目中的重要细节问题都落实到位"。

"碳专项"不光尺度大，涉及的领域也极为广泛。中国科学院上海高等研究院研究员魏伟告诉记者，在推进"能源消费与水泥生产碳排放项目"的过程中，他们需要走进众多企业，进行测试和调研。如何争取企业的积极配合，是项目中最为关键也最具有挑战性的工作。项目启动之初，在中国科学院的支持下，项目组积极联系了国家发展和改革委员会等众多部门。

国家发展和改革委员会应对气候变化司向各类大型企业出具的数百份介绍函，帮助科学家们叩开了这些企业的大门，但是仍有一部分企业表现出抵触情绪。科技人员只能进一步联系地方政府，启动各方人脉，和它们逐一沟通。"这项烦琐的工作一直贯穿整个项目。"魏伟说。

▶ "先导"开启气候研究新篇章

在"碳专项"的科技目标与科研管理验收会议上，中国科学院副院长相里斌指出，"碳专项"取得的进展只是阶段性的，后续还应积极争取国家"十三五"科技重大专项甚至未来持续部署的应对气候变化相关项目，同时加强对专项成果的总结凝练，进一步发挥专项成果对国家政策制定、创新驱动发展、新旧动能转换等方面的科技支撑作用。

作为中国科学院的战略性先导科技专项，"碳专项"最大的价值就在于其"先导性"。

2017年5月初，廖宏作为特邀专家，参与了联合国政府间气候变化专门委员会（IPCC）《第六次气候变化评估报告》（AR6）规划大纲的编制。"在大纲里，我看到很多'碳专项'关注的科学问题和关键词直接出现在 AR6 的章节标题当中。"廖宏说，"这是先导性的重要体现。"

几年间，"碳专项"的一系列研究成果在国内外收获了广泛的认可和赞誉，其中部分成果已被 IPCC《第五次气候变化评估报告》采用；项目获得的海量数据已经实现全球共享，被大量下载、分析和使用；专项团队在国际顶级期刊上发表了大量高水平学术论文。

　　迄今，"碳专项"的相关成果已经开始影响国家决策，并为我国参与气候谈判提供了一系列科学技术上的支持和有价值的建议。在"碳专项"的带动下，一大批国家重点研发项目纷纷立项，更加深入、更加具体的后续研究正在如火如荼地开展。

FAST：凝聚中国创新　倾听宇宙声音*

赵　睿

"记得刚到 FAST 的时候，那里只有一个硕大的天坑，周围什么都没有，一片荒凉。从坑底走上来，需要一个多小时的时间。"500 米口径球面射电望远镜（简称 FAST）馈源支撑系统助理工程师李铭哲曾这样描述过。现在，当你驱车前往克度镇这个偏僻的黔南小镇，再穿过一道道的狭窄山口，到达一个名叫"大窝凼"的喀斯特洼地时，视野就会被一个 500 米直径的白色钢环填满，那是史上最大望远镜的圈梁。

从 1994 年开始，中国科学院国家天文台联合中国科学院遥感与数字地球研究所、西安电子科技大学、清华大学等 30 所科研单位和高等学校，投入到中国科学院战略性先导科技专项"500 米口径球面射电望远镜"（FAST）建设中。这项历时 22 年的大科学工程于 2016 年 9 月 25 日正式竣工，习近平主席致信祝贺。这给中国科技工作者以巨大的鼓舞，也将中国天文学研究推向了一个更为深广的世界。

▶ 廿二载铸就"中国天眼"

"根据国际大环境和我国特有的地理条件，中国天文学家提出在贵州喀斯特洼地中建造大口径球面射电望远镜的建议和工程方案。" 中国科学院国家天文台副研究员岳友岭告诉《中国科学报》记者。

1994 年 6 月，FAST 选址工作启动，FAST 首席科学家兼总工程师南仁东和

* 本文发表于《中国科学报》2017 年 8 月 31 日第 1 版（要闻），作者赵睿为《中国科学报》见习记者。

他的同事们开始了长达十余年的预研究工作。为了找到最适合的建造位置，项目组成员通过卫星获取和分析了上千个洼坑的数字地形模型（DTM）地图。在没有道路的情况下，他们的足迹踏遍了上百个窝凼和洼坑。最终，地址确定为贵州省平塘县的大窝凼。

2005 年 11 月，中国科学院召开院长办公会议，南仁东在会上为 FAST 申请立项并得到通过。2007 年 7 月国家发展和改革委员会批复 FAST 工程正式立项，开始了长达 9 年的设计和建造。

FAST 的设计目标，是把覆盖 30 个足球场的信号，聚集在几厘米大小的空间里。只有这样才能监听到宇宙中微弱的射电信号。百米口径已接近全可动射电望远镜的极限，建造如此巨大的射电望远镜，国际上没有先例，而 500 米口径的结构要实现毫米级精度，也前所未有。

▶ "超级工程" 击破技术难题

FAST 是目前世界上唯一一个完全利用变形反射面工作的射电望远镜，500 米的反射面板中有 300 米的区域实时变形成抛物面，这样就能接收来自不同方向的电磁波。而 FAST 能动，靠的就是 2200 多根下拉索。FAST 一生中每一根下拉索至少要被反复拉伸几十万次，这对下拉索的质量要求特别高。

"工程上要解决的就是钢索耐疲劳问题。在 FAST 30 年的生命周期里，钢索要不断地被拉伸，需要的钢索的耐疲劳强度要达到 200 万次，当时世界上没有任何一个国家能生产这种钢索。"岳友岭说，团队做了多次实验，最终突破了这项技术难关。

钢索的研发成功，促成了 12 项自主创新专利成果的形成。世界上跨度最大、精度最高的索网结构在 FAST 工程上得以成功运用。

"为了保证望远镜不受电磁干扰，我们对所有的电气设备都进行了评估和电磁防护。"中国科学院国家天文台高级工程师甘恒谦向记者解释。在 6 个塔顶上，为了监测钢丝绳和滑轮的安全要安装一台摄像机，在对摄像机进行电磁屏蔽的同时需要给镜头留出一个窗口观测钢丝绳和滑轮运转的情况。"屏蔽玻璃，是一种中间夹很细的金属丝网的双层玻璃，其金属丝细到肉眼无法分辨，它既满足摄像要求，又满足电磁屏蔽的要求。利用这种屏蔽玻璃生产出来的摄像机屏蔽舱，最后它的屏蔽效果达到 80 分贝，基本达到业界最高水平。"

像这样创新的例子，在 FAST 的建造过程中不胜枚举。FAST 由主动反射面、馈源支撑、测量与控制、接收机与终端、台址、观测基地六大系统组成，每一个系统里又有很多个子系统，每一个子系统里又有很多个装置。科学工作者用了 22 年的时间，自主设计、自主研发了 FAST 的绝大部分技术。

▶ 助力探索宇宙奥秘

南仁东曾经说过，现在我们侦测到的约 2000 颗脉冲星，全都是银河系内的。别的星系想必也有脉冲星。所以 FAST 会对准别的星系，发现更远、更奇特的脉冲星，研究它们的物理性质。

FAST 还可能观测到宇宙中最丰富的元素——中性氢云团的运动。所谓中性氢，就是宇宙中未聚拢成恒星发光发热的氢原子。通过观测中性氢信号，就能获知星系之间互动的细节，还可能发现早期宇宙中刚刚形成的氢是怎么运动的，从而为宇宙演化史提供线索。

未来会形成 FAST 望远镜参与组成的太空探测测控网，其测控能力可以延伸到太阳系的外沿，将深空通信数据下行速率提高几十倍。脉冲星到达时间测量精度由目前的 120 纳秒提高至 30 纳秒，成为国际上最精确的脉冲星计时阵。

FAST 的意义不仅限于科学研究上的探索与突破，它对伴随着此类大科学工程成长起来的人也产生了巨大的影响。甘恒谦说："人才培养是我们这种单位的优势，我们自己的学生有很多通过参与这个项目，已经在望远镜的调试和维护中担任重要角色。"

目前，FAST 处在整体调试阶段。未来将有能力巡视宇宙中的中性氢、探测星际分子、观测脉冲星、搜寻星际通信信号，天文学将注定有更多的突破。

实验卫星：空间科学"群星"闪耀[*]

高雅丽

从"悟空号"暗物质粒子探测卫星到"实践十号"返回式科学实验卫星，从"墨子号"量子科学实验卫星到"慧眼号"硬 X 射线调制望远镜卫星，5 年来，我国已成功发射多颗科学实验卫星，取得了一批先进科研成果。

工欲善其事，必先利其器。国家主席习近平在 2016 年和 2017 年新年贺词中两次提到科学卫星，表明他对我国空间科学领域进展的高度关注。"十二五"期间中国科学院实施空间科学战略性先导科技专项，让空间科学研究迈上新台阶。

▶▶ 量子科研领跑世界

2017 年 6 月 16 日，"墨子号"在国际上率先实现千公里级的星地双向量子纠缠分发，并在此基础上实现空间尺度下严格满足"爱因斯坦定域性条件"的量子力学非定域性检验，相关成果以封面论文形式发表于《科学》。

2017 年 8 月 10 日，"墨子号"在国际上首次成功实现从卫星到地面的量子密钥分发和从地面到卫星的量子隐形传态，标志着"墨子号"提前并圆满实现预设的全部三大科学目标。

从 2003 年中国科学技术大学潘建伟团队提出利用卫星实现星地间量子通信、构建覆盖全球量子保密通信网的设想，到 2011 年年底中国科学院战略性先导科技专项"量子科学实验卫星"立项，再到 2016 年"墨子号"上天，我国在量子科技创新方面已成长为"领跑者"。

---

[*] 本文发表于《中国科学报》2017 年 9 月 5 日第 1 版（要闻），作者高雅丽为《中国科学报》见习记者。

"墨子号"量子科学实验卫星项目首席科学家潘建伟院士认为："我国可以迅速决策并凝聚相关的队伍和资源，让'墨子号'能够在短短几年内得以上天。这种协同创新的巨大力量将会是未来支撑中国走向世界科技强国的强大动力。"《地星量子隐形传态》论文第一作者、中国科学技术大学副研究员任继刚亲历了量子通信领域的发展历程。任继刚在量子科学实验卫星项目中担任科学应用系统主任设计师，他和团队负责地面站望远镜工程，验收了5个地面站中的4个，包括河北兴隆站、新疆南山站、青海德令哈站和西藏阿里站。

下一步，该团队将在星地双向量子纠缠分发的基础上进行贝尔态测量，实现相距遥远的两个地面站之间的量子隐形传态。"'墨子号'还会飞行1年时间，不久前我们在青海湖实现了白天远距离（53公里）自由空间量子密钥分发。接下来，我们还会作研究，让卫星在白天也能够'上岗'。"任继刚说。

▶ "火眼金睛"探测暗物质粒子

"目前，暗物质粒子探测卫星工作在预定的巡天观测模式已获得31亿个高能粒子事件，在观测宇宙高能电子能谱及结构方面取得了重要结果。科学家团队正在对宇宙质子、氦核数据进行分析，预计今年（2017年）内可以发表质子、氦核观测结果。"暗物质粒子探测卫星总指挥朱振才告诉《中国科学报》记者。

2015年12月17日，暗物质粒子探测卫星"悟空号"在酒泉卫星发射中心发射。至2017年8月，它已经在500公里的太阳同步轨道上运行了近20个月。朱振才表示，经过在轨测试，卫星所有指标达到或优于设计指标，有效载荷关键指标超过国际同类探测器水平，能量分辨率达到世界第一。

暗物质粒子探测卫星总设计师李华旺介绍，"悟空号"在太空中主要开展高能电子及高能伽马射线探测任务，探寻暗物质存在的证据，研究暗物质特性与空间分布规律。"我国暗物质卫星的优势在于观测的能量范围最宽，能量分辨率最优，是阿尔法磁谱仪（AMS）和电子对望远镜（CALET）的两倍以上。"他解释说，"能量范围和能量分辨率其实存在矛盾。像人的眼睛一样，看远处时视野范围变宽，但观察不到细微之处；看近处细微事物时视野范围就变窄了。而'悟空号'在这两方面都做到了最优。"

"悟空号"是空间科学战略性先导科技专项发射的首颗卫星，研制团队想尽各种办法降低成本。在与记者的交谈中，朱振才和李华旺不约而同地提起了为卫星"量体裁衣"的经过。为控制卫星重量，无数方案提出又被否定，研制团队最终确定了"以载荷为中心，一体化设计"的全新理念，姿态控制、电源热控等卫星平台设备包裹在有效载荷周围，最终整星重量为 1.85 吨，有效载荷达 1.41 吨，节约了数千万元的运载成本。

▶ 团结的空间科学"梦之队"

2015 年 12 月，发射前一周，"悟空号"被放置在塔架上。

"卫星平台某个传感器的信号与地面测试有差异，可能需要把卫星卸下来返回厂房检测，消除疑点。"

"你是总指挥，工程上的事情，你作的任何决定我都支持，有什么问题，我们一起担。"

与中国暗物质粒子探测卫星首席科学家、中国科学院紫金山天文台副台长常进的这段通话，让朱振才记忆犹新。"我们是一支非常团结、互相信任的队伍。"

"墨子号"团队同样如此。任继刚说："团队在一起十来年，大家合作很愉快。潘建伟老师在学术上非常严谨，要求很严格，但在生活上对大家十分关心。"

"你在地球的轨道里，自由地飞/我在地面的山顶上，寒风在吹/如果天黑之后来得及，我要望着你的眼睛/奋斗一生，完成我们的梦/一路顺风，我们的量子卫星。"中国科学院副研究员曹原对这首改编的《量子星》之歌印象尤为深刻。在 2016 年中国科学院院内的活动上，曹原是这首歌的主唱之一。"唱这首歌的时候非常自豪，当时卫星完成了在轨测试，大家心里比较踏实，现在这首歌已经成了我们的组歌。"

朱振才还担任了"墨子号"量子科学实验卫星系统总设计师，在他看来，科学卫星的研制能在很大程度上体现技术进步对科学发展的推动，用成熟的技术支持新的科学探索和实验。

中国科学院空间科学中心主任吴季最近撰文指出，空间科学卫星系列就是新时期的"两弹一星"任务。中国科学院在空间科学战略性先导科技专项中，对"十三五""十四五"期间的科学卫星进行了安排和部署。

目前，中国科学院与欧洲空间局联合支持的太阳风-磁层相互作用全景成像卫星（SMILE）已立项实施，"爱因斯坦"探针卫星（EP）、先进天基太阳天文台卫星（ASO-S）正在立项综合论证。未来，中国将继续向空间科学最前沿进发。

海洋先导：铸科技利器　探深海大洋*

陆　琦

2017 年 8 月底，"科学"号海洋科学综合考察船完成对西太平洋卡罗琳海山的考察任务返航。"这是人类首次对这座海山进行科学考察。"航次首席科学家、中国科学院海洋研究所研究员徐奎栋难掩内心的激动，"我们采集到许多未知新物种，如高度超出 1 米的海绵和珊瑚……"

该航次执行的是中国科学院战略性先导科技专项"热带西太平洋海洋系统物质能量交换及其影响"（WPOS，简称海洋先导专项）的科考任务。这是中国科学院有史以来在海洋领域投入最大的一个项目。

▶▶ 聚焦西太

海洋科学涵盖范围极其广泛，给海洋先导专项的部署提供了众多选择。用专项首席科学家、中国科学院海洋研究所所长孙松的话来说，对海洋先导专项进行总体设计，是"一件非常令人头疼的事情"。

"近海研究有良好基础但体现不出先导性，深海研究是发展方向但面临极大挑战。"孙松说，"考虑到我国对海洋科技的需求以及海洋领域的国际前沿问题，如何体现海洋科技领域的'先导性'是我们首先要解决的问题。"

我国海洋研究起步晚，受到海洋意识、综合国力和探测装备等限制，海洋研究大多局限于近海资源与环境的研究，对深海大洋的研究鲜有涉猎，且有限的调查研究仅限于大洋上层。因此，我国对全球海洋，特别是深海和大洋的动力环境、

---

* 本文发表于《中国科学报》2017 年 9 月 6 日第 1 版（要闻），作者陆琦为《中国科学报》记者。

资源状况缺乏系统了解。

海洋先导专项将目标锁定在西太平洋。热带西太平洋是比邻我国的大洋，是我国从近海走向大洋的必经之路。"开展西太平洋的研究将对气候变化、邻近大洋对中国近海环境的影响以及深海探索具有重要意义。"为此，2013年中国科学院正式启动海洋先导专项，首次将西太平洋作为一个系统进行研究，并确定聚焦四个方面的研究内容，包括：①热带西太平洋海洋环流与热量传递，重点研究海气相互作用，提高气候预报的准确性；②黑潮变异对我国近海生态环境的影响；③西太平洋深海极端环境与生命过程；④科学目标驱动下的海洋设备研发。

▶ 系统攻关

中国科学院的战略性先导科技专项有一个共同特点，即定位于解决关系国家全局和长远发展的重大科技问题，集科技攻关、队伍和平台建设于一体，形成重大创新突破和集群优势。

海洋先导专项也不例外。该专项依托中国科学院海洋研究所、中国科学院南海海洋研究所、中国科学院烟台海岸带研究所、中国科学院沈阳自动化研究所和中国科学院大气物理研究所等单位，联合国家海洋局第一海洋研究所、第二海洋研究所、第三海洋研究所等优势力量，开展联合攻关。

"它不仅涉及气候变化，也涉及近海与大洋的相互作用、深海与表层海洋相互作用以及深部海洋的探索。"孙松说，"从立体看，是从深海到表层、海气相互作用；从水平看，涉及大洋和近海；在学科上，涉及物理海洋学、化学海洋学、生物海洋学和海洋地质学。"

概括而言，就是以热带西太平洋为主要研究区域，兼顾东印度洋和印度尼西亚贯穿流，从"海洋系统"的视角开展综合系统调查研究，推动我国深海大洋理论与技术体系的构建和发展。

海洋研究离不开考察与观测装备。海洋先导专项办公室主任、中国科学院海洋研究所副所长李超伦告诉《中国科学报》记者，不同于一般的设备研发项目，专项的设备研发是在科学目标引导下，研发海洋探测与研究急需的装备，做到能用、好用、系列配套、综合配置，不单纯强求指标的先进性，突出实用性和可靠性的提高。

2017 年 7 月，"科学"号搭载我国自主研发的水下滑翔机、自主式无人潜水器等系列海洋探测设备开展可靠性验证。

"这是中国首次使用多台（套）系列深海探测设备开展多平台协同综合立体观测。"李超伦表示，这些设备显示了一个国家的海洋科技水平，从国外很难买到，通过"多兵种作战"，为科学家综合分析提供多方面的信息和数据。

▶ 前瞻引领

截至 2017 年 9 月，"科学"号已在海上工作超过 900 天，航行 1.2 万余海里，回收布放深海潜标 73 套次，"发现"号 ROV 深海机器人（水下缆控潜水器）下潜 126 次，获取冷泉、热液、海山等深海极端环境调查数据已逾 5.2Tb，深海地质样品 3 余吨，大型生物样品 3000 余号，综合调查站位已逾 450 个。

由海洋先导专项布放的深海实时传输潜标观测数据已连续实时回传 250 余天，创造了国内外有明确文献记录的实时获取深海数据的最长工作时间；在国际上率先开展热液喷口流体温度梯度原位探测，在马努斯热液区探明 20 余个热液喷口，最高温度 344℃……

面对这些成绩，孙松却在思考一个问题：专项做完后我们可以留下什么？

北京市副市长、中国科学院原副院长阴和俊曾在海洋先导专项启动会上强调，专项应做到"专项目标要明确，产出要可考核，成果要用得上，应用要能产生重大影响"。

"发表文章是一方面，更有必要的是长期影响力。"孙松的目标是：建立国际一流的深海研究平台，形成综合性的海洋探测与研究体系；与此同时，打造一支具有国际先进水平的深海科学研究与技术研发创新团队，促进我国深海高新技术进步，实现海洋科技跨越发展，为建设海洋强国提供科技支撑。

英国《自然》期刊曾两次跟踪报道海洋先导专项，称"中国已经完全具备开展深海研究的能力""是 600 年前郑和下西洋之后中国人的又一个创举"。

孙松相信，随着时间的推移，专项的后续影响会更大。

超级"激光剑":剑指大气的深层奥秘[*]

——全球首套全(中性)大气层多成分、 多要素大型地基综合探测系统演示成功

王佳雯

2017 年 9 月 8 日夜,在中国科学院大气物理研究所淮南研究院院内,三条绿色的激光从形状如集装箱的方舱内射出,如同科幻电影《星球大战》中的激光剑一般指向苍穹。

不过,这并非绝地武士的武器,而是科学家用于解开大气奥秘的新手段——中国科学院大气物理研究所牵头自主研制的全球首套全(中性)大气层多成分、多要素大型地基综合探测系统(APSOS)。

▶ 解锁大气奥秘的新钥匙

雷暴、台风、暴雨,2017 年这个夏天,频繁出现的极端天气不同程度地影响着人们的工作与生活。

而过去百年间,对气候变化的研究,在数值模拟与数值预测的基础上对大气层结构、成分、过程与变化的全球性长期监测越来越倚重。若要解析气候变化的原因,继续维持和发展大气探测系统是重要的基础。

APSOS 项目首席科学家、中国科学院院士吕达仁告诉《中国科学报》记者,长期以来科学家一直用自动站网、遥感探测等手段进行大气探测,但目前却没有

＊ 本文发表于《中国科学报》2017 年 9 月 12 日第 1 版(要闻),作者王佳雯为《中国科学报》记者。

一套科学装置可以实现在垂直方向上对全（中性）大气层的主要要素获取较全面的高垂直分辨率和高时间分辨率的长期连续观测资料。

"大气科学发展包括对空间科学的认识，1960 年以来世界各国已做了很多工作，但是一个定点如此高分辨率同时观测多个大气要素的研究目前还没有。"吕达仁说。而这对更清晰地认识气候、环境变化所依托的大气机理至关重要。

由 5 台激光雷达、1 台毫米波测云雷达、1 台太赫兹超导辐射波谱仪和 1 台组合望远镜构成的 APSOS，为科学家探究全球气候变化原理的"工具箱"增添了一个长期连续观测大气多要素的新工具。

▶ 把大气层"切割"开来

从外观上看，由 4 块 1.2 米直径的镜面拼接而成的组合望远镜盘踞在 APSOS 中央，对不同要素进行探测的方舱则众星捧月般环绕在它的周围。这套呈放射状的系统，将采用主、被动遥感结合的方式，对"大气温度、湿度变化、大气污染、大气运动"等要素进行深度"切割"。

专家介绍，从方舱发出的激光、微波和太赫兹遥感探测信号，与大气不同物质发生相互作用，散射回来的光信号由光学望远镜接收，再被光电探测器转化为电信号。基于不同的激光雷达原理，通过处理接收到的信号就能得到不同探测物质的含量，还可以利用多普勒效应获得大气温度和风场信息。

最终，科学家关心的大气要素都会呈现在 APSOS 综合数据分析和可视化平台上，成为可被研究用户直接应用的产品。

中国科学院大气物理研究所助理研究员王一楠介绍称，已经搭建好基础框架的可视化平台能够实现每 5 秒一个数据的同步更新，并将实现对系统运行情况的远程控制。

"这套系统的目的是在地面上放多个垂直方向的观测设备，测量从地表最高到 100 公里高度大气要素的垂直分布和时间变化。"吕达仁说。

包裹着地球的大气层按高度可分为对流层、平流层、中间层、热层和逃逸层。热层的大气因受太阳辐射影响，温度较高，气体分子或原子大量电离，具有导电特性，故又称为电离层。科学家把距离地面 100~800 千米的热层以下不带电的大气层称为中性大气层，这也是 APSOS 系统的工作范围。

中国科学院大气物理研究所研究员潘蔚琳以气溶胶探测为例介绍说，在全中性层范围内，激光 1 秒钟打 30 个脉冲进而形成大气距离分辨率，把大气每间隔 30 米切割成块，以获得精确的大气气溶胶信息。

"当在一个方向上有足够多的要素、足够高的分辨率时，就相当于知道了形成大气过程的物理要素、大气动力要素。"吕达仁强调，这样的资料积累对大气研究至关重要。

▶ 站得更高　看得更远

在现场演示会上，APSOS 得到了国内同行专家的一致认可。该系统将在演示后投入位于我国西藏的海拔 4300 米的羊八井国际宇宙线观测站。

"西藏是中国对全球气候变化研究的重点地区，高海拔有利于探测更多的大气要素，更能体现设备的科学价值和资料价值。"吕达仁说。

但如此精密的仪器如何在西藏长时间、稳定运行仍存在着挑战。

潘蔚琳在气溶胶方舱内向记者介绍设备工作情况时指出，高原散热、激光器维护都将是设备在西藏地区运行期间所面临的问题。

"最大的问题是激光器，为了获得好信号，激光器都是最高配置，对技术要求比较高。"潘蔚琳说。不过她表示，在维护得当的情况下，激光器可保持七八年的使用寿命。

虽然目前激光雷达无法在白天和雷雨天工作，且一套系统只能实现一个点的大气探测，但它具备长时间、连续稳定对大气多要素进行深度探测的优势，还是让专家对其发展充满期待。

吕达仁希望，未来有更多这样的设备，打造更多可以深度解析大气信息的"探测点"，为国内外相关研究提供更翔实的数据。

"我们希望在淮南再发展一套，并且我们的资料会向国内外科学家发布，欢迎科学家一起做观测和加强实验，这是我们的承诺也是我们的愿望。"吕达仁说。

"江门中微子实验"专项：
拓展"幽灵粒子"研究新空间*

倪思洁

熟悉中国科学院战略性先导科技专项的人都知道，自 2011 年起，中国科学院组织实施了战略性先导科技专项（简称先导专项），并把它分成了 A、B 两类，A 类侧重于前瞻战略科技，B 类侧重于基础与交叉前沿方向布局。

不过，细心的人会发现，在 A 类先导专项的名单里，有一个特殊的条目——"江门中微子实验"。与所有其他专项都不同，"江门中微子实验"专项只为一项实验而设。

回望过去，这个特殊的先导专项，曾因独特的国际竞争而提前诞生。5 年来，它一步步为撑起中国中微子研究的新辉煌而前行。

▶ 提前 5 年启动的项目

江门中微子实验先导专项的诞生，还要从大亚湾实验说起。

2007 年 10 月，大亚湾反应堆中微子实验开工。热衷于"走一步看三步"的科学家们一边建着大亚湾工程，一边盘算着下一步还可以做点什么。

中国科学院高能物理研究所所长王贻芳和研究员曹俊提出的"中微子的质量顺序测量"方案很快成为二期实验的首选。不过，二期实验能不能做，取决于一个前提——大亚湾中微子实验测出的中微子振荡几率一定要够大。

2012 年 3 月 8 日下午 2 点，中国科学院高能物理研究所召开了一场新闻发布

---

* 本文发表于《中国科学报》2017 年 9 月 27 日第 1 版（要闻），作者倪思洁为《中国科学报》记者。

会，王贻芳向世界宣布，大亚湾中微子实验测到了中微子第三种振荡，振荡几率为9.2%。这一结果远远超过他们最早期待的1%～3%。科研人员心里有数了："后续的中微子实验能做！"

最终，实验选址广东江门，距阳江和台山反应堆群皆为约 53 公里，原先的"大亚湾中微子二期实验"更名为"江门中微子实验"。

让人意想不到的是，项目的启动比预期提前了 5 年。"2008 年时，我们预计如果大亚湾中微子实验结果比较好，十年后可以启动后续研究。"曹俊说。

大亚湾中微子实验结果公布之后，中微子质量顺序测量成为下一步的研究热点。美国、日本，甚至印度都逐渐明确了下一步的计划。"我们如果走常规的经费支持申请渠道，新的研究项目批下来至少还要四五年，到那时，这事儿就黄了。"曹俊说。

于是，他们申请了先导专项的支持。2013 年 2 月 1 日，唯一一个以单一实验项目为内容的战略性先导科技专项成立了。根据科学目标，"江门中微子实验"工程建成后将着力解决国际中微子研究中下一个热点和重大问题——中微子质量顺序，同时开展超新星中微子、地球中微子、太阳中微子等一系列国际领先的天体物理研究，以巩固我国在中微子研究领域的国际领先地位。

▶ 关键器件已实现国产化

项目启动，技术挑战也随之而来。大亚湾中微子实验项目积累下来的经验，虽然为"江门中微子实验"项目建设提供了支撑，但无法解决新出现的所有技术问题。科研人员要面对的第一大挑战，就是高量子效率光电倍增管的研发。

中微子看不见、摸不着，极难探测，被称为"幽灵粒子"。要想探测中微子，就需要极弱光探测技术，即光电倍增技术。该技术可以检测微弱光信号，具有极高的灵敏度和超快的时间响应，就像猎手敏锐的猎眼。光电倍增管是粒子物理及核物理实验的关键通用部件，其主要作用就是将光信号转换为电信号。

当初，大亚湾中微子实验采用了 2000 多支 8 英寸[①]口径光电倍增管，都是由

---

① 1 英寸=2.54 厘米。

美国合作者从日本购买的。

"对于江门中微子实验，这样的光电倍增管已经达不到要求。我们在 2008 年提出实验设想时就意识到了这个问题，设计了新型光电倍增管，启动了技术研发。但项目提前启动给研发工作带来了巨大的压力，直到 2015 年年底，我们仍然心里没有底，到底能不能成功。"曹俊告诉记者。

2011 年年底，由中国科学院高能物理研究所牵头，北方夜视技术股份有限公司、中国科学院西安光学精密机械研究所、中核控制系统工程有限公司和南京大学等单位组成了产学研合作组。

4 年时间，他们攻克了高量子效率的光阴极制备技术、微通道板、大尺寸玻壳等多个技术难点，最终研制出量子效率、收集效率和单光电子峰谷比等关键技术指标达到国际领先水平的样管。

2016 年 11 月，国内首条年产 7500 支 20 英寸光电倍增管的生产线建成运行。截至 2017 年 9 月 18 日，"江门中微子实验"项目已经得到了 2016 支国产光电倍增管。

▶ "最高"和"最大"

2015 年 1 月，"江门中微子实验"项目启动建设。中国科学院院长白春礼为此发来贺信："我国科学家在中微子研究领域迈出的重大步伐，对于巩固我国在中微子研究的领先地位具有重要意义。"

"江门中微子实验将致力于测量中微子的质量顺序，并进一步精确测量中微子混合参数，其土建工程规模约是大亚湾反应堆中微子实验项目的 3～5 倍。"王贻芳曾在接受《中国科学报》记者采访时说。

按照实验项目的计划和判断，江门中微子实验项目不仅比大亚湾中微子实验工程规模大，还将是世界上能量"精度最高""规模最大"的液体闪烁体探测器。"精度越高，能发现的内容就越多，因为或许就差那么一点点，我们就会错失认识世界的机会。"曹俊说。

实验要求探测器的能量精度达到 3%，比当前国际最高水平高 1 倍。要想实现"精度最高"，不仅探测光子的光电倍增管效率要高，发出光子的液体闪烁体也要效率高、透明度高。

为测试透明度，科研人员拿出了大亚湾中微子实验八台中微子探测器中的一台。"目前我们已经完成了 20 吨液体闪烁体的光学纯化和本底纯化，光学性能已经可以达到设计指标。放射性纯化方面，我们还在用大亚湾的探测器作进一步研究。"曹俊说。

同时，江门中微子实验要求有 2 万吨液体闪烁体，比当前国际最大的液体闪烁体探测器大 20 倍，这给工程设计和建设提出了挑战。

经过长时间评审讨论，项目最终选择用有机玻璃罐装液体闪烁体。这意味着工程建成后，江门的地下 700 米深处将有一个 13 层楼那么高的大玻璃球。

今天，有幸到江门中微子实验工地的人，能够看到建设过半的巨大地下实验室。这是施工人员克服了多次万吨级地下涌水困难后建造出来的。而 3 年后，这里将成为科学家更清晰地观测"幽灵粒子"的地方，也将成为中国领先国际中微子研究的新平台。

第二篇　创新前行大家谈

★ ★ ★ ★ ★

　　党的十八大以来，我国在诸多领域进行了有益探索，一系列改革措施对科技创新起到了推动作用。本篇遴选出军民融合、"一带一路"、创新创业、科普与科技创新、科技成果转化应用、人才培养机制等近段时间较为热点的六个科技界话题，请专家学者探讨其中的改革与变化。

军民融合：实现富国强军良性循环*

陆 琦

你的手机或许正在利用北斗导航给你指路——2015 年后，华为、小米、三星旗舰手机已全面配置北斗兼容芯片。除了应用数量最大的手机导航，中国"北斗"卫星导航系统在大地测量、海洋渔业、水文监视、紧急救援以及车辆导航等领域正发挥着不可替代的重要作用，堪称军民融合的典范。

党的十八大以来，以习近平同志为核心的党中央把军民融合上升为国家战略，吹响了富国强军相统一的号角。军用科技飞进寻常百姓家已不稀罕，"高大上"的军品上也常有民用技术的身影。

▶ 打破军民界限

"军民之间已经到了不融合不行、融合慢了也不行、早融合早主动的关键转折点。"中国航天系统科学与工程研究院院长薛惠锋认为，在实现中华民族伟大复兴中国梦的征程中行稳致远，关键在于实现军事优势、经济优势的良性循环。

早在 20 世纪 80 年代，战略科学家钱学森就曾致信国防科学技术工业委员会，认为 21 世纪的军民结合，不仅仅是国防科技工业对国民经济作贡献的问题，更重要的是大的战争来临时，具备战争和生产平衡发展的能力。

"如果我们抓住机遇，打破军民分割的界限，实现经济优势和军事优势的良性循环，实现军民一体和中国精神的有机融合，就能有效应对成为世界第二大经

---

* 本文发表于《中国科学报》2017 年 8 月 28 日第 1 版（要闻），作者陆琦为《中国科学报》记者。

济体之后面临的军事挑战、经济挑战、话语权挑战，在通往中华民族伟大复兴的道路上跨越沟坎、赢得主动。否则，就会错失发展机遇、陷入战略被动。"薛惠锋说。

当前，新一轮科技革命和产业变革正在孕育兴起，跨界融合成为产业革命的显著特征。在薛惠锋看来，只有打破军民界限，推动理论、科学、技术、工程、产业、管理、市场的全链条创新，发挥集众智、汇众力的乘数效应，使"生产力"和"战斗力"相互转化、相得益彰，才能在军民协同创新中抢占先机，赢得发展的主动权。

▶ 疏通体制机制

近年来，我国在军民共享方面取得了不少进展，"北斗"卫星导航系统大力推进市场化、商业化就是一例。不过，中国工程院院士王礼恒坦言，这与中央的要求仍有差距。

"目前在机制设计上，不但军民融合的'最后一公里'没有打通，有的方面甚至连'第一公里'都没有疏通。"中国工程院院士邬江兴直言。

比如，我国军民科技部门都有权提出科技计划，部门之间缺乏协调，没有建立和完善促进科技创新的政策协同机制和对军民两用科技计划的评估监督机制。

同时，由于缺乏军民技术融合交流平台与产业服务系统，大量具有军事前景的民用科技成果滞留在科研院所、高科技企业之中，难以应用于军事领域，严重制约了军民两用科技成果商品化、产业化的进程。

"推进军民融合既需要靠体制，更需要靠机制，体制上能解决的问题，如果没有好的机制作保障，就会产生叠加性的新问题。"为此，邬江兴建议，对当前的制度机制设计进行分析梳理，尤其是推动中小微企业进入国家和军队壁垒化比较严重的领域，进入一些以安全保密为理由而保护落后的特殊行业，把强大的社会创新力量和旺盛的军事需求结合起来。

中国工程院院士陈志杰则认为，首先可以从军民技术标准的融合开始，逐步向技术研发、系统建设、发展规划、政府和军事领域设备采购等方面拓展。

▶ 发挥市场作用

国防建设与经济建设、富国与强军，是一对古老的矛盾、一个世界性的难题。习近平总书记多次强调，推进军民融合深度发展，既要发挥国家主导作用，又要发挥市场的作用。

国家的主导作用如何体现？中国人民解放军国防大学教授刘晋豫的回答是：制定一部好法律，制定一批好政策，出台一批好规章，制定一个好规划，搭建一批好平台，完善一套好模式。

关于市场的作用，刘晋豫认为，集中体现在资源配置方面，即军民融合活动中各种资源的组合过程及其分布配置。"在经济社会发展及国防军队建设的各个领域、在各类生产要素的投入过程中，必须统筹考虑经济建设与国防建设两个需要，实现一份投入两份产出的效果。"

"如果国家自己动手组织干，基本上起步于科研，止步于科研成果和示范应用。非市场手段的国家研制方式，会把一个产业带入没有竞争活力的境地，军民融合发展也是如此。"陈志杰补充道。

推动军民融合深度发展，是一场从"跟跑"到"领跑"的跨越、从"跟踪"到"创造"的跃升，没有可以直接照搬的经验。对此，薛惠锋表示，只有敢于想别人没想过的、走别人没走过的、做别人做不成的，才能从更高起点上设计领先的业态、布局中国的未来，把发展的主动权和主导权牢牢掌握在自己手里，在激烈的国际竞争中永远立于不败之地。

"一带一路"：催生创新合作之花*

李晨阳

"一带一路"倡议的提出，极大地推动了我国和沿线国家和地区在各个领域、不同层面上的深度合作。在科研领域，也催生出朵朵创新合作之花。

中国科学院院长、党组书记白春礼曾指出，从科技合作入手，组织"一带一路"沿线国家和地区共同研究解决在发展过程当中面临的重大挑战和问题，有利于从战略层面推动建设"一带一路"的共同愿景。

▶ 构建创新合作体系

白春礼强调，充分利用中国科学院有利的国际交流优势和合作渠道，为"一带一路"建设注入科技内涵、提供科技保障和支撑服务，是中国科学院义不容辞的责任和义务。为此，中国科学院着力构建了一系列促进"一带一路"科技创新合作的体系和机制。

2017年年初开始筹建的中国科学院曼谷创新合作中心（简称"曼谷中心"），正是中国科学院顺应科技创新全球化的发展趋势、响应"一带一路"合作倡议、落实《中国科学院"率先行动"计划暨全面深化改革纲要》（简称"率先行动"计划）、实施国际化推进战略的一项重要举措。

曼谷中心主任姜标告诉记者："这是中国科学院第一个以促进国内外联动创新和科技创新成果转移转化为目的的境外机构。其使命是促进院属企业、科研机构和大学走出国门、深度融入东盟经济体，为建设中国-东盟创新共同体作出贡献。"

---

* 本文发表于《中国科学报》2017年8月29日第1版（要闻），作者李晨阳为《中国科学报》记者。

　　2017 年 4 月，曼谷中心与甘肃省张掖市农业企业签署协议，建设"一带一路"国家农牧业发展引导示范基地，在带动周边农户发展的同时，将模式逐步推向"一带一路"沿线国家和地区。

　　河西走廊是"一带一路"建设上最为关键的节点。姜标表示："曼谷中心这一举措，将通过科学技术成果的转移转化，将示范基地打造成有实物、有技术、有结果的立体农业'展厅'，使其成为中国科学院向沿路国家和地区科技输出的样板工程。"

　　他希望未来的示范基地能为丝绸之路沿线国家培养更多农业科技创新人才，促进丝绸之路农业生态环境的安全。曼谷中心还将继续配合"一带一路"建设，面向国民经济主战场，重点推动以研发为基础、具有重要示范意义的重大民生科技合作。

▶ 拓展科研的疆域视野

　　2017 年 7 月，中国和伊朗等国的古生物学者宣布，他们在伊朗北部厄尔布尔士山脉区域的中侏罗世地层发现了神秘的二趾型恐龙足迹。这个发现恰与中国中部的化石记录互相呼应，这说明在遥远的侏罗纪中期，中国和伊朗的地理隔离相对容易跨越。这一发现，对古地理、古环境、古生态的研究有很大意义。

　　伊朗处于连接中东、亚洲、欧洲的"心脏地带"，具有极其重要的战略地位，也是中国在中东推进"一带一路"的重要合作对象。

　　中国地质大学（北京）副教授邢立达对《中国科学报》记者说："在这次合作研究中，作为科研工作者，我们很直观地体会到了'一带一路'倡议的巨大帮助。"他们的研究区域位于伊朗边境，在那里遇到的军人和百姓，都对中国学者非常友好。

　　"我们时刻感受到双方政府对我们研究工作的支持，对我们古生物学者而言，这极大地拓展了研究材料的来源。"邢立达说。

▶ 搭建平台，迎接挑战

　　"一带一路"国际科学家联盟主席、中国工程院院士孙九林曾指出，"一带一路"上的科技合作，需要通过平台搭建，让更多项目落地。

在此次接受《中国科学报》采访时，孙九林进一步阐述了自己的观点："现在我们强调'一带一路'建设。既然是'建设'，就要落实到一个个国际合作项目上。"而每一项合作，都牵涉到不同国家政策、民族、环境、文化理念等的交流碰撞。

"这就需要建立一个信息化的控制平台，供各国科学家交流合作，互联互通。"孙九林说。

在践行"一带一路"科技合作的过程中，孙九林深刻体会到信息交流的重要性，"我们跟俄罗斯合作的时候，人家拿来的材料都是俄语的。我们意识到，仅仅是熟练掌握英语，并不能为国际合作铺平道路"。

而沿线的诸多国家，使用着形形色色的语言（其中不乏生僻的小语种），遵循着千姿百态的文化风俗、政策法律，都给合作带来了巨大的挑战。

"除了搭建平台外，我们还亟须培养一批综合型人才，既懂科技合作的基本规律，又能有效解决国际纠纷。"孙九林说，"'一带一路'早已不仅仅是我国提出的一个倡议，更是各个国家经过探讨所达成的共识。希望通过扎扎实实的项目推进，达成互利共赢的科技合作。"

创新创业：路子越走越宽*

丁　佳

"大众创业、万众创新"，如今已经是妇孺皆知了。纵观全国，不仅大大小小的创业公司鳞次栉比，越来越多的人踊跃创业，就连往日"象牙塔"里的高等学校、科研院所也放下了"身段"，投身到这股创新创业的大潮中去。

这要归功于创新驱动发展战略在全国的深入实施。党的十八大以来，人们明显感觉到，创新创业的路子越走越宽了，办法也越来越多了。

▶ 投身"双创"　国家队不缺席

2017 年 4 月，中国科学院大学宣布成立创新创业学院。中国科学院院长白春礼对学院的成立作出了批示。

他在批示中指出，党的十八大以来，以习近平同志为核心的党中央提出全面实施创新驱动发展战略，对科技创新工作提出了新的更高的要求。科技支撑供给侧结构性改革，促进科技与创新创业的深度融合，培育经济社会发展新动能，是中国科学院贯彻落实习近平总书记提出的"三个全面"和"四个率先"的要求，深入实施"率先行动"计划，服务国民经济主战场的一项重要举措。

实际上，近五年来，中国科学院秉承创新科技、服务国家、造福人民的宗旨，在推动和服务经济社会发展方面取得了显著成效。

"十二五"期间，中国科学院在服务"大众创业、万众创新"方面，鼓励科研人员带着科技成果"下海"创业，孵化了一批高科技中小企业，全院共有 254

---

* 本文发表于《中国科学报》2017 年 8 月 30 日第 1 版（要闻），作者丁佳为《中国科学报》记者。

位高级科技人员离岗创业，培养并向社会输送了创业人才 5168 人。通过科技成果转移转化，中国科学院使社会企业新增销售收入超过 1.5 万亿元，利税超过 2200 亿元。而院所投资企业实现营业收入累计 1.5 万亿元，利税总额超过 800 亿元。

此外，中国科学院也在体制机制上进行了创新。中国科学院国有资产经营有限责任公司实施《"联动创新"纲要》，结合社会资源，努力打通从知识海洋到资本海洋的科技经济深度融合的"运河体系"，投资 26 只基金，总规模达 760 亿元，撬动社会资本比例 1∶19。

▶ 科技够"硬" 孔雀也能"西北飞"

不唯院层面，这股创新创业的风潮也刮到了许多中国科学院院属研究所。

在推进"双创"工作方面，中国科学院西安光学精密机械研究所是一个样本式的存在。该所率先提出了"硬科技"理念，发起设立"硬科技"投资基金总规模逾 40 亿元，创建全国性双创培训品牌"硬科技创业营"，举办创业培训活动 100 多场，累计培训创业者 1.3 万人次……

"我们希望让研究所永远处于'饥饿'状态和孵化状态。"中国科学院西安光学精密机械研究所所长赵卫认为，研究所应当一直处在不断创新孵化的激活状态中，成为"创新发动机"，不吃老本，也不单纯依赖一两个企业获取巨额回报。

截至 2017 年 5 月底，中国科学院西安光学精密机械研究所累计引进 15 名国家"千人计划"人才、37 名"百人计划"人才、近 60 个海外创新创业团队；而由该所发起创办的西安中科创星科技孵化器有限公司，近年来也已孵化培育了 180 家"硬科技"企业，新增就业 5000 多人，其中 5 家企业挂牌"新三板"，实现社会产值 20 亿元。

这种"开放办所、专业孵化、择机退出、创业生态"的"一院一所"模式，成为全国科技成果产业化的典范，实现了地方经济转型发展和保持院所创新动力的双赢，更初步形成了"孔雀西北飞"的态势。2015 年 2 月，习近平总书记视察中国科学院西安光学精密机械研究所时指出："看了西光所，听了赵卫所长的介绍后，我反复强调的创新驱动发展战略有了依据。"

▶ "拉帮结伙" 放大效益

2017年7月，中国科学院西安光学精密机械研究所入选第二批国家"双创"示范基地。与它一同入选的中国科学院院属单位还有8家。中国科学院与国家发展和改革委员会共同实施了科研院所"双创"共享行动，推动了科研院所类国家"双创"示范基地的建设。

中国科学院科技促进发展局副局长段子渊说，中国科学院一直积极响应国家号召，大力推进"大众创业、万众创新"。2016年，中国科学院顺利增补成为国家推进"大众创业、万众创新"部际联席会议成员单位。"一年来，中国科学院积极与国家发展和改革委员会、科学技术部等部门对接沟通，推动'双创'工作，取得了一些成效。"

实际上，党的十八大以来，中国科学院一直在不断"拆除围墙"，与政府部门、地方、企业等加强合作，促进科技与经济的深度融合，更好地服务于"大众创业、万众创新"。

与地方政府共建"创客学院"，与企业共建"创客营"，设立天使基金和专业孵化器，引进国内外高端创业团队，建设协同创新平台与联盟，开展"三权"改革试点……

中国科学院的这些做法，不但取得了"1+1＞2"的效果，也得到了党和国家领导人的高度赞赏。我们有理由相信，在促进创新创业的道路上，这支科技"国家队"还将走得更远。

科普与科创：实现创新发展的两翼[*]

赵　睿

党的十八大明确提出实施创新驱动发展战略，强调科技创新是提高社会生产力和综合国力的战略支撑，必须摆在国家发展全局的核心位置。当前，科学技术呈现突破性发展的新态势，科技创新成为当代文明发展中最活跃的力量。

基于此，科学技术的应用和普及的规模和速度也在加快，不仅推动着创新成果的全民普惠，提高了人类社会的发展能力与生活水平，而且推动着经济社会发展模式与路径的深刻变革。

▶ 科技创新引领社会进步

近年来，我国自主创新能力明显增强，科技实力正在整体跃升，让世界瞩目的科技前沿成果不断涌现。"神威·太湖之光"三度摘得世界超算桂冠，自主研发水下机器人"潜龙二号"展现了中国深度，"中国天眼"FAST 启用，"墨子号"量子科学实验卫星及我国首颗碳卫星成功发射……这些成果重新定义了中国创新的高度。

"核心技术是国之重器，市场换不来，有钱也买不来。"中国科学院院士丁奎岭认为，科技创新和技术变革始终在国家经济发展和社会进步中起着引领和支撑作用，凡是那些抓住科技革命机遇的国家，都率先实现了经济腾飞并进入现代化行列。

我国科技创新对经济社会发展的支撑引领能力日益增强。TD-LTE 产业链日趋成熟，2016 年末 4G 用户数超过 7 亿；自主研发的新一代高速铁路技术世界领

---

[*]　本文发表于《中国科学报》2017 年 9 月 6 日第 1 版（要闻），作者赵睿为《中国科学报》见习记者。

先，2016年我国高铁运营里程突破两万公里，占世界总里程60%以上；半导体照明技术加快应用推广；第四期"超级稻"创造百亩[①]连片平均亩产1088公斤[②]。

同时，我国科技队伍也在茁壮成长，结构明显优化，量质同步提升。据统计，目前全国科技人力资源总量超过7100万人，研发人员超过535万人，跃居世界第一。"科技创新，人才为先，当今世界人才竞争已经全球化、白热化。创新事业的推动和发展，需要发现人才、培养人才、使用人才和凝聚人才的土壤和机制。"丁奎岭说。

▶ 科学普及服务创新发展

中国科学院院长、党组书记白春礼曾指出，任何一个群体的科学素质相对落后，都将成为创新驱动发展的"短板"。补齐"短板"对于提升人力资源质量，推动"大众创业、万众创新"，助力创新型国家建设和全面建成小康社会，都具有重要战略意义。

党的十八大以来，我国的科普工作迎来重大机遇，实现快速发展，主要体现为公众科技意识和科学素质不断提升，科普人才队伍持续增长，科普场馆建设得到充分重视，科普经费投入稳定提高，科普传播形式日趋多样化，科普作品大量涌现等。

科学技术部发布的2016年度全国科普统计数据显示，2016年我国科普人员共有205.38万人，科普场馆共有1258个，向公众开放开展科普活动的科研机构和大学达到7241个，科普专项经费达63.59亿元，全国人均科普专项经费4.63元。

"公众是科技创新的土壤。一个国家，要成为科技创新的强国，首先需要全民对科学感兴趣，愿意了解科学、亲近科学，从事与科学有关的职业。"中国科学院国家天文台副研究员郑永春认为，只有全民科学素养提高了，一个国家才有可能成为科技创新的强国。

---

① 1亩≈666.7米²。
② 1公斤=1千克。

▶▶ 肩负科创与科普的使命

中国科学院院士黄维表示，科技工作者要瞄准可能产生革命性突破的重点方向和国际科学前沿热点问题，力争突破一批关键科学问题，取得一批重大原始创新成果。同时，科技工作者是科学技术知识的主要创造者，义不容辞地肩负着科学普及的使命与责任。

作为国家战略科技力量，中国科学院始终把科学普及当成重要使命。中国科学院拥有丰富的科技资源，包括以院士为代表的高水平专家队伍，大量高水平科研设施和成果，渐成规模的期刊群、科普基地等。依托这些资源，中国科学院组织实施"高端科研资源科普化"计划，普惠千万公众。

"科普的关键在于普，在于有效地传播。"郑永春认为，科学家做科普首先要跟其他传播手段进行紧密合作，发挥各自的专长，这样才能达到好的科普效果。

"科普是科学家的天然使命，不能变成可做可不做的'副业'。我国拥有世界上最大规模的科研人才队伍，发表的学术论文和申请的专利数量均位居世界前列，希望能有更多科学家投身科普事业，把我们对科学普及的重视，由'口号'落实到'行动'上。"郑永春说。

成果转化：从"单兵作战"到"军团力量"*

陈欢欢

"做高技术企业是一个漫长的过程，我们做了 9 年才盈利。"中国科学院大连化学物理研究所研究员张华民告诉《中国科学报》记者，"找到志同道合的合作伙伴必不可少。"

中国科学院自动化研究所研究员彭思龙则认为："所谓关键技术只是具备了成功的可能性，只有把握时效性才能将优势转化为胜势。"

中国科学院院士、北京大学教授刘忠范认为，国外大型企业普遍研发实力雄厚，我国技术转移转化必须突破衔接不畅的瓶颈。

近 5 年来，我国出台了支持科研成果转移转化的相关政策，成功案例不少，但整体状况并未发生质变。对此，我国科研人员在实践中不断更新方法、突破限制。

▶ 张华民：技术自信是关键

说起做技术转移，张华民是一名"老兵"了。2000 年从日本回国后，张华民了解到德国可再生能源飞速发展，他判断可再生能源将逐渐由辅助能源上升为主导能源，储能将成为未来急需的前瞻性技术，便当即安排了大容量储能电池研究储备。"我们的目标从一开始就是做实际工程应用。"

2001 年，张华民团队做出国内第一套 5000 瓦全钒液流电池系统。当时国际上两家储能电池领头企业都以电池系统为重点，对材料和部件投入较少，他则采取了三者并行研究的策略，与一家做钒化合物的公司合作。2006 年，双方成立联合研

---

* 本文发表于《中国科学报》2017 年 9 月 7 日第 1 版（要闻），作者陈欢欢为《中国科学报》记者。

发中心。2008 年，100 千瓦系统问世。此时，张华民认识到，再往后发展必须走出研究所，走进企业。为此，双方合作成立了大连融科储能技术发展有限公司。

"我们比较成功的地方在于，有十几名有经验的技术人员从研究所转移到了企业。"张华民表示，这些人如今成为研发、设计、检测、生产等核心部门的负责人，带领了一支技术队伍。他将成果转化成功归因于"对技术的信任、对团队的信任和对合作者的信任"。

近几年，在国家一系列鼓励政策的支持下，张华民尝试将更多的技术转移转化，其团队跟国内外几家企业相继成立了联合工程中心。"技术自信是技术转化成功的关键。"张华民说，"联合工程中心相当于一个放大实验室，专利和实验报告交出去不可能马上工程化、产业化，验证了技术可靠性之后再转化，研究人员心里更有底。"

▶ 彭思龙：创业不需要理由

"创业不需要理由。"彭思龙开门见山。2007 年，彭思龙创建了一家视频侦察技术公司，当时国内视觉处理技术市场几乎是空白，国外软件质量参差不齐，导致许多恶性案件难以侦破。"市场需求摆在那里，但没有人做，也没人相信这个技术。"彭思龙回忆，他自筹经费花两年时间拿出了产品，很快攻占市场，如今公司销售额已达上亿元，帮助公安部门提高了破案率。

彭思龙还有很多技术成果已转化为产品，远销海外。谈到经验，彭思龙总结为四点：一是有提前量，不做已经热门的领域；二是不要太在意技术入股的比重，真正的价值在于成功；三是持之以恒，低谷时不放弃；四是必须在企业里完成产品，依靠市场打造功能定位。

如今，彭思龙又有了一项更大的事业。近两年来，彭思龙所在的中国科学院自动化研究所落实国家鼓励政策，将创业团队的知识产权分配比重提高到 85%，陆续有十几个团队离岗创业。2017 年，该所又有大动作。他们突破小团队模式，与苏州市政府合作成立智能制造和大数据研究院，按企业模式运作，彭思龙将担任研究院负责人。

"这个研究院不是简单地转化技术和专利，而是做门槛更高、研发周期更长、更高端的通用技术平台。"彭思龙说，目前的平台产品严重依赖进口，价格高、受限制多，如果能做出自主知识产权的平台级产品，就可以抓住上游关键点。"这个模式如果成功了，就可以开发成规模的产品，而不是点上的小打小闹。我们希望集全研究所之力，花3年时间拿出产品。"彭思龙说。

▶ 刘忠范：十年时间去做梦

同样想从"小打小闹"向"集团化"转变的还有刘忠范，他正在筹建一家新研发机构——北京石墨烯研究院（BGI）。

石墨烯是一种性能极佳的纳米材料，被认为是"新材料之王"，近几年在全世界掀起开发热潮，许多国际大公司都提前布局，抢占未来产业竞争制高点。反观国内市场，则被许多业内人士认为是"虚假繁荣"。"我们公司根本不做研发，就想卖产品。"一位业内人士曾向记者透露。

刘忠范对此忧心忡忡："这样下去中国石墨烯产业未来何在？石墨烯技术门槛不低，必须扎实研究才能从低端走向高端，这个时候必须体现国家意志。"

据悉，刘忠范提出的石墨烯产业规范发展建议已经得到国家主席习近平的批示。而他倡议的筹建北京石墨烯研究院也得到了北京市政府的全力支持。

刘忠范希望建立起一种新的创业模式——企业高端研发代工，即由北京石墨烯研究院针对特定企业的具体需求，合作组织研发团队，在强大的目标导向下进行关键技术研发。

例如，石墨烯材料可以用于汽车玻璃、电池、车体减重等各方面，但如何做出符合企业要求的产品是最大难题。新研发模式将结合双方优势，解决研究人员找市场和企业找技术的问题。据悉，北京石墨烯研究院已经吸引了多家合作企业。"因为市场太需要研发力量和高端人才了。"刘忠范说。除了接地气的合作研究，北京石墨烯研究院的另一大任务是研究未来技术，不管现在是否有市场，只做最高端的材料。

刘忠范透露，其团队目前已掌握了一些全球领先的核心技术，有些走到了产业化前期。但他强调:"我们布局的都是颠覆性的产业技术,一定要给十年时间,我才敢去布局,才敢去做梦。"

目前,北京石墨烯研究院刚刚起航,新的成果转化模式还有待验证。"想要成功,需要一批专业研发人员坚持十年,乃至数十年,没有这种精神是绝不可能的。"刘忠范说。

不断激发人才创新活力*

高雅丽

"近几年我每年都参加国家自然科学奖评审。"中国科学院院士、清华大学教授饶子和开门见山地对《中国科学报》记者说，"我认为国家对科技奖励制度改革是非常积极、非常认真的。"

对科研人员和科研单位而言，科技奖励制度在激发人才创新活力、促进科学成果研究方面有十分积极的作用。党的十八大以来，科技奖励制度不断完善，"提高质量、减少数量、优化结构、规范程序"已成为科技奖励改革的新思路。

▶ 奖励制度需适应时代要求

2017年，国务院办公厅印发了《关于深化科技奖励制度改革的方案》，这是党的十八大以来我国深化科技体制改革的重要举措。该方案中明确提出完善国家科技奖励制度、引导省部级科学技术奖发展、鼓励社会力量参与立奖等重点任务。

中国工程院院士、中国人民解放军理工大学教授钱七虎对《中国科学报》记者说："我们提出建设创新型国家，需要原创的科技成果，深化科技奖励制度改革适应了建设科技强国的需求。"

国家科技奖励制度在1999年曾有过一次改革，调整了奖项设置、奖励力度、奖励结构、评价标准和评审办法。之后国务院又多次对《国家科学技术奖励条例》进行修订，有效促进了科技奖励工作逐步走上科学化、制度化和法制化的轨道。

数据显示，近5年来，国家自然科学奖、国家技术发明奖、国家科学技术进

---

* 本文发表于《中国科学报》2017年9月13日第1版（要闻），作者高雅丽为《中国科学报》见习记者。

步奖三大科学技术奖的年平均数为 307 项，与上个 5 年的年平均数 355 项相比，减少了 48 项。特别是 2015 年和 2016 年，三大科学技术奖总数都已控制在 300 项以内。

本次改革方案把国家三大科学技术奖的数量从不超过 400 项减少到不超过 300 项。饶子和表示："科技奖励瘦身是一件好事，自然科学奖取消三等奖后，常常导致评出的二等奖项目中排名靠前和排名最后的学术水平落差较大。"

过去，三大科学技术奖一直采用混合评审的方式，未能评上一等奖的项目可以顺延参与二等奖的评审，引发了报奖投机等问题。本次改革提出建立定标、定额的评审机制，一等奖、二等奖项目实行按等级标准提名、独立评审表决的机制，没有评上一等奖的项目不能再参与二等奖的评审。

中国气象局干旱气候变化与减灾重点实验室主任张强认为，"科技奖励有分量才能激励科研工作者"，限制数量才能让得奖项目经得起历史检验。

▶ 科学奖励要去除功利化导向

奖励制度是科技评价体系的组成部分，客观地分析科技奖励所起的作用和效果，可以进一步深化科技体制改革，使科技奖励起到导向作用。

本次改革方案中，实行由专家学者、组织机构、相关部门提名的提名制，改变了以往的推荐制，引导科技工作者潜心研究，遏制"跑指标"等浮躁的学术风气。

同时，本次改革方案提出健全科技奖励诚信制度，为各奖励活动主体建立科技奖励诚信档案，严惩学术不端，对重复报奖、拼凑"包装"、请托游说评委、跑奖要奖等行为实行一票否决。对违规的责任人和单位，记入科技奖励诚信档案。

从 2017 年国家科学技术奖初评结果来看，今年国家科学技术奖对论文数量的要求大大降低。饶子和明显感受到了变化："今年获奖项目发表的论文数量确实降低了，这是一个好的趋势，提名制也可以让专家更慎重、更负责。"

在张强看来，保持专家库的"高水平"是必须重视的工作，要让有真知灼见、有科学判断力的专家开展评审，这也是国家科技奖励"含金量"的重要保证。

2017 年，国家设立"全国创新争先奖"。这是继三大科学技术奖之后，国家批准设立的又一重大奖项，是仅次于国家最高科学技术奖的人才大奖。

作为"全国创新争先奖"和国家科学技术进步奖二等奖的获得者，张强感慨道："科技奖励制度每年都有变化，奖励越来越面向一线科技创新人员，评奖方式也越来越公平。"

钱七虎从20世纪末就开始参加科技奖励评审工作，至今将近20年，目前仍担任国家科学技术奖励评审委员会委员。他在《科学的春天从国家科技奖励恢复开始》一文中提到，专家参加评审工作，没什么利益要求，对学术问题的评价非常尖锐，"只讲学风、作风"。

这番话在饶子和的评审经历中也得到了印证："每次评审工作非常紧张，很多专家车马劳顿赶过来，评完就走。我们希望科技奖励制度淡化功利色彩，坚守公平公正的道德底线。"

▶ 社会力量设奖要规范管理

近年来，社会力量设奖日趋活跃，各地政府也把科技奖励作为调动科研人员积极性的重要举措，各类科技奖励蓬勃发展。据统计，目前全国影响较大的奖励约有70种，仅省部级每年就奖励1.2万项左右。

例如，依靠社会力量设立的"何梁何利基金科学与技术奖""中国青年科学家奖""中国青年科技奖"等，极大地丰富了我国科技奖励体系。

张强说："社会力量设奖体现了对科技事业发展的关注和支持，但是奖项依然存在参差不齐现象，需要规范管理。"

2017年，国家出台了《科技部关于进一步鼓励和规范社会力量设立科学技术奖的指导意见》（国科发奖〔2017〕196号），提出坚持依法办奖、坚持公益为本、坚持诚实守信，为社会科技奖励发展规划蓝图。

截至目前，国家共授予27位科学家国家最高科学技术奖，授予47 183人次国家自然科学奖、国家技术发明奖、国家科学技术进步奖；奖励科技成果5280项，其中国家自然科学奖563项、国家技术发明奖813项、国家科学技术进步奖3904项，包括杂交水稻、高温超导材料、人类基因组计划等重大科技成果。

第三篇 十九大代表风采录

★ ★ ★ ★ ★

2017 年，按照党章规定和中央统一部署，全国 40 个选举单位选举产生了 2287 名党的十九大代表。他们带着全党嘱托，肩负神圣使命，光荣地出席党的第十九次全国代表大会。党的十九大代表是共产党员中的优秀分子，具有先进性和广泛代表性，他们中很多来自科技战线、并且为我国的科技创新作出过突出贡献。

本篇遴选科教界的党的十九大代表进行专访，展现代表风采，以学习和弘扬他们的优秀品质和精神风范。

王多明：在平凡中闪光*

陆 琦

王多明

只见一张小小的工作台前，焊花四溅，穿着工作服的王多明如同做针线活一样正在焊接。

焊工这个行当，王多明已经干了 30 多年了。从操作工一步步成长为中核四〇四有限公司首席高级技师、全国技术能手、全国劳动模范、党的十九大代表，他始终牢记党的宗旨，坚守党的信念，时时处处以党员标准严格要求自己，不断在实践中提高自己的技术水平，将自己的感情与汗水融入我国的核工业发展。

---

* 本文发表于《中国科学报》2017 年 9 月 13 日第 1 版（要闻），作者陆琦为《中国科学报》记者。

▶ 勤学苦练做"专家"

"对于只有高中文化的我来说,要掌握焊工技术,并不是一件容易的事。"王多明接受《中国科学报》记者采访时坦言。

但 1985 年被分配到中核四〇四有限公司第一分公司后,他就暗下决心,一定要像师傅那样,成为顶呱呱的技术工人。

从焊接的姿势、焊丝的选择、焊缝的成型等基础知识入手,王多明开始苦练硬功,打磨技术。别的同事休息时,他拿着焊枪、焊丝,找来废料,一遍遍焊接,一遍遍钻研……为尽快掌握操作本领,他几乎把业余时间都花在了学习上,硬是凭着刻苦的学习精神,练就了扎实的焊工技能。

"虽然基本功扎实,可遇到一些难度大的活儿,还是会感到棘手。"为此,他利用业余时间,自学《焊工基本技能》《焊接方法》《焊工操作技术要领图解》等书籍,并在实际操作中积极实践。

一分耕耘,一分收获。凭着不懈的钻研以及师傅、同事们的指点,王多明终于成长为一名理论知识丰富、动手能力强的知识型人才,成为全公司人人皆知的"能工巧匠"。

▶ 攻坚克难做"尖兵"

同事们都说,王多明身上有着新时期共产党员善于不断创新、敢于向困难挑战的精神。

钎焊技术一度是公司某生产线关键设备的瓶颈。该设备钎焊使用的材料非常特殊,且设备壁厚为 0.1 毫米,直径为 2 毫米,钎焊难度特别大。为了克服这一技术难题,那段日子王多明常常试验至凌晨两三点。功夫不负有心人,凭着不服输的劲头,他自行设计、制作出了钎焊装置系统,经过一次次的试验,最终摸索出了最佳的钎焊工艺参数,解决了这一技术难题,填补了中国核工业集团钎焊技术的空白。

在国内蒙乃尔合金焊材贫乏的情况下，王多明经过 15 年的不断摸索、钻研，终于确定了满足设备焊接技术要求的填充材料，保证了生产、科研的顺利实施以及企业的快速发展。

▶ 胸怀宽广做"典范"

作为一名党员，王多明有着宽广的胸怀，他从不把自己的焊接技术和经验当作"私有财产"，总是毫无保留地传授给身边的年轻员工。

在接近万吨级铀纯化转化的生产线上，王多明的"导师带徒"是出了名的。每年都有一些新进厂大学生跟随他实习，在他的精心培养下，这些年轻人都成了焊接行业的后起之秀。

一位刚进厂的实习生告诉记者："他经常启发引导我们分析问题，理清思路，找出解决问题的办法，让我们学到技术、快速成长。"

王多明不仅无私地传授自己的技术和经验，更注重培养年轻人的职业道德、爱岗敬业的精神，培养了一批以李文强为代表的优秀人才。在甘肃矿区、公司组织的技能运动会上，王多明所带领的团队两次获得焊工组团体第一名，四次获得第二名，一人蝉联四届焊工个人第一名。

同时，他为中国核工业集团培养出高级技师 4 名、技师 6 名、高级工 12 名。他所负责的焊工岗位，被中核四〇四有限公司多次授予"党员先进示范岗"和"青年安全示范岗"等称号。

谈到这些成绩，王多明淡淡地说："这都是一名党员应该做的。"

魏灵玲：奔跑在农业科技转化的路上*

胡璇子

魏灵玲

"可以说，过去这 5 年，我们在拼命地努力，但是活儿似乎永远干不完。"作为中国农业科学院农业环境与可持续发展研究所研究员、北京中环易达设施园艺科技有限公司的"掌门人"，魏灵玲的工作被精确地分配至每小时。

过去 15 年，魏灵玲的许多时间用在了设施园艺的成果转化上。

她的忙碌，在于过去几年中，农业之"热"让农业科技成果的市场需求呈指数级上涨；也在于中国的农业科技成果转化，没有前车之鉴，一切依靠在实践中摸索。

＊　本文发表于《中国科学报》2017 年 9 月 19 日第 1 版（要闻），作者胡璇子为《中国科学报》记者。

　　自从当选党的十九大代表，魏灵玲表示，现在需要更加深入地学习领会习近平总书记系列重要讲话精神。她告诉《中国科学报》记者："'专业'去学收获很大，会觉得很多思路变得更清晰。"

▶ 市场需求指数级上涨

　　2002 年，魏灵玲以中国农业科学院代表、公司总经理助理的身份加入了中环易达。如果说 15 年前从事这份工作属于机缘巧合，那么今天，魏灵玲做农业科技转化的决心和信心更足了。

　　"实际上当时不知道怎么转化，也不知道市场在哪里。"魏灵玲告诉记者。然而，随着时间的推移，尤其是近 5 年，市场需求呈现了指数级增长。"市场有很大的需求，就看你能提供什么。"

　　魏灵玲说，这期间，有两件事让她很受"刺激"，也让她铆足了劲儿。

　　一是渴求新技术、新成果的客户兜兜转转三四年，花费了巨资，往往还找不到"对口"项目或项目无法落地。二是与国外机构、企业谈判中感受到的"不公平"。每当听到对方说"这个不开放""那个不卖"时，魏灵玲的心里总在反问：凭什么？

　　"我们有非常优秀的科学家，也知道市场的需求，我们可以做得比他们更好，可以把这'最后一公里'走完。"她说。

▶ 跨界整合创新

　　但魏灵玲也坦言，这并非易事。"和别的领域不一样，农业产业链是不完整的。"

　　产业链不完整，无经验可循，因而市场需求虽"井喷"，但找上门来的客户往往只有"朦胧美好的想象"，说不出明确具体的需求，这就要求魏灵玲和团队同事与客户反复沟通，使目标逐渐明晰。

　　产业链不完整，转移转化单一的某项技术或硬件还远远不够。

在魏灵玲看来，只有帮助客户把产业链"从头至尾"做完整，找到商业模式和市场，一次农业科技成果的转化才真正完成。她认为，农业科技转化实际上进入了定制化阶段，即根据客户的需求，将成果进行整合式的创新，来不断匹配应用场景。

这需要广阔的视野、专业的水平，尤其是跨界整合资源和进行研发的能力。"比如，一个垂直的植物工厂可能要求 20 米高，要进行种植管理，就需要研发自动控制系统；每一种作物要求的环境不一样，那就要和别的科研单位进行联合研发，匹配植物工厂的需求。"魏灵玲解释道。

▶ 搭建开放的生态平台

回忆起初做转化，魏灵玲说那时可谓一人"包打天下"，但在时间精力的限制下，"包打天下"往往让科研和转化难兼得。

"现在国家出台了非常好的政策，通过机制体制的创新支持转化，让适合做基础研究的人做基础研究，让适合做应用研究的人做应用研究，在科研、市场、客户之间有专业的人做转化。"魏灵玲说。这样一来，资源要素在产业链上高效地配置，每个团队都各自发挥所长，各得其所。

"目前干转化的人还是太少了，"魏灵玲感慨道，"我们应该搭建一个开放共享的平台，吸引专业的合作伙伴，共同来做这件事。"

这也是下一个 5 年魏灵玲最想做的事——磨技术、磨产品、搭平台、带团队。"我们应该搭建自己的技术支撑体系和技术标准，这是核心。"她表示，"另外，还要优化资源的配置，吸引越来越多的优秀团队从事农业科技的创新转化。"

每当这时，魏灵玲觉得肩上的担子又重了。她告诉记者，党的十九大即将召开，作为一名党员，希望自己更及时、更深刻、更全面地了解党的大政方针，"既然成了党代表，就应该站在这个平台上，把自己的资源和能量发挥好，去带动更多的人"。

张丽萍：作出无愧于时代的贡献[*]

倪思洁

张丽萍

　　"研究所就像家一样，在研究所搭建科研平台，就好比家里得有锅碗瓢盆儿。"在中国科学院理化技术研究所做了 8 年所长，出生于吉林长春的张丽萍说话时不时会透出些东北腔，直爽而接地气。

　　自从做了所长，张丽萍开始一门心思做管理。那时，她凭着韧劲和智慧，逐渐确定了研究所的工作思路——"组织大项目，建设大团队，搭建大平台"，最终"产出大成果"。

　　* 本文发表于《中国科学报》2017 年 9 月 20 日第 1 版（要闻），作者倪思洁为《中国科学报》记者。

这样的直率与坚韧，让张丽萍获得了坚实的群众基础。2012年，她当选为党的十八大代表，带领着中国科学院理化技术研究所走过了成果丰硕的五年。2017年，作为党的十九大代表的她又一次深感肩上责任之重大。

▶ 全力以赴 从科学家到"科学管家"

张丽萍的性子里有科学家的知性和认真，也有女性特有的智慧和从容。

1997年，张丽萍放弃国外优厚待遇毅然回国，破格晋升为研究员，成为当时中国科学院最年轻的研究员之一。她在超分子光化学领域的基础与应用基础研究方面取得了一系列创新成果。2005年，她参加的研究项目"超分子体系中的光诱导电子转移、能量传递和化学转换"荣获了该年度国家自然科学奖二等奖。

2009年，张丽萍受中共中国科学院党组委托和全所职工的信任，出任中国科学院理化技术研究所所长。从那时起，她成了该所的全职"管家"。比起普通管理者，张丽萍更懂科学家，也更明白研究所的可持续发展需要什么。渐渐地，她总结出一条清晰的工作思路："建设大团队，就是要凝聚科学家的力量；组织大项目是建设大团队的手段，有大项目才能把科学家凝聚到一起；搭建大平台，就是要为科学家配备好科研设施。只有这样，研究所才有可能产出大成果。"

▶ 凝心聚力 做科技创新的排头兵

在张丽萍的带领下，中国科学院理化技术研究所早已拧成一股科技创新之绳。这股创新之绳，牵引着中国科学院理化技术研究所走在了国家科技创新的前列。2011年，该所被中共中国科学院党组确定为首批整体择优进入"创新2020"的研究所。

一大批重大科技成果相继诞生，"三个重大突破"均入选中国科学院"十二五"百项优秀突破，其中两项成果被评为中国科学院"十二五"标志性重大成果；科技成果转移转化150余项，中国科学院理化技术研究所技术入股的浙江花园生物高科股份公司和包头东宝生物技术股份公司成功上市。

丰硕的工作成果，外加独特的性格魅力，为张丽萍赢得了广泛认可。2012年她连任中国科学院理化技术研究所所长，当选为党的十八大代表；2014年获得"全国五一巾帼标兵"称号；2017年又获得"全国三八红旗手"称号，并当选为党的十九大代表。

▶ 抢抓机遇　以不变应万变

自党的十八大以来，党和国家领导人高度重视科技创新。这不仅让张丽萍感受到国家科技强劲的发展势头，也让她敏锐地发现科研机构前所未有的发展机遇。

2013年7月17日，国家主席习近平在视察中国科学院时提出"四个率先"的要求。2015年，中国科学院理化技术研究所抓住时代发展的机遇，成为中国科学院"率先行动"计划首批建设的特色研究所。

"作为一个正走在上坡路上的研究所，理化所需要持续发展。"根据张丽萍和全体理化人一起规划的蓝图，未来，中国科学院理化技术研究所将坚持特色定位不动摇、坚持改革创新不动摇、坚持"三足鼎立"不动摇，策划"大项目"，建设"大团队"，搭建"大平台"。

2017年，作为党的十九大代表，张丽萍深感自身的责任之重："面向未来，我将进一步增强政治觉悟，坚持党性原则，和理化所的全体成员一起，站在国家发展的层面思考未来的路，以高度的责任感和使命感，按照'三个面向''四个率先'的总要求，以建设特色研究所为契机，努力产出'三重大'成果，为建设世界科技强国，实现中华民族伟大复兴的中国梦，作出无愧于时代的贡献。"

何中虎：将论文写在大地上[*]

胡璇子

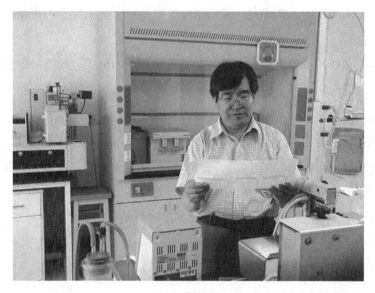

何中虎

入党 30 年，中国农业科学院作物科学研究所研究员何中虎 2017 年有了新身份——党的十九大代表。

对于当选，他感到"很意外"，在接受《中国科学报》记者采访时，他表示："这既是一份至高的荣誉，更是一份沉甸甸的责任。"

自 1993 年到中国农业科学院工作，何中虎的工作就围绕中国三大口粮之一的小麦展开。作为中国农业科学院"小麦亲本创制与新品种选育"创新团队首席

* 本文发表于《中国科学报》2017 年 9 月 21 日第 1 版（要闻），作者胡璇子为《中国科学报》记者。

科学家和国家小麦改良中心主任，他每年都有几个月工作在田间地头，最重视小麦的品质，最高兴新品种能推广，最关心"如何把新技术尽快用在农业上"。

▶ 与小麦品质研究结缘

"帮助世界与饥饿作战"的世界绿色革命之父诺曼·布劳格的一张照片摆在何中虎办公室的书柜上，颇引人注目。

布劳格是国际玉米小麦改良中心（CIMMYT）的创始人，1990~1992 年，何中虎在 CIMMYT 从事博士后研究，他的导师桑贾亚·拉贾拉姆就是布劳格的学术接班人。

和导师一样，消除饥饿，也是何中虎选择学农的原因。孩童时期的他常常吃不饱，印象最深刻的是 10 岁那年，家乡大旱，加上肆虐的虫害，导致粮食大减产，一人一年只分得 60 斤①小麦和 180 斤玉米。

何中虎清楚地记得，当初在 CIMMYT 的时候，其他国家的科学家能把本国小麦品质特点说得一清二楚，当被问及"中国的小麦品质如何"时，自己却回答不上来。这让他强烈地意识到，中国人应该对中国小麦品质有更深入的了解。

1993 年，何中虎到中国农业科学院工作，开始潜心于小麦品种品质研究。

▶ 培育推广优质小麦品种

何中虎的实验室里，不仅有精密的实验仪器和设备，还有磨面机、压面机、烤箱、炉、锅等"接地气"的工具。这些都是研究不可缺少的——来到中国农业科学院之后，在庄巧生院士等的支持下，何中虎迅速组建团队，以中国传统主食面条的品质为切入点展开研究。为此，何中虎已经不记得在实验室里吃了多少份面条。

经过多年努力，何中虎带领团队首先建立了以面条为代表的中国小麦品种品质评价体系。

---

① 1 斤=0.5 千克。

近五年，何中虎带领团队更进一步，在分子标记育种实用化研究方面取得了显著进展，大大加快了新品种培育的速度；同时，优质面条小麦品种在生产中发挥了更大的作用。

"以前新技术研究是我们的优势，但实事求是地说，对产业的贡献没有那么大。"他说，"现在'中麦 175'和'中麦 895'这两个节水节肥的面条小麦品种的推广面积不断扩大，对生产的贡献在逐步增加。"2017 年，这两个品种的合计推广面积在 1000 万亩以上。

何中虎还告诉记者，现在中国小麦品质研究面临新需求：不仅要好吃，更要营养健康。这也对下一步研究提出了新挑战。

▶ 绝知此事要躬行

一年中有 3 个月，何中虎不是在田里"看"麦子，就是在做推广。"一项新技术从实验室走到田间是很不容易的，需要很多环节。"他说。

一些科研"灵感"也从此而来。'中麦 175'的推广就是一个例子，该品种最初作为水浇地品种选育和推广，然而，一次在山西晋城的示范现场，何中虎发现，该品种在山上表现不错，在山下旱地表现更为突出。"我当时得到了启示，想能不能送到旱肥地示范推广。"结果，'中麦 175'在这些地区的试验和推广效果的确非常好。

2017 年 5 月，习近平总书记在致中国农业科学院建院 60 周年的贺信中提出了"三个面向"和"两个一流"的要求和目标。在何中虎看来，"三个面向"落实在他的具体工作上，就是"把论文写在大地上""把前沿技术用到新品种选育和推广中，并在主产区发挥作用"。

在得知自己成为一名党的十九大代表之后，何中虎主动加强了对党的理论、方针、政策的学习。"作为基层一线的农业科研人员，一方面要站在更高的层次，积极做出表率；另一方面，还应该付诸实际，更加努力地将科研工作做好。"他说。

用"正能量"破解生命调控"暗物质"*

——记中国科学院遗传与发育生物学研究所研究员王秀杰

陈欢欢

王秀杰

　　王秀杰是典型的"别人家孩子"。

　　她 18 岁加入中国共产党；27 岁博士毕业加入中国科学院遗传与发育生物学研究所，成为当时中国科学院最年轻的研究员；30 岁生日前成为我国生命科学领域最年轻的"国家杰出青年科学基金"获得者；36 岁成为国家重大科学研究计划首席科学家；40 岁这一年又当选为党的十九大代表。

　　* 本文发表于《中国科学报》2017 年 9 月 26 日第 1 版（要闻），作者陈欢欢为《中国科学报》记者。

"人一生中能用来工作的时间并不多，能把智慧和努力换成对国家和人民有意义的成果，是我最大的追求。"王秀杰说。

▶ 揭秘"暗物质"

2015 年 3 月，《细胞·干细胞》期刊的封面颇有中国风——被设计成单链的 RNA "长城"上布满了一个个"烽火台"，它们显示的是甲基化修饰所在的位置。

这是来自中国 3 个研究组的工作，也是科学家第一次揭示 miRNA 在调控 mRNA 甲基化修饰方面的全新功能与作用。RNA 甲基化是修饰生物体表观遗传特征的途径之一，会影响基因表达，调控生物的生长发育、疾病等生理功能。王秀杰是文章的通信作者之一。

由于不翻译成蛋白质，许多非编码 RNA 过去被认为无用，直到最近十几年其重要调控功能才被认识到，但具体功能尚未探明，因此也被称为生命调控的"暗物质"。最近几年，对这类"暗物质"的研究是生命科学领域的热门方向。

科学发现只有第一，没有第二。在《细胞·干细胞》这篇文章发表之前的两年，王秀杰与合作者们带领学生艰苦攻关，几乎全年无休。

十余年来，王秀杰带领团队主要致力于非编码 RNA 的发现与功能研究，已经两次与合作团队共同获得国家自然科学奖二等奖。对于这些成绩，王秀杰很感谢自己的合作伙伴："科学研究具有不可预见性，我一般不会对项目设定硬性指标，但会尽力做到最好。"

▶ 使命的召唤

"最近我正在自学《本草纲目》《神农百草经》。"王秀杰笑着告诉记者。

一位生物信息学学者开始研究中药，这源于王秀杰同中国中医科学院的一项合作——用现代生物学和生物信息学的方法解析中药有效成分和作用机理，将中药现代化，并在将来进行成分和功效明确的新药开发。

长期以来，传统中药配方复杂、药效不清，其有效成分和作用机理也如同"暗物质"一样，制约着中医药发扬光大。

研究组通过初步研究证实，中医药确实有其智慧。例如，普遍被认为有利于心血管的山楂，经分析发现确实含有多个能与抗氧化、保护血管相关蛋白质结合的化合物。

"我们的工作刚刚开始，目标是去糟粕、存精华。"王秀杰说。

根据习近平总书记 2015 年 8 月的批示，中国科学院将办院方针调整为"面向世界科技前沿、面向国家重大需求、面向国民经济主战场"。这更坚定了王秀杰的决心，也加强了其团队的使命感。

王秀杰透露，其团队在生物细胞 3D 打印方面的研究也有很好的进展，目标是 5 年之内获得可用于临床的人造器官。

▶ 一生的朋友

对团队、对集体、对党和国家的大爱支撑王秀杰不断前进。

大学二年级，王秀杰刚满 18 岁就加入了中国共产党。多年来她坚持严于律己，坚持党性原则，被同事们评价为"正能量的典范"。不仅她自己是"中国青年五四奖章""全国五一巾帼标兵"获得者，她的研究组也获得了"中国科学院巾帼建功先进集体""全国三八红旗集体"等荣誉。

作为研究所的党委委员和所在研究中心的党支部书记，王秀杰不断创新党建工作，以党建促科研。在对入党积极分子的党课上，王秀杰说："党员的身份就像陪伴一生的正直朋友，是漫漫人生中帮我们抵制诱惑避免犯错的约束，也是使我们超越自我不断进步的鞭策。"

在当选为党的十九大代表之后，她说："我会更加努力，做对得起国家科研投入的工作，不负党的信任。"

傅小兰：安心　安民　安国*

王　静

傅小兰

　　身着黑底衬黄蓝小碎花上衣、配黑色西裤的中国科学院心理研究所所长傅小兰，看上去恬静、端庄，举止言谈间，却使人领略到一番别样的女性科学家风采。党的十九大召开在即，她又一次当选为党代表。

▶ 心理健康服务需求凸显

　　"目前，中国有心理咨询需求的人很多，面很广。从老年人、职业群体、学

* 本文发表于《中国科学报》2017 年 10 月 10 日第 1 版（要闻），作者王静为《中国科学报》记者。

生到婴幼儿，均有心理问题或障碍者出现。"傅小兰说。

中国科学院心理研究所是中国唯一的国家级心理学研究机构，该所在 2007 年、2012 年和 2013 年先后 3 次开展了全国性心理健康调查。数据显示，在所有接受调查的城市居民中，15%～18%的人心理健康状况为"好"，65%～70%的人为"良好"，11%～15%的人为"较差"，2%～3%的人为"差"。但是，这项调查未涉及农村人口，也未对社会功能严重受损的躯体或精神疾病患者进行抽样。

"实际状况可能不如调查结果乐观。"傅小兰担忧地说。

中国科学院心理研究所社会预警研究组多年来对城乡居民社会态度开展追踪调查。结果表明，中国民众对社会公平状况的评价始终处于中等水平，中国有近 50%党政干部、57.8%公司白领、55.4%知识分子都认为自己是弱势群体。

"这种现象值得关注。"傅小兰强调，"这些数据充分证明，中国心理学工作者有很多工作要做，有必要从民众的心理感受出发，有效提升民众的获得感和幸福感。"

▶ 民众心安才有国安

"心理健康是一个具有战略意义的社会问题，在发达国家已引起高度重视。"傅小兰告诉记者。

2016 年，美国众议院通过了心理健康全面改革法案。美国联邦政府已经连续 4 年削减研发预算，但在 2014～2015 财年，对心理学的投入增幅达到 3.7%。

在加拿大，每 5 人中就有 1 人在一生中会经历至少一次精神障碍发作，同时，超过一半患者首次发作年龄在 11～25 岁。2014 年 6 月，加拿大宣布创立精神健康研究网络，其目标是在 5 年内为患有精神障碍的青少年提供干预手段。

"中国的理念并不滞后。"傅小兰拿出文件向记者说明。

《中华人民共和国国民经济和社会发展第十三个五年规划纲要》已明确指出，要全面加强心理健康教育，加强心理健康服务，加强未成年人心理健康引导，健全社会心理疏导机制，加强对特殊人群的心理疏导和矫治。

"国家的发展，本质上是人的发展。人的发展，本质上离不开心理的健康发展。"傅小兰表示，"只有加强民众心理建设，充分利用心理学研究成果，预测、指导和改善个体、群体、社会的行为，才能提高国民心理素质，促进国民心理健康，提升国家凝聚力。唯有民安，才有国安。"

▶ 筹建心理咨询师的"家园"

2016 年，傅小兰领导中国科学院心理研究所设立了全国心理援助联盟，凝聚和培养全国心理援助人才队伍，面向全国开展专业心理援助。

令她忧虑的是，自 2002 年以来，人力资源和社会保障部已经颁发了 107 万份左右的三级或二级心理咨询师职业资格证书。目前，仅有 3 万~4 万人从事心理咨询行业的专兼职工作。心理咨询从业人员中，有相当一部分没有心理学专业背景，或学历水平未达到本科。他们在从业过程中迫切需要专业人员或组织的指导与支持。

不过，傅小兰很有信心。2017 年 1 月，国家 22 个部门共同印发的《关于加强心理健康服务的指导意见》（国卫疾控发〔2016〕77 号）强调充分发挥心理健康服务行业组织作用，对各部门各领域开展心理健康服务提供技术支持和指导。

2017 年 9 月 11 日，傅小兰主持召开了中国心理咨询师协会筹备工作会议。她告诉记者，心理咨询行业在中国有序成长和发展，势必需要一个平台肩负国家责任。中国科学院心理研究所有义务团结各方机构和专家，承担这份国家责任，为中国心理咨询师提供一个继续教育、个人成长、服务社会和实现价值的平台，成为中国心理咨询师的"家"，并推动心理咨询的本土化。

"尽管这与我的研究领域并无直接关联，但中国科学院心理研究所作为国家科研机构，必须努力完成这项使命。"她坚定地说。似乎唯有如此，她才不辜负党代表这一沉甸甸的称号。

王曦：创新孕育着新突破

黄 辛

王 曦

　　此次当选党的十九大代表，张江实验室主任、中国科学院上海高等研究院院长王曦院士感到肩上沉甸甸的责任。他说："作为一名科技工作者，连续当选为党的十八大和十九大代表，说明党和政府对科技工作的重视、人民对科技成果的期待。我要以实际行动，不忘初心，认真履职，不辱使命，发挥党代表的先锋模范作用，把中央的精神、纲领贯彻到具体的科技创新工作中去，为国家科技创新

＊ 本文发表于《中国科学报》2017 年 10 月 11 日第 1 版（要闻），作者黄辛为《中国科学报》记者。

和经济建设作出贡献。"

▶ 让 SOI 材料走出实验室

1998 年，王曦离开德国亥姆霍兹德累斯顿罗森多夫研究中心挈妇将雏回国，成为离子束国家重点实验室主任，同时担任"高端硅基 SOI 材料"制备研究项目的负责人，担当起了研究 SOI 技术的领军重任。

当时，一种名叫绝缘体上硅（SOI）的新技术被 IBM 公司商业化，广泛用于超速计算机服务器中。这种在国际上被公认为"21 世纪的硅集成电路技术"，在国内却因遭遇技术封锁鲜为人知。

2001 年 7 月，王曦创建了我国唯一的 SOI 材料研发和生产基地——上海新傲科技股份有限公司。他带领团队在国际上独创了具有核心自主知识产权的注氧键合（Simbond）SOI 新技术，成功完成我国 8 英寸 SOI 材料产业化，解决了我国航天电子器件急需 SOI 产品的"有无"问题，产品出口西方发达国家，实现我国微电子材料的跨越式发展。

凭借这一成果，王曦带领团队一举获得 2006 年度国家科学技术进步奖一等奖。2009 年，王曦成为"当年当选的最年轻的中国科学院院士"……在他看来，实验室里的成功和一项技术的圆满完成之间不能画等号。真正的高科技项目要实现产业化，没有科学家参与是不行的。

▶ 镇宅之宝"超越摩尔"

不过对于王曦来说，SOI 产业化的成功已成为"过去时"。作为一名具有战略思维的科学家，王曦认为，全球科技在保持快速发展态势的同时呈现出了新趋势，学科交叉和技术融合加快，创新要素和创新资源在全球范围内流动加速，科学技术正孕育着新的突破。所以，他又推动成立了上海微技术工业研究院。

2017 年 9 月 10 日，国内首条全球领先的 8 英寸"超越摩尔"研发中试线正式运营。由上海微技术工业研究院构建的这条中试线，旨在打通从研发到小批量生产的超越摩尔产业生态链布局，助攻创新研发。

所谓"超越摩尔"，是指非数字、多元化半导体技术与产品（如传感器）可以在成熟的工艺生产线上研发，无须遵循摩尔定律，而在工艺尺寸上越做越小。

如今，以移动互联网、物联网、云计算、大数据、人工智能等为代表的新一代信息技术正加速创新、融合和普及应用，一个万物互联的智能化时代即将到来。其中，"超越摩尔"技术以传感器为核心，结合射频、功率、微能源等技术，是未来实现万物互联的核心技术之一。

"这是我们的'镇宅之宝'。"王曦表示，这条面向全国开放的 8 英寸研发中试线将成为一个创新设计的源头，不仅可以进行工艺研发，还可以实现和小批量生产的无缝对接，从而打通创新链和产业链，使国内"超越摩尔"生态链得以完善。

▶▶ 科学家的使命

2017 年 9 月 26 日，张江实验室在中国科学院上海高等研究院成立。

王曦告诉《中国科学报》记者，张江实验室将聚焦具有紧迫战略需求的重大领域和有望引领未来发展的战略制高点，以重大科技任务攻关和大型科技基础设施建设为主线，实现重大基础科学突破和关键核心技术发展，建成跨学科、综合性、多功能的国家实验室，体现国家意志，实现国家使命，代表国家水平。

最近，王曦特别忙碌。他将进一步完善张江国家实验室的组建方案，争取首批获批列入国家实验室行列；积极探索开展实验室新型研发机构的制度创新，重点改革完善经费及固定资产投入、经费管理、科研计划、人员聘用、开放合作、考核评价等方面的制度安排。

王曦表示，将面向全球不拘一格吸引和选拔高端优秀人才，组建高水平科研团队和专业的管理团队。同时积极争取国家科技创新 2030 重大项目"脑科学与类脑研究"落户张江实验室，依托张江实验室启动"硅光"、"硬线预研"

和"类脑智能"等上海市市级科技重大专项。尽快提升张江实验室的集中度和显示度。

在谈话中，王曦屡次提及改变与创新，在他看来，这是国家 5 年来取得一系列成就的保障，同时也是他身处的科研领域能够不断产出成果的主要原因。

袁亚湘："在地下室宣誓"的党员[*]

高雅丽

袁亚湘

他 5 岁上学，11 岁休学 1 年在家放牛，15 岁高中毕业后回村当农民 3 年，18 岁考上湘潭大学，22 岁考上中国科学院计算中心研究生，师从冯康教授。他在北京只待了 9 个月就去英国留学，在剑桥大学应用数学与理论物理系攻读博士，师从 Michael J. D. Powell 教授，1986 年获博士学位。

这是中国科学院院士、中国科学院数学与系统科学研究院研究员袁亚湘的求学经历。十余年间，他从山村走到国外，并与数学结下不解之缘。

---

* 本文发表于《中国科学报》2017 年 10 月 19 日第 1 版（要闻），作者高雅丽为《中国科学报》见习记者。

▶ 数学已经成为"生命的一部分"

在非线性优化计算方法及其理论方面，袁亚湘取得了一系列重要成果。他在信赖域法、拟牛顿法和共轭梯度法等方面的研究赢得了学术界的认可。他对《中国科学报》记者说："数学已成为我生命的一部分，作为科研人员，能找到自己热爱的职业、从事感兴趣的研究，是很幸福的一件事。"

2017年5月，在西班牙召开的国际工业与应用数学联合会理事会上，袁亚湘当选理事会主席（任期为2019～2023年），这是中国科学家首次在重要国际数学学术组织中担任主席。他说："我的当选应归功于中国数学研究水平的迅速上升，表明我国科技整体影响力的提高，这是国际数学界对中国数学研究进步的高度认可。"

在袁亚湘的办公室有一幅他本人的特殊画像。"这是国际数学联盟前秘书长马丁·格瑞切尔教授根据我的照片设计的，里面蕴含了著名的'一笔画'数学问题，画中将13 713个点连在一起，形成一条最短路线。"他介绍说，"我主要研究最优化计算方法，就是在众多的可能中挑选一个最好的，是在许多领域有着广泛应用的数学问题。"

在信赖域法算法设计和收敛性分析方面，袁亚湘所做的工作是开创性的，特别是对于非光滑优化信赖域方法的研究取得了一系列重要的收敛性定理，给出了超线性收敛的充分必要条件；给出了双球信赖域子问题的最优性条件，证明了截断共轭梯度法的"1/2猜想"。在共轭梯度法方面，他和学生戴彧虹合作提出的方法被国际同行称为"戴-袁"方法，收录于最优化百科全书。国外同行称袁亚湘在信赖域方法领域取得的成就是基石性的成果，他的成果被国际同行称为"袁氏引理"。

此次当选为党的十九大代表，袁亚湘说："我是一名有30多年党龄的老党员，当选为党的十九大代表非常激动。对于我来说，这是神圣的使命，一定要做好一个来自基层的党员代表该做的事情。"

▶ 为学生"传道授业解惑"

自 1988 年回国以来,袁亚湘始终坚持在科研教学第一线工作。

袁亚湘现在带了 6 名硕博连读的学生,他一直坚持"以鼓励为主,让学生自己爱上学习"。袁亚湘的这种方法来自他的母亲。"我的妈妈是文盲,但她培养我爱学习的兴趣,这对我影响深远。"

教学之余,袁亚湘的爱好是爬山和打桥牌,采访中他还向记者展示了随身携带的 2017 年北京市风景年票。"我平均一两个星期爬一次山,北京郊区的山都爬遍了。我经常对学生说,科研要有创新意识,不要总爬一座山。"

抛开"院士""数学家"的头衔,袁亚湘还是中国科学院大学的一名教师,教授中国科学院大学招收的首届本科生。为了给学生上好课,他用业余时间备课,还曾和一位在法国的学者讨论课程大纲和教学实施方案,互通了 20 多封电子邮件。

有一次,为了不耽误学生课程,他周一上午下课之后直接驱车去机场赶飞机飞往上海,周二在上海参加一天的学术会议之后当晚就坐飞机飞回北京,周三一早 8 点继续给学生上课。只要不出差,每天早上 7 点到晚上 11 点,学生总能在办公室找到他。

有时,为了让学生更好地理解一个数学概念,袁亚湘经常会构造一些直观、巧妙的例子,让大家通过例题充分感受数学的威力与魅力;在听到学生提出的一些问题和建议后,袁亚湘会立即和助教们商议,及时调整教学进度和内容,让大家跟上课程,有所收获。

袁亚湘还担任中国科学院大学 2014 级四位本科生的学业导师,他在思想、学习、生活等方面给予学生培养和关怀。这四位本科生学习成绩优秀,其中三人已获得免试推荐攻读研究生的资格,将在中国科学院数学与系统科学研究院攻读博士学位。

▶ "没有党就没有自己家的一切"

袁亚湘 1985 年入党,回忆起当时的情景,他笑着说:"我和周总理是一个支部的,我们都属于欧洲支部,当时在英国剑桥大学地下室宣誓入党,这是值得我自豪的特殊经历。"

袁亚湘是湖南人,他对毛主席有一种特殊的崇拜:"我自己从山沟出来,父母虽然不是党员,但他们从小教育我,没有党就没有自己家的一切。"

回顾自己的求学、科研生涯,他说:"我的导师冯康先生是我成长道路上对我影响最大的人,读研的时候我自己考到北京来,9 个月后冯康先生就把我送到英国剑桥大学深造。从他身上,我能看到老一辈数学家对学生的培养,并不是简单的'教',关键是要把握一个大方向,能制定一个宏伟的科研目标,我非常感激他。"

数十年来,袁亚湘勤奋求实、锐意进取,先后担任中国运筹学会理事长、国际运筹学联合会副主席、中国数学会理事长及中国科学技术协会副主席,曾获"中国十大杰出青年"、中央国家机关优秀党员、中国科学院优秀党员等称号。

邵芸：要做一个绿水青山的"中国梦"*

崔雪芹

邵 芸

"大耳朵"罗布泊、生态文明建设、亚洲最大的微波目标特性测量实验室……

从凌晨 5:30 在机场见到这位长期从事雷达遥感基础与应用研究工作的女科学家，到晚上 10:30 从高铁站离开，这 17 个小时里，遥感卫星应用国家工程实

---

* 本文发表于《中国科学报》2017 年 10 月 20 日第 1 版（要闻），作者崔雪芹为《中国科学报》记者。

验室总工程师邵芸的话题没离开过这三点。

"站在莫干山下，下渚湖畔，徜徉在欣欣向荣、风景如画的德清地界，我能真真切切感受到'绿水青山就是金山银山'这句话的真谛和效果，保护绿水青山就是我的中国梦。"去往莫干山高新区的路上，邵芸如是说。

"最让我魂牵梦绕的是罗布泊；最让我欣慰的是海洋石油污染监测有了监控的成效；最让我骄傲的是我们写的论证报告最终为国家所采纳，特别是雷达遥感信息将有效减轻自然灾害造成的生命财产损失；我最爱的还是德清微波目标特性测量实验室。"这些温柔的话语像微风一样不断飘进记者的耳朵。

▶ 魂牵梦绕罗布泊

未见邵芸之时，记者给这位搞遥感的女科学家很自然地先盖了个"女汉子"的戳。

结果完全颠覆想象。她不仅温柔有魅力，居然还像讲神话一样讲起了罗布泊。

罗布泊素有"死亡之海"、地球"旱极"之称。邵芸也讲不清楚她为何与罗布泊结下不解之缘。

10年来，她带领课题组先后进行了8次野外考察，在极端艰苦的环境中进行科学探索研究。第一次进驻罗布泊时，不论男女都只能挤在一节废弃的车厢里，所有的给养都需要靠自己带进去。尽管工作条件极端艰苦，但是，他们获得了重要的科学发现。

罗布泊古湖区面积11 602平方公里，远大于原报道的5350平方公里，邵芸团队的这项科学发现被称为"罗布泊研究"的七大发现之首。邵芸利用雷达的穿透优势，进行掩埋古河道、古湖泊的探测，进而研究古水系演变过程，这在一定程度上可以解释2000～3000年前罗布泊及其周围地区文明发达、人类活动频繁，为何在短短时间内文明消失、人类绝迹等问题。

邵芸还翻阅了《汉书》等大量文献，最终得出重大发现，罗布泊的干涸消失与楼兰文明的衰落直接相关，是一次发生在公元4世纪的严重干旱事件。

▶ 难忘汶川救灾之痛

尽管过去了那么多年，但提及汶川地震，邵芸的眼眶仍湿润了。在那场灾难中，是中国科学院遥感与数字地球研究所的邵芸团队第一个向国家有关部门报送了都江堰地区的灾情和房屋损毁情况，第一个发现北川的受灾程度远远超过位于震中的汶川。她的痛，比一般人来得更早、更真切。

在汶川地震重大灾害监测与损失评估中，她和团队人员连续十几天日夜加班，赶制监测结果图件与报告，提交雷达遥感地震灾害、房屋倒塌、滑坡和堰塞湖监测报告共计 24 份，为抗震救灾作出了重要贡献。

如昨日重现，当时，在一个月的时间里，邵芸每天的睡眠时间只有三四个小时，为地震救援工作作出了切实的贡献。国家领导人在飞赴灾区的飞机上看的正是由中国科学院遥感与数字地球研究所团队制作的分析图像。邵芸通过研究发现汶川地震造成的滑坡规模之大、破坏之巨十分罕见，并对地震能量来源提出了新的认识。

作为"国家自然灾害空间信息基础设施"论证总体组副组长，她坚信空间遥感技术将对地震预报取得最终的突破作出重要贡献。在论证过程中，她遇到了很多意想不到的困难，也面临着很多争议。但是意志力最终战胜了一切。在两年多的时间里，她与团队人员几乎每周开会讨论交流，花了大量的时间思考、调研、编写修改，最终形成了论证报告。

结果不负众望，在汶川地震之后，党和国家领导人对自然灾害高度重视，于2008 年 6 月 23 日在两院院士大会上发表了重要讲话，对利用空间信息进行防灾减灾提出了明确要求。

▶ 绿水青山就是金山银山

2008 年 8 月，广西北部湾海域发生严重溢油污染事件，艰巨的勘察任务又落在了邵芸头上。她带领科研人员加班加点，日夜奋战，最终得出正确结论。

为此，她受到国家海洋局的表扬："及时、科学、正确地判定了溢油区域和溢油来源，为尽快查清污染源起到了关键决定性作用。"此外，她所研发的关于海洋石油污染影响范围监测与评估方法，在 2010 年大连海域石油污染事故与 2011 年康菲海洋石油污染事故监测中均发挥了核心技术支持作用。

"生态文明建设是千秋大计，这是习近平总书记总强调的，我也铭记于心。"十几个小时里，邵芸一直在重复这句话。

最近几年，邵芸更加忙碌。在财政部修购专项支持下，邵芸在浙江德清建设"微波特性测量与仿真成像科学实验平台"，这是我国目前唯一也是亚洲唯一的大型微波遥感基础实验科学装置，填补了我国各类物质与目标微波特性测量和科学数据积累方面的空白，提供了原创性基础研究所需的实验条件。

作为党的十八大、十九大代表，邵芸表示，自己始终以国家利益、科研成绩及单位全面发展为重，坚持并且善于运用党的创新理论指导工作、带领团队，用正能量影响和带动身边的同志，用模范形象和卓越业绩感召和带领科研团队为实现"中国梦"作出扎扎实实的贡献。

吴统文：十年打造"国产"气候模式*

潘 希

吴统文

　　吴统文爱笑，厚厚镜片后的眼睛，总是笑得像一弯月牙。不过，一点开滚动着代码的屏幕，这双眼睛立马放光，这些字符在他眼中仿佛宝物一般。

---

* 本文发表于《中国科学报》2017 年 10 月 23 日第 1 版（要闻），作者潘希为《中国科学报》记者。

吴统文是党的十九大代表、国家气候中心气候模式室主任、博士生导师。他被同事们称为让"国产"气候模式亮相国际舞台的功勋人物。他用十年的时间，自主研发了第二代气候系统模式 BCC-CSM。

▶ 他为"模式"而生

学数学出身的吴统文，在模式研发上有着很深的功底，但取得成就更多的是因为他的脚踏实地和坚持。

地球的气候系统是一个由大气、海洋、冰、生物和陆地构成的系统，非常复杂。吴统文所做的气候模式，就是编写包含上万条方程组的复杂程序，再通过巨型计算机进行运算，对未来气候变化趋势作出预测。

2005 年，吴统文接手 BCC-CSM 模式研发工作，他从原先只考虑大气环流，转变为耦合了气溶胶、大气化学、海冰、海洋、陆面过程等多种模式。

虽然"调模式"三个字就能在很大程度上概括吴统文的日常工作，但这一过程却有着常人无法想象的枯燥和困难。

如果模式运算出现问题，他需要耐着性子倒推错误，有时可能需要一两个月，最后却发现只是上万条代码中一个符号的输入错误。

在办公室里，除了工位，吴统文还摆放了一张长桌、七把椅子、一块大屏幕。每天大家都会坐在这里，讨论更改和完善代码。

十年如一日。2014 年年初，吴统文因带状疱疹而住院。同事去探视时，发现他竟然还在调试代码。

虽然少有鲜花掌声，但苏格拉底曾说，世界上最快乐的事莫过于为理想而奋斗。大抵说的就是吴统文这样的人。

▶ 把"国产"气候模式带上国际舞台

"不和别人比较，怎么能了解自身的优势和不足？"刚接手 BCC-CSM 研发时，吴统文就这样想。

一直以来，国外模式发展非常迅速，全球的气候预报员都会依赖于欧洲等发达国家的模式产品，甚至连我国预报员，也更青睐于参考那些知名度更高的模式。但国外的气候模式在中国区域往往会"水土不服"，而且我们收不到这些产品时，怎样才能做好气候预测呢？

吴统文意识到，要使中国气候模式有长足的发展，必须要站在巨人的肩膀上再跨越一步，让世界听见我们的声音。

这个过程持续了近十年。吴统文在引进、消化国外核心模式的基础上，根据我国实际情况进行二次创新。

终于，吴统文带领团队在动力框架创新发展、积云对流参数化方案自主研发、洋面通量算法、陆面积雪覆盖度计算等领域取得多项创新研究成果。其中提出了独特的积云对流参数化方案，这是我国科学家在模式物理过程参数化研究方面的独创工作。

▶▶ 履职开启新征程

有了 BCC-CSM 模式做支撑，我国气候预测准确率不断提升。同时，在国际气候变化的舞台上，我国声音越来越响。该模式产品为联合国政府间气候变化专门委员会第五次评估报告的编写提供了大量的基础试验数据。

2017 年 5 月该系统的厄尔尼诺/拉尼娜预报产品被正式纳入气候与社会国际研究中心（IRI）ENSO 多模式预测框架，与美国、日本、英国等国家的 18 个数值模式产品同场竞技，全球气候预测者可以实时查阅、参考我国的预测。

不过吴统文并不满足于此，如今他又担任国家气象科技创新工程"次季节至季节气候预测和气候系统模式"攻关团队首席科学家。

而作为党的十九大代表，吴统文说，身为基层党代表，他深感压力，表示要积极学习怎样更好地履职。他同时感到光荣，参加十九大，可以更集中地学习报告精神，更好地投身到实际工作中。

胡伟武：用"芯"构筑产业发展生态链*

王　静

胡伟武

　　芯片是信息产业的核心部件，也曾是我国经济乃至信息安全的最大隐痛。为了消除隐患，16 年前，三十出头的胡伟武在中国科学院计算技术研究所支持下，带着队伍经过一番鏖战，研发出第一代具有自主知识产权的"龙芯 1 号"。如今，已走向市场的"龙芯"面对对手有怎样的表现？在聆听了党的十九大报告后，龙芯中科技术有限公司总裁胡伟武代表倍感振奋，他在接受《中国科学报》记者采访时表示："回去后，一定要学习领会十九大精神，撸起袖子加油干。"

---

*　本文发表于《中国科学报》2017 年 10 月 24 日第 1 版（要闻），作者王静为《中国科学报》记者。

▶ 拒绝橄榄枝

"一家企业如果只做某个部件，即便是核心部件，想在市场中盈利也是非常困难的。"胡伟武说，"在天上，'北斗'卫星采用具有抗辐照能力的'龙芯'芯片作为中央处理器；在地下，石油钻探平台使用了'龙芯'1H耐高温芯片。除了满足国家战略需求，我们正尽可能满足通用产品的要求，打造产业发展的生态链。"

"龙芯"研发最初是国家战略部署的一项重要任务，得到了国家多部门的支持。不过，当时的主流观点认为，"我国应以研制专用的嵌入式处理器为主，因为不具备研制高性能通用 CPU 的能力"。

到 2001 年，胡伟武团队设计出了"龙芯"CPU 原型系统。2002 年，"龙芯 1号"流片成功，完成了我国通用 CPU 从无到有的飞跃。2009 年研制出我国第一款四核 CPU 芯片——"龙芯"3A1000，2012 年又推出 8 核芯片——"龙芯"3B1500，其峰值浮点运算速度已跻身国际先进行列。

当时，多家国外 CPU 厂商再找到胡伟武谈合作均被拒绝。胡伟武比谁都明白，如果没有自主研发的实践将永远受制于人。技术上虽然取得成功，但"龙芯"的市场占有率并不高，盈利非常困难。因为商家更愿意采用成熟的产品和技术，"龙芯"一度陷入困境。

▶ 调整战略战术

面对困难，胡伟武没有气馁，而是积极调整了思路。

他带领团队设计研发 Wintel 和 AA 体系外的自主信息产业体系。几经拼搏，围绕"龙芯"的自主可控的信息产业体系目前已初具雏形，基于"龙芯"的基础软硬件平台日趋完善。目前，"龙芯"CPU 已广泛应用于党政军、能源、电信等领域，公司的销售额和利润均实现快速增长。同时，欧洲著名集成电路公司意法半导体集团，花费几百万美元购买了"龙芯"CPU 的产品授权，开创了我国计算机核心技术对外授权的先例。

"从 2015 年开始，'龙芯'在市场上逐步显现竞争力，产值首次超过亿元大关。最近两年以年均 50%的速度递增，新的平台系统正在开疆拓土。"

▶ 永不改变的灵魂

胡伟武善于用先进理论武装科研团队，"龙芯"系列产品均以中国共产党重大历史事件第一个拼音字母命名。2016 年 10 月，"龙芯"3A3000 处理器研制成功，公司即以 CZ80（纪念长征胜利 80 周年）命名这款产品。

"80 年前，当衣不遮体的几万红军完成两万五千里长征时，他们是中国最生机勃勃、百折不挠的一群人。他们怀着对革命的坚定信念，怀着崇高的理想走完了长征路。"胡伟武说。

"在中国近代史上，我们有 3 次向外国学习的经历，但每次都是有了教训后，最终走上自力更生的道路。"他列举晚清时期的洋务运动、中华人民共和国成立后向苏联老大哥学习和改革开放后的技术引进，用市场并没能换来技术。

胡伟武清楚地记得，自 2001 年起步，他带领团队走了一条别人不曾走过的路。加班加点是"龙芯人"的工作常态，而在同类企业中，"龙芯人"薪酬最低。"不少龙芯骨干都接到过猎头电话，面对百万年薪的诱惑，他们仍然与我一起坚守。"

中国科学院计算技术研究所第一代科学家为强国做了"两弹一星"应用的计算机，第二代人在国家转型发展中创办了联想集团和曙光公司，他是第三代人，在市场化环境中实现了自主创新。

作为"龙芯"党总支书记，胡伟武通过多种方式加强团队的思想作风建设，结合"龙芯"发展历史编写内部书刊《龙芯的足迹》，创办内部刊物《龙心飞扬》。"龙芯"团队的党员工位上都有"我是党员"的标志牌。他把"为人民服务"的宗旨落实到基于"龙芯"CPU 建立自主可控信息产业体系的实践中；把"实事求是"的作风落实到探索通用 CPU 研发、市场、管理规律的实践中，形成相应的研发流程、商业模式和管理制度，打造产学研用相结合的产业链；把"自力更生"的精神落实到"不怕鬼、不信邪"，坚定自主创新信心，建设创新能力的实践中。

"前辈的精神照亮了我们未来的路，今后我们将沿着新时代中国特色社会主义道路勇往直前。"胡伟武表示。

第四篇　喜迎党的十九大特别报道

　　党的十八大以来，以习近平同志为核心的党中央，准确把握时代大势，站在战略高度和长远角度，就我国科技发展发表了一系列具有重大现实意义和深远历史意义的重要讲话。这一系列重要讲话精神，成为党中央治国理政新理念新思想新战略的重要组成部分，为深入推进科技强国战略指明了前进方向。

　　五年来，中国科学院牢牢把握"三个面向"要求，积极推动科技体制改革，围绕战略重点布局，齐心协力，攻坚克难，产出了一批有重要影响的创新成果，在若干重大创新领域取得突破性进展。

　　本篇着重展现以习近平同志为核心的党中央高度重视科技创新，关心中国科学院改革发展，对科技发展的指示和指导，对科研工作者的关心和关怀，展示和体现我国科技领域在国家飞速发展的背景下，取得的多项瞩目成绩。

走好科技创新这步先手棋[*]

——以习近平同志为核心的党中央高度重视科技创新综述

倪思洁

任何一个时代都需要创新。当前，创新比任何时候都显得更为迫切。

党的十八大以来，以习近平同志为核心的党中央，始终把创新摆在国家发展全局的核心位置，高度重视科技创新，围绕实施创新驱动发展战略、加快推进以科技创新为核心的全面创新，提出了一系列新思想、新论述、新要求，为中国走好科技创新这步"先手棋"指明了方向。

▶ 引领发展第一动力　科技创新核心地位更加明确

时间： 2013 年 9 月 30 日，共和国 64 周年国庆前夕

坐标： 中关村

第一次，中央政治局集体学习走出了中南海，把"课堂"搬到了中关村。

在这片创建了国家首个高技术园区和首个自主创新示范区的地方，习近平强调，科技创新是提高社会生产力和综合国力的战略支撑，必须摆在国家发展全局的核心位置。

同样是在中关村。2015 年，国务院总理李克强两次来到这里，"大众创业、万众创新"在 2015 年成为中国的关键词，高速行驶了 30 多年后有所放缓的中国经济列车启动了新引擎。

---

[*]　本文发表于《中国科学报》2017 年 9 月 14 日第 1 版（要闻），作者倪思洁为《中国科学报》记者。

科技是国家强盛之基，创新是民族进步之魂。党的第十八届中央委员会第五次全体会议提出"五大发展理念"，将"创新"放在首位。创新驱动发展作为国家发展战略，创新作为国家发展全局的核心，正成为社会生产力和综合国力提升的战略支撑，科技创新在创新驱动发展中的核心地位越来越明确。

这是世代的规律，也是时代的考验。回望历史，科技革命总是能够深刻改变世界发展格局；环顾当下，新一轮科技革命和产业变革正在创造历史性机遇。

创新驱动成为大势所趋，世界各国蓄势待发，以科技为核心推动国力提升，争取发展的主动权。中国唯有摆脱长期依靠资源、资本、劳动力等要素投入的高速粗放式发展"老路"，走自主创新的路子，才能建成创新型国家，抓住时代赋予的新机遇。

站在新的历史起点上，"我们没有别的选择，非走自主创新道路不可"。在习近平总书记的公开讲话和报道中，"创新"一词的出现超过千次，涵盖科技创新的意义、路径、目标等内容，涉及科学研究、成果转化、科学普及等诸多方面。

解决问题有赖于科技创新。"要突破自身发展瓶颈、解决深层次矛盾和问题，根本出路就在于创新，关键要靠科技力量。"每年参加全国人大会议上海代表团审议时，习近平都反复强调科技创新的关键作用。

促进发展有赖于科技创新。"创新是引领发展的第一动力""抓创新就是抓发展，谋创新就是谋未来""适应和引领我国经济发展新常态，关键是要依靠科技创新转换发展动力。"对科技创新核心地位的一次次强调，体现出国家领导人对创新引领的高度重视和对时代发展脉搏的准确把握。

抢抓机遇有赖于科技创新。中央政治局在中关村的那次集体学习中，习近平指出"机会稍纵即逝，抓住了就是机遇，抓不住就是挑战"。在此后的一系列讲话中，他再度强调"谁牵住了科技创新这个牛鼻子，谁走好了科技创新这步先手棋，谁就能占领先机、赢得优势"。

科学普及在创新体系中的位置得以凸显。2016年，在"科技三会"（即全国科技创新大会、两院院士大会、中国科学技术协会第九次全国代表大会）上，习近平强调，"科技创新、科学普及是实现创新发展的两翼，要把科学普及放在与科技创新同等重要的位置""没有全民科学素质普遍提高，就难以建立起宏大的高素质创新大军，难以实现科技成果快速转化。"

全球化时代，党和国家领导人正立于新常态，思考"创新"对于人类发展的意义。科技创新、科学普及成为中国担起大国责任的有力支撑。2014年，习近平总书记在联合国教科文组织总部的演讲，让世界看到了中国的大国担当——要通过"文明交流、平等教育、普及科学，消除隔阂、偏见、仇视，播撒和平理念的种子"。科技创新和科学普及对人类和平发展的积极意义得以明确。

▶ 建设世界科技强国　科技体制改革全面铺开

时间：2015年1月8日

坐标：人民大会堂

全国科技奖励大会召开。就在习近平等党和国家领导人走出会场的一瞬间，掌声雷动，经久不息，台下来自我国科研一线的工作者，起立欢呼。

让科学家如此激动的，是长期以来党和国家领导人对科技创新的关切、对科技体制现存问题的洞察和对科技体制改革的坚持。

以习近平同志为核心的党中央，在准确把握科技创新重要作用的同时、对于科技创新的体制机制障碍，有着深刻洞察。仅2013年和2014年，习近平就在多个场合谈及科技创新面临的问题和解决路径。

2013年，在参加全国政协十二届一次会议科协、科技界委员联组讨论时，习近平强调"科技体制改革必须与其他方面改革协同推进"。同年7月17日，习近平在中国科学院视察时说："要坚决扫除影响科技创新能力提高的体制障碍，有力打通科技和经济转移转化的通道，优化科技政策供给，完善科技评价体系。"

2014年，两院院士大会上，习近平一针见血地指出了多年来科技成果转化的症结——"科技创新链条上存在着诸多体制机制关卡，创新和转化各个环节衔接不够紧密""就像接力赛一样，第一棒跑到了，下一棒没有人接，或者接了不知道往哪儿跑"。

打攻坚战，实打才有胜算；啃硬骨头，实干方能破局。新一轮科技体制改革重拳频出，一系列重要文件措施陆续出台。《关于改进加强中央财政科研项目和资金管理的若干意见》，让管理过死的科研经费"活"了过来；《关于深化中央财政科技计划（专项、基金等）管理改革的方案》，把天女散花的科技项目"统"了起来；《关于国家重大科研基础设施和大型科研仪器向社会开放的意见》，让沉睡的科研仪器"转"了起来。2014 年被评价为我国"全面深化科技体制改革元年"。

至 2015 年，我国科技体制改革已全面铺开，党中央、国务院印发《深化科技体制改革实施方案》，勾勒出科技体制改革的"施工图"。改革的深入推进，让我国科技创新的体制机制障碍一步步破除，科技作为第一生产力所蕴藏的巨大潜能得到解放和激发。

这种壮士断腕的魄力，科研一线的工作者们看在眼里，记在心上。

2016 年，"科技三会"上，掌声再度响起，李克强总理关于科技体制改革的重要讲话数次被响亮的掌声打断："尊重劳动、尊重知识、尊重人才、尊重创造，这不能只放在口头上，更不能口惠而实不至。我们今天在这里讲了，讲了就必须做，而且一定要做到。"

改革只有进行时，没有完成时。"必须给科学家创造更多的空间，释放他们更大的活力。"2017 年 7 月 12 日的国务院常务会议上，李克强总理语重心长的话语让改革的步伐更加坚定。

▶ 描绘科技未来图景　自主创新体系日臻完善

时间：2016 年 4 月 26 日

坐标：中国科学技术大学图书馆

"家是哪里的？一个人来合肥上大学爸妈放心吗？""国防班有多少人？招生时就定向了吧？""在图书馆学习觉得氛围很好吧？还得早点来占个座？"习近平总书记的心系在围着他的每一位学生身上。这些学生代表着中国的年轻一代，他们正朝着国际一流人才的目标奋力前行。

功以才成，业由才广。"推进自主创新，人才是关键。没有强大人才队伍作后盾，自主创新就是无源之水、无本之木。"2013 年习近平在参加全国政协十二届一次会议科协、科技界委员联组讨论时如是说。

聪者听于无声，明者见于未形。未来，中国要立什么样的功与业，做什么样的科技创新？

科技创新要"顶天立地"。这是 2015 年李克强总理在国家科技战略座谈会上的判断，也是党和国家领导人对于中国未来科技创新路径的深度思索："顶天"就是力争在科技关键环节取得原始创新成果；"立地"就是面向"大众创业、万众创新"，促进科技成果转化为现实生产力，解决科技与经济"两张皮"问题。

面向未来，党中央绘制了推进创新驱动发展的蓝图，自主创新体系日臻完善。这推动着中国制造向中国创造转变、中国速度向中国质量转变、中国产品向中国品牌转变，地区差异化发展路径逐渐形成，国家创新合力开始凝聚。

人才创新热情和活力得以激发。党的十八大以来，我国最大限度地支持和帮助科技人员创新创业，在创新实践中发现人才、在创新活动中培育人才、在创新事业中凝聚人才，使广大科技人员焕发出蓬勃旺盛的创造热情和创新活力。

科技与经济转移转化通道正在被打通。围绕产业链部署创新链，围绕创新链完善资金链，创新体系的完善离不开创新各个环节的紧密结合，也离不开科技创新链条的环环相扣。"科技成果只有同国家需要、人民要求、市场需求相结合，完成从科学研究、实验开发、推广应用的三级跳，才能真正实现创新价值、实现创新驱动发展。"习近平说。

科技进步贡献率增加至 55.1%。党的十八大以来，科技创新能力对经济社会发展贡献日益显著。国产首架大飞机 C919 成功总装下线，ARJ 支线飞机成功实现商业运营；新一代高速铁路技术世界领先，高铁里程占世界总量 60% 以上；2015 年新能源汽车产销量超过 37 万辆，累计保有量达 49.7 万辆，居世界第一。

科技创新"孤岛"逐渐消失。国家正围绕"一带一路"建设、长江经济带发展、京津冀协同发展等重大规划，尊重科技创新的区域集聚规律，因地制宜探索差异化的创新发展路径，加快打造具有全球影响力的科技创新中心，建设若干具有强大带动力的创新型城市和区域创新中心。

千年潮未落，风起再扬帆。怀揣中国梦，中华民族扬起科技风帆；迈向新时代，华夏儿女谱就创新华章。在全面建成小康社会、实现中华民族伟大复兴的中国梦的道路上，我们砥砺前行，勇于走前人没有走过的路。面对世界创新发展的新趋势，我们正迎头赶上、奋起直追、力争超越，抢占未来经济科技发展的先机。

点亮科技扬帆远航的"灯塔"*

——以习近平同志为核心的党中央关心中国科学院改革发展纪实

丁　佳

2017 年 8 月 19 日，拉萨，虽是盛夏，但风和日丽，风光旖旎。

一支支科学家队伍在这里集结，整装待发，士气高昂。

时隔近 50 年，中国的"科技国家队"——中国科学院再次组织青藏高原综合科学考察研究。启动仪式上，中共中央总书记、国家主席、中央军委主席习近平发来贺信，向参加科学考察的全体科研人员、青年学生和保障人员表示热烈的祝贺和诚挚的问候。他说："希望你们发扬老一辈科学家艰苦奋斗、团结奋进、勇攀高峰的精神……为守护好世界上最后一方净土、建设美丽的青藏高原作出新贡献，让青藏高原各族群众生活更加幸福安康。"

这份暖洋洋的关怀、这份沉甸甸的嘱托，为中国科学院无数从事青藏高原科研工作的科研人员带来了感动，坚定了信心，更指明了方向。

而这，仅仅是党的十八大以来，以习近平同志为核心的党中央关心中国科学院改革创新发展事业的一个缩影。这样令人动容的点点滴滴，还有许多，许多。

▶ 下一线，零距离　促动"国家队"改革改革再改革

"中国科学院是一支党、国家、人民可以依靠、可以信赖的国家战略科技力量。"

对于中国科学院来说，2013 年 7 月 17 日，是值得载入院史的一天。

---

* 本文发表于《中国科学报》2017 年 9 月 20 日第 1 版（要闻），作者丁佳为《中国科学报》记者。

那一天，习近平来到中国科学院考察工作。他首先来到中国科学院高能物理研究所，考察我国第一个大科学装置北京正负电子对撞机，接着又来到中国科学院大学多功能厅，了解中国科学院国防科技创新工作情况和取得的重大成果。而后，习近平来到中国科学院大学礼堂会议室，同中国科学院负责同志和科技人员代表座谈。

习近平的这次来访颇具深意。党的十八大以来，以习近平同志为核心的党中央高度重视科技创新工作，而作为科技创新的"国家队"和"火车头"，习近平将中国科学院作为到一线了解工作的重要一站，对全国科技界和广大科技工作者来说，无疑有巨大的鼓舞和鞭策作用。

也正是这次至关重要的考察活动，直接推动了中国科学院的新一轮改革。

2014年8月，中国科学院研究制定的《中国科学院"率先行动"计划暨全面深化改革纲要》审议通过，并获得习近平重要批示。

2015年2月，中国科学院确立了新时期的办院方针，即面向世界科技前沿、面向国家重大需求、面向国民经济主战场，率先实现科学技术跨越发展，率先建成国家创新人才高地，率先建成国家高水平科技智库，率先建设国际一流科研机构。

2017年7月，中国科学院夏季党组扩大会进一步明确了中国科学院未来的重点任务，提出打造"率先行动"计划升级版……

据统计，党的十八大以来，习近平关于中国科学院工作的重要讲话有7篇，关于中国科学院工作的贺信、批示指示有70余条。而总书记的足迹，也从北京的玉泉路，来到西安，来到合肥，与中国科学院西安光学精密机械研究所和中国科学技术大学的科研人员、科技创业者、学生等亲切交流。

字字珠玑，句句恳切，声声震耳。

每一个字，都凝聚了党中央对这支国家战略科技力量的关注与关心。

每一句话，对中国科学院来说，都是根本遵循，都是行动指南，都是制胜法宝。

方向明，任务清，干劲足。

在"三个面向""四个率先"要求的指引下，伴随着迈向科技强国的号角，伴随着全国科技创新中心建设等重大科技发展战略的实施，中国科学院工作迈向了一个新阶段，开启了改革创新发展的新征程。

研究所分类改革，调整优化科研布局，承担国家重大科技任务，院士制度改革，国家智库建设，人才系统工程……党的十八大以来，中国科学院一系列重大改革举措层出不穷，不断取得重要阶段性成果。

▶ 赞成果，绘蓝图　深耕"海陆空"创新创新再创新

"'中国天眼'落成启用，'悟空号'已在轨运行一年，'墨子号'飞向太空，'神舟'十一号和'天宫'二号邀游星汉……这一切，让我们感到欣慰。"

2017 年新年前夕，习近平通过中国国际广播电台、中央人民广播电台、中央电视台、中国国际电视台和互联网发表了新年贺词，他所列举的 4 项重大科技成果，均由中国科学院研制或主要承担完成。

实际上，这并不是中国科学院的科技成果第一次被党中央"点赞"。

2016 年 5 月，习近平在"科技三会"上指出，高温超导、中微子物理、量子反常霍尔效应、干细胞研究、肿瘤早期诊断标志物、人类基因组测序等基础科学突破，为我国成为一个有世界影响的大国奠定了重要基础。

2016 年 9 月，中国科学院承担建设的 500 米口径球面射电望远镜（FAST）落成启用，习近平发来贺信称，FAST 的落成启用，对我国在科学前沿实现重大原创突破、加快创新驱动发展具有重要意义。

2016 年 12 月，中国科学院作出重要贡献的神华宁煤集团 400 万吨/年煤炭间接液化示范项目建成投产，习近平作出重要指示称，这一重大项目建成投产，对我国增强能源自主保障能力、推动煤炭清洁高效利用、促进民族地区发展具有重大意义，是对能源安全高效清洁低碳发展方式的有益探索，是实施创新驱动发展战略的重要成果。

2015 年 5 月，中共中央政治局常委、国务院总理李克强来到中国科学院物理研究所，对研究所相关领域研发进展和设备自主研制情况表示肯定。李克强说，基础研究的深度和广度，决定着国家原始创新动力和活力，只有夯实这个"地基"，才能矗起国家核心竞争力的"大厦"。

不忘初心，方得始终。回顾近 70 年的发展历程，每一个中国科学院人都深刻地认识到，唯有坚持党的坚强领导，我国的科技事业才能不断发展壮大，才能早日实现科技强国梦。

每个中国科学院人也深刻认识到，唯有把关怀化作动力，把期望变成行动，才能早日把构想变成现实，才能不断产出一批又一批重大科技成果。

面向世界科技前沿，坚持在"独创独有"上下功夫。党的十八大以来，中国科学院围绕"宇宙、地球、生命、物质"四大尺度上的重大科技问题，集中优势力量产出了一批国际领先的重大原创成果。

面向国家重大需求，立足太空、海洋、网络空间等战略必争之地。党的十八大以来，中国科学院积极承担国家重大科技任务，在载人航天、探月工程、万米科考、深部探测、量子通信等领域，实现了一个又一个"第一次"。

面向国民经济主战场，秉承服务国家、造福人民的宗旨不动摇。党的十八大以来，中国科学院接连实现了煤制油、甲醇制烯烃、中阶梯光栅、"渤海粮仓"等一批重大成果产出，在转化应用方面取得新突破。

▶ 问冷暖，润人心　难忘"知遇情"前行前行再前行

领奖台上，他坐着，他站着。

那是 2015 年 1 月 9 日，人民大会堂，中国科学院院士、中国"氢弹之父""两弹一星"功勋奖章获得者于敏坐在轮椅上，接过了习近平弯腰递过来的国家最高科学技术奖获奖证书。习近平与他热情握手，表示祝贺。

这一瞬间，深深地印刻在在场每一位科研人员的心中，也浓缩了以习近平同志为核心的党中央对中国科学院科研人员的深厚感情。

在"初出茅庐"的青年科技人才心中，习近平则更像是一位"可爱的叔叔"。

2013 年 7 月从中国科学院化学研究所博士毕业的冯端，也是在中国科学院大学见到习近平的。"感觉像是在做梦。"她这样回忆那次特殊的碰面，"总书记亲切地与我交谈、拉家常，我一下子就放松了下来。总书记的朴实、真诚，让我十分感动。"

2015 年 7 月 27 日，李克强出席国家科技战略座谈会。一个小小的细节，让中国科学院院士赵淳生印象深刻。

在那次会议上，李克强到场后与离其较近的院士握了手。这时，赵淳生听到总理特别向其他院士表示，这么多人不能一一握手，十分抱歉。

除了走到科学家当中，李克强还曾把院士请到了国务院。

那是在 2017 年 6 月 22 日，中国科学院院士白春礼、潘建伟、周琪，中国工程院院士潘云鹤的到来，把国务院第一会议室从"国家政策决策场"变成了一个名副其实的"科学讲堂"。

那次会议，四位院士做"老师"，而听讲者，则是李克强、国务院有关领导，以及各部门、部分央企负责人。

在听讲后，李克强总结道："现在各种新事物、新技术、新业态层出不穷，我们必须不断加强学习，在政策制定中灵活运用。要紧紧跟踪新一轮科技革命和产业变革的脚步，千万不能沦为新的'科盲'！"

2014 年 11 月 10 日，国家最高科学技术奖获得者、两院院士师昌绪逝世，忙于国事的李克强委托工作人员打电话，对师昌绪的逝世表示沉痛哀悼，并向其家人及亲属表示慰问。

一次握手、一声问候、一句抱歉、一通电话，这份关心，点亮了多少中国科学院人心中的明灯！从中关村到奥运村，到怀柔，到全国各地，中国科学院的脚步延伸到哪里，党的关怀就延伸到哪里。

礼遇之情，当孚所望，知遇之恩，衔环以报，这份关心，也将成为中国科学院人力量的源泉。立足当前，着眼未来，面向需求，追求卓越，这支共和国的"科技国家队"，将如诞生之初那样，始终不忘使命，始终与科学共进，始终与祖国同行。

用辉煌成果筑繁荣中国*

——党的十八大以来中国科学院创新成果巡礼

李晨阳

2017 年 8 月 28 日，位于广东东莞的国家大科学工程——中国散裂中子源首次打靶成功，获得中子束流。这是工程建设的重大里程碑，也是中国科学院人向党的十九大隆重献礼。

党的十八大以来的五年，是中国科技事业蓬勃发展、迈向引领跨越的五年。2015 年，中国科学院确定了"三个面向""四个率先"的办院方针，也亮明了中国科学院科技创新事业一以贯之的心之所系、奋斗目标和战略使命。

五年栉风沐雨，五年砥砺奋进。在喜迎党的十九大胜利召开之际，让我们共同回顾五年来中国科学院众多院所的创新实践，放眼广大科学家的创新成就，一窥我国科技创新事业的巨大历史性进步。

▶ 上天入地下海　不断挑战人类认知极限

深空、深海、深地，是人类探索世界未知领域的前沿方向，也是具有重大战略意义的研究领域。"率先行动"计划实施以来，中国科学院发挥建制化优势，携尖端科技项目，上天、入地、下海，不断突破人类认知的新疆界。

2016 年，"墨子号"量子科学实验卫星成功与地面台站建立星地链路，在延时摄影曝光下，绿色信标光从卫星上投下，红色信标光自地面站发出，壮丽的画

---

* 本文发表于《中国科学报》2017 年 9 月 21 日第 1 版（要闻），作者李晨阳为《中国科学报》记者。

面俨然一场"旷世的握手"。

2017 年 6 月，"墨子号"在国际上率先实现千公里级的星地双向量子纠缠分发；8 月，在国际上首次成功实现了从卫星到地面的量子密钥分发和从地面到卫星的量子隐形传态——标志着"墨子号"提前并圆满实现了预先设定的三大科学目标。

2013 年，习近平总书记在全国科技创新大会上强调："浩瀚的空天还有许多未知的奥秘有待探索。"

而今日的天空，早已漫布璀璨"中国星"："悟空"腾霄，火眼金睛探测神秘的暗物质；"实践"驾鸿，摆脱地球重力探寻宇宙机密；"嫦娥"圆梦，测月、巡天、观地，揭开神秘面纱；"量子"传态，打造天地一体化通信巨网；"天宫"凌霄，把科学实验做上天；"天舟"穿梭，天地之间物流通畅；"北斗"导航，亮起遥远天际的灯塔；"慧眼"流转，定向观测高能天体；卫星嗅碳，积极迎战气候变化……

上天不够，还须入地。"向地球深部进军"是当前大势所趋的国家资源能源战略。

中国科学院率先提出的"克拉通破坏成矿"理论，指导"中国岩金勘察第一深钻"的实施，获得潜在经济价值 1000 余亿元；全方位、立体式、多层次的矿产资源探测装备与技术体系，形成了靶区优选、资源勘察、资源开发三位一体的勘探装备技术体系；"地球深部探测重大科技项目"提出，辽东地区有可能是我国未来黄金资源战略接替基地。

在 2016 年的全国科技创新大会上，习近平总书记进一步指出："深海蕴含着地球上远未认知和开发的宝藏，但要得到这些宝藏，就必须在深海进入、深海探测、深海开发方面掌握关键技术。"

面向国家深海战略重大需求，几年间，中国科学院完成了我国首次万米级深渊科考，抢占深海科技前沿制高点；构建了自主谱系化深海装备体系，引领海洋技术装备能力跨越发展；组建了海洋科考船队，建设国际一流的深远海综合探测体系；引领国际西太平洋科学研究，为海洋环境安全保驾护航。

放眼万顷碧波，看他百舸争流："科学""探索""实验"3 个系列 6 艘综合考察船远洋出征；"潜龙一号""海翼7000""海斗"水下机器人等畅游深海秘境。神秘的海洋世界，正向中国科学家款款揭开蔚蓝的面纱。

▶ 宏观微观贯通　探索科学世界无穷奥秘

坐落于上海张江高科技园区的上海光源，乍看上去像是一只直径160米的巨型鹦鹉螺。这个引人注目的大科学装置却是个"心细如发"的家伙，对活体动物的分辨率可以达到6.5微米（约为一根头发丝的1/10）。在它的帮助下，科学家能够在前所未见的微观世界里游目骋怀，探索新奇之境。

上海光源的美，在于将"极大"和"极小"融为一体。纵观世界科技发展，正在于一面向更宏观处拓展，一面向更微细处深入。

"率先行动"计划实施以来，中国科学院在宇宙大尺度结构、星系团和星系、恒星及恒星系数、太阳和太阳系内各种天体等不同层次取得了一系列有国际影响力的成果。

在中国科学院众多科技工作者的倾力合作下，全球第一张1：250万覆盖全月球的数字地质图徐徐展开；国产超级计算机"凤凰""盘古"精细模拟浩瀚宇宙；LAMOST（郭守敬望远镜）坐地巡天，恒星光谱获取率超过国际其他同类项目之和；FAST（500米口径球面射电望远镜）张开天眼，其综合性能和灵敏度比现有同类望远镜高出数倍……

中国幅员辽阔、地大物博，为大型科研项目提供了难得的宽广舞台，也向广大科研人员提出了更高挑战。中国科学家主导了首个"第三极环境"国际计划，向世界屋脊进发，摘取重要科学成果，为绿色"一带一路"提供科学支撑；面对全球气候变化大势，还是中国科学家，挑起"碳专项"的大梁，用规模空前的大尺度研究建立了我国自己的碳收支评估体系。

为了揭示微观世界的奥秘，科技工作者一方面在更小尺度、极端条件下研究更深层次的物质结构和相互作用，一方面在原子分子层面研究一直未被察觉的现象和规律。中国科学院也投入其中，以"无微不至"的精神，一次次揭示出肉眼无法直击的真理：利用先进的原子力显微镜技术，首次"拍"到了氢键的"照片"；

用正负电子对撞机让四夸克物质"现出原形";追踪原子和分子的足迹,揭示能源化学转化的基本规律;将单分子拉曼成像空间分辨率提高到前所未有的亚纳米水平……

2015 年,中国科学家率先观测到外尔费米子,成为轰动世界的重大成果;同年,大亚湾中微子实验发现"幽灵粒子"中微子振荡新模式,获得了世界上最精确的中微子混合角和质量平方差测量结果,在可以预见的未来几十年,这个记录都不会被打破。

▶ 顶天立地结合　崭新成果服务国计民生

开展前沿探索,抢占未来制高点,曰"顶天";立足产业应用,为国计民生造福,曰"立地"。

2015 年上半年,5 例脊髓损伤患者先后接受了修复手术,4 周安全性评估显示手术未出现不良反应,安全性良好。如今,首例腰段脊髓损伤受试者的运动功能已经得到明显改善,生活自理能力显著提高。

这些"好消息"的出现,依赖于中国科学院科研团队在干细胞与再生医学领域取得的巨大突破。自 2011 年起,中国科学院正式启动实施"干细胞与再生医学研究"战略性先导科技专项。专项实施的 5 年间,建立了多项具有自主知识产权的核心技术,并以此为基础开展了大量临床研究工作,形成了辐射全国的干细胞研究与医学转化网络。

在包括干细胞与再生医学等在内的前沿科技领域,中国科学院取得的原创成果已经跻身世界领先行列,正在积极抢占国际制高点。

仰望天空,亦要脚踏实地。"立地"主要围绕战略性新兴产业,开展低阶煤清洁高效梯级利用、农作物新品种与农业示范、重大疾病防控与新药创制、应对气候变化碳收支认证等民生健康与环境问题的研究。

"精准扶贫"时代来临,科技发展已成必要支撑。中国科学院在长期定点帮扶的广西环江县、内蒙古库伦旗、贵州水城县等地,推广示范了一批适用科技成果。在广西独特的喀斯特地区,中国科学院科研人员扎根贫壤 20 余年,将基础研究、技术研发与推广应用、生态治理与民生改善有机结合，发展出了针对喀斯特地形的可持续生态农业和养殖模式。

　　为了更多中国人民的福祉，中国科学院向更广阔的大山大水、平原汪洋进发：发展现代海洋牧场，使牧场海域资源量增加 2 倍；在呼伦贝尔构建首个"生态草牧业试验区"，有效避免了我国天然草地大面积退化等现象的发生；轰轰烈烈的"渤海粮仓"工程大幅提升了中低产田和盐碱地的增产增收，为我国的粮食安全提供了有效保障。

　　壮志扬帆，风雨兼程；宏愿在心，勇攀险峰。在广大中国科学院科技工作者的携手并进、奋勇争先之下，创新人才辈出、创新成果涌现、创新亮点纷呈的局面已呈现眼前。短短几年间，我们的重大成果产出能力显著提升，标志性重大成果不断涌现，我国在全球创新格局中的影响力、竞争力强势凸显。

　　迎接党的十九大，中国科学院将继续乘风破浪、高歌猛进，用更多璀璨的成果，筑就更灿烂的创新中国。

以中国智慧承载历史担当*

——党的十八大以来国家高端科技智库建设综述

陆 琦

"这是一个需要理论而且一定能够产生理论的时代，这是一个需要思想而且一定能够产生思想的时代。我们不能辜负了这个时代。" 2016 年 5 月 17 日，习近平总书记在哲学社会科学工作座谈会上的重要讲话高屋建瓴、思想深邃，为建设中国特色新型科技智库，建立健全决策咨询制度指明了方向。

思想是行动的先导。纵观世界历史，有了思想，人类才能不断进步；有了思想，国家才有发展的希望。

当今世界，科技创新浪潮迭起，如何抓住而不错失新一轮科技革命和产业革命的机遇以实现新的经济繁荣，如何准确把握、及时布局科技创新的方向和重点以掌握竞争发展的主动权，成为世界主要国家制定发展战略、规划和政策时优先考虑的重要课题，更是我国推进创新驱动发展、建设世界科技强国需要考虑的重要课题。

而这，就需要高端科技智库持续深入地开展科技发展战略研究，不断为国家宏观决策提供科学咨询建议和系统解决方案。

▶▶ 国家使命，智库担当　为宏观决策提供科技支撑

国务院第一会议室——国务院制定政策的最终决策场所。2017 年 6 月 22 日，

---

* 本文发表于《中国科学报》2017 年 9 月 25 日第 1 版（要闻），作者陆琦为《中国科学报》记者。

这里的主角是四位科学家。李克强总理邀请白春礼、潘云鹤、潘建伟和周琪四位院士在这里做了一场科学讲座。

这个举动当然不会是无的放矢。用李克强总理的话说，这是为了"进一步了解科技革命和产业变革的前沿领域，为政府决策提供有力的科学支撑"。

作为国家高端科技智库中的佼佼者，上述四位院士代表科技界应国家之所需，急国家之所急，根据科技创新实践，集成专家智慧，不断科学前瞻，为国家重大需求和战略部署提供智力、知识和科技支撑。

党的十八大以来，以习近平同志为核心的党中央面对新形势新任务，为实现"两个一百年"奋斗目标和中华民族的伟大复兴，高度重视智库建设，提出了一系列智库建设新理念新思想新战略。高端科技智库建设的画卷在此背景下徐徐展开。

2014 年 10 月，中央全面深化改革领导小组第六次会议审议了《关于加强中国特色新型智库建设的意见》，提出从推动科学决策、民主决策，推进国家治理体系和治理能力现代化，增强国家软实力的战略高度，把中国特色新型智库建设作为一项重大而紧迫的任务切实抓好，重点建设一批具有较大影响和国际影响力的高端智库，重视专业化智库建设。

2015 年 1 月，中央办公厅、国务院办公厅印发了《关于加强中国特色新型智库建设的意见》，明确提出"建设高水平科技创新智库和企业智库"。9 月，中办国办印发的《深化科技体制改革实施方案》要求"建立国家科技创新决策咨询机制，发挥好科技界和智库对创新决策的支撑作用，成立国家科技创新咨询委员会"。12 月，根据此前中央全面深化改革领导小组第十八次会议审议通过的《国家高端智库建设试点工作方案》，试点工作正式启动，中国科学院、中国工程院等 25 家机构入选首批国家高端智库建设试点单位。

2016 年 5 月 30 日，习近平总书记在全国科技创新大会上指出：中国科学院、中国工程院是我国科技大师荟萃之地，要发挥好国家高端科技智库功能，组织广大院士围绕事关科技创新发展全局问题和长远问题，善于把握世界科技发展大势、研判世界科技革命新方向，为国家科技决策提供准确、前瞻、及时的建议。

至此，高端科技智库建设的蓝图日渐明晰。国家发展的瞭望者、科技决策的思想库是党和国家赋予的使命与担当。

守正出新，经世致用　让科学思想迸发智慧光芒

大智慧勇为国家谋。

党的十八大以来，习近平总书记多次作出重要指示，要求按照"服务决策、适度超前"的原则，着力建设高水平智库。

作为中国自然科学领域的最高学术机构，中国科学院既充分鼓励院士们自发建言，更是从顶层设计出发，组织以院士为首的专家学者，成功开展了一批着眼国家宏观决策诉求、未来科学技术发展趋势等的咨询项目。涉及国计民生、科学发展若干不同维度的咨询建议引起各方的高度评价和重视。

肩负"率先建成国家高水平科技智库"的责任与使命，中国科学院人一直在思考，如何从顶层设计入手，快速地推进科技思想库的建设。

中国科学院院长、党组书记白春礼说："我们将发挥院士队伍和研究机构多学科综合优势，组织凝聚全国的智力资源，围绕事关国家全局和长远发展的重大问题，系统开展科学评估，进行预测预见，为国家宏观决策提供科学依据和咨询建议。"

在"率先行动"计划中，中国科学院设立了科学思想库建设委员会、学术委员会、发展咨询委员会、院教育委员会，统筹全院科教资源、院士群体和科技专家智力资源，为科技思想库建设，获得体制机制上的重要保障。而凝聚整合全院相关研究力量组建的战略咨询院，更是建设国家高水平科技智库的重要载体和重要抓手。

集成广大院士智慧和全院科研力量，部署学科发展战略研究，分析、研判和把握科技和产业变革突破点、世界科技发展前沿和趋势，为我国科技创新实现从"跟跑"到"领跑"转变提供思想；

充分利用中国科学院有利的国际交流优势和合作渠道，为"一带一路"建设注入科技内涵，为"一带一路"建设提供科技保障和支撑服务；

组成咨询研究组，依托中国科学院在资源环境和城镇化、区域可持续发展研究领域的学科优势和工作积累，服务京津冀协同发展；

集成长期积累科学数据，运用科学方法和工具，在国土安全、科技安全、信息安全、生态安全、资源安全、核安全等方面形成系列成果⋯⋯

"认识到位、目标清晰、举措务实、推进有序、平台已建、开局良好。"中央改革办对中国科学院在推进国家高端智库建设试点工作中取得的成效给予了高度评价。

如果说，为我国科技从跟跑到领跑转变、实现跨越发展寻找路径，这是国家和民族赋予中国科学院的重大责任；那么，围绕国家经济社会发展中的重大工程科技问题开展战略研究，支撑重大问题的科学决策，则是国家赋予中国工程院的重要任务。

近几年，按照中央要求，中国工程院进一步明确了建设国家工程科技思想库的战略目标，紧密围绕国家战略需求，以战略咨询为中心，统筹兼顾科技服务、学术引领和人才培养各方面工作，组织开展了一系列战略性、前瞻性、综合性的咨询研究，产生了一批意义重大、影响深远的咨询成果，为国家科学决策提供了高质量的智力支持。

为更好地推动我国制造业发展，中国工程院于 2013 年组织开展了"制造强国战略研究"项目，明确了我国成为制造强国的阶段性目标和各项指标，提出了"创新驱动、质量为先、绿色发展、结构优化"的发展方针和八大战略对策。项目组提出的实施"中国制造 2025"的建议已被国家采纳并实施。

2013 年 8 月 30 日，李克强总理就新型城镇化问题专门听取了徐匡迪、陆大道等 10 余位院士专家结合各自研究领域进行的口头汇报，充分肯定项目研究提出的重要观点，并要求有关部门在落实中央城镇化工作会议精神时认真参考。

▶ 使命如昨，重任在肩　将千年大计接入高端智库

2017 年 4 月 20 日，谷雨。80 岁高龄的中国科学院院士于渌从北京中关村出发，驱车 100 多公里，专程来到白洋淀畔参加由中国科学院科技战略咨询研究院主办的"新科技革命与雄安的未来"高端论坛。

这是中央宣布成立雄安新区以来，在雄安首次举办的高端学术论坛。"虽然

这只是一个开始，但却是很重要的一个开始。"于渌说。

雄安新区是继深圳经济特区和上海浦东新区之后又一具有全国意义的新区。在雄安新区建设上，习近平总书记强调，用大历史观看待这件大事。

接到中共中央、国务院印发的关于设立河北雄安新区的通知后，中共中国科学院党组在第一时间讨论了参与雄安新区建设的工作安排，制定了参与雄安新区建设的工作方案，并成立了由中共中国科学院党组书记、院长白春礼任组长，党组副书记、副院长刘伟平任副组长的"中国科学院参与雄安新区规划建设发展领导小组"，组织推进全院参与雄安新区规划建设发展等各项工作。

作为中国科学院率先建成国家高水平科技智库的重要载体和综合集成平台，早在前期论证过程中，中国科学院科技战略咨询研究院已经为雄安新区谋划建设贡献了一份力量。

2016年下半年以来，他们着眼面向未来的新型城市形态、引领中国未来城市现代化建设，系统调研分析了国内外有关情况，就雄安新区的定位、未来城市形态、未来社会发展模式、未来高端产业发展方向等进行了深入研究，形成了若干研究报告，提出了一系列的建议。

而全国政协原副主席、中国工程院院士徐匡迪任组长的"京津冀协同发展专家咨询委员会"，早在2014年6月下旬和7月上旬，就分赴天津、河北、北京调研，并为雄安新区的最终成立提供决策型、前瞻型、精确型和智慧型的战略设计和政策供给。

出思想、谋战略、提对策。两院院士们始终凭借深厚的学术造诣、宽广的科学视角，站在国家与民族利益的最高处，前瞻世界科学走向，胸怀人民福祉，不断贡献着自己的智慧与汗水，为推动科学决策、民主决策、依法决策，实现国家治理体系和治理能力的现代化提供强大的智力支持。

向全球一流创新高地迈进*

——党的十八大以来党和国家谋划推进科创中心建设综述

彭科峰

5 年前的 7 月，作为中国科学院序列中的"小弟"，中国科学院北京综合研究中心正式获批成立，负责中国科学院怀柔园区建设等事宜。当时，新加入中国科学院北京综合研究中心的怀柔人王俞涵一定没有想到，5 年之后，雁栖湖畔这片美丽而宁静的土地，会建起举世瞩目的国家科学中心。

2017 年 6 月，国家发展和改革委员会、科学技术部联合批复《北京怀柔综合性国家科学中心建设方案》，同意建设北京怀柔综合性国家科学中心。作为北京建设全国科技创新中心的"三城一区"之一，北京怀柔科学城将致力于打造世界级原始创新承载区。根据规划，到 2030 年，一座具有全球影响力的综合性科学中心将在这里崛起。

"毫无疑问，这将给怀柔带来更大的发展机遇。而我们的工作，也将会更加繁忙，更加有意义。"王俞涵兴奋地说。

北京怀柔综合性国家科学中心、上海张江综合性国家科学中心、合肥综合性国家科学中心——这三大国家科学中心的开始创建和雄安新区建设的布局，正是党的十八大以来，以习近平同志为核心的党中央以大思路绘就未来蓝图、用大手笔推动科技创新的缩影。

---

* 本文发表于《中国科学报》2017 年 9 月 26 日第 1 版（要闻），作者彭科峰为《中国科学报》记者。

▶ 全新符号，未来标识　科学中心——筑牢科技强国地基

以习近平同志为核心的党中央对于科技创新的重视，前所未有。

2012 年，党的十八大报告明确提出实施创新驱动发展战略。

2016 年，党中央颁布《国家创新驱动发展战略纲要》，明确了我国科技事业发展的目标：到 2020 年时使我国进入创新型国家行列，到 2030 年时使我国进入创新型国家前列，到中华人民共和国成立 100 年时使我国成为世界科技强国。

创新型国家如何建设？科技强国如何实现？习近平总书记在 2016 年 5 月 30 日召开的"科技三会"上指出，"成为世界科技强国，成为世界主要科学中心和创新高地，必须拥有一批世界一流科研机构、研究型大学、创新型企业，能够持续涌现一批重大原创性科学成果"。会上，习近平总书记还明确提出，"要尊重科技创新的区域集聚规律，因地制宜探索差异化的创新发展路径，加快打造具有全球影响力的科技创新中心，建设若干具有强大带动力的创新型城市和区域创新中心"。

早在 2014 年 5 月，习近平总书记在沪考察时，就明确要求上海努力在推进科技创新、实施创新驱动发展战略方面走在全国前头，走在世界前列，加快向具有全球影响力的科技创新中心进军。

2016 年 4 月，国务院印发《上海系统推进全面创新改革试验加快建设具有全球影响力的科技创新中心方案》，强调到 2030 年，上海着力形成具有全球影响力的科技创新中心的核心功能，在服务国家参与全球经济科技合作与竞争中发挥枢纽作用，为我国经济提质增效升级作出更大贡献。

2016 年 9 月，国务院印发《北京加强全国科技创新中心建设总体方案》，同样提出到 2030 年，北京的全国科技创新中心的核心功能更加优化，为我国跻身创新型国家前列提供有力支撑。

一南一北，上海与北京，相继开始了全国科创中心的探索和建设。而上海张江综合性国家科学中心、北京怀柔综合性国家科学中心也在 2016 年相继成立，

一个全新的符号体系正在快速崛起，将成为中国未来的形象标识。

"在北京、上海建设具有全球影响力的科技创新中心，在张江、合肥、怀柔建设综合性国家科学中心，是建设世界科技强国的重要组成部分。"中国科学院院长白春礼这样表示。

在上海，张江综合性国家科学中心将重点开展四方面工作：一是建立世界一流重大科技基础设施集群；二是推动设施建设与交叉前沿研究深度融合；三是构建跨学科、跨领域的协同创新网络；四是探索实施重大科技设施组织管理新体制。

在北京，怀柔综合性国家科学中心将加快推进国家重大科技基础设施集群发展；加快布局建设一批前沿交叉研究平台；统筹布局前瞻谋划国家实验室建设；集聚国内外一流科技创新人才和团队；加强配套设施保障，形成"引得进、留得住"的优良生活工作环境。

在安徽，合肥综合性国家科学中心将着重建设国家实验室、建设世界一流重大科技基础设施集群、建设一批交叉前沿研究平台、建设一批产业创新转化平台、建设"双一流"大学和学科，以及建设滨湖科学城。

宏伟的蓝图已经绘就，国家综合科学中心将成为助力中国科技进步的基石。

▶ 千年大计，国家大事　雄安新区——引导创新要素聚集

2017年4月1日，新华社受权发布：中共中央、国务院决定设立河北雄安新区。消息一出，犹如平地春雷，响彻大江南北。

设立雄安新区是以习近平为核心的党中央作出的一项重大的历史性战略选择。这是继深圳经济特区和上海浦东新区之后又一具有全国意义的新区，是千年大计、国家大事。

"千年大计、国家大事"这八个大字昭示着雄安新区设立的重大意义。习近平总书记强调：雄安新区不同于一般意义上的新区，其定位首先是疏解北京非首都功能集中承载地，重点承接北京疏解出的行政事业单位、总部企业、金融机构、高等院校、科研院所等，不符合条件的坚决不能要。

"雄安新区的意义绝不仅仅是服务京津冀，更长远意义是在新时期起到改革

开放创新引领的示范作用。"京津冀协同发展专家咨询委员会副组长、中国工程院院士邬贺铨这样表示。

京津冀协同发展专家咨询委员会组长、中国工程院主席团名誉主席徐匡迪明确表示，雄安新区将有针对性地培育和发展科技创新企业，发展高新产业，吸纳和集聚创新要素资源，培育新动能，打造在全国具有重要意义的创新驱动发展新引擎。

"雄安新区承载的使命就是创新，今后将成为中国的'硅谷'，是中国成为创新型现代化国家的心脏区域。"国家发展和改革委员会学术委员会秘书长、中国国际经济交流中心首席研究员张燕生这样认为。

的确，雄安新区从一开始，就已经有不少创新要素向之靠拢，不少科技因子向之聚集。

新区成立伊始，中国科学院、中国船舶重工业集团公司、中国航天科技集团公司、国家开发投资公司、中国交建股份有限公司、中国石油化工集团公司等纷纷表示，坚决拥护党中央决策部署，主动对接雄安新区建设，部分央企已明确表示将拿出"迁企"的实际行动，来支持新区建设。

北京大学将在雄安新区建立医学中心，北京大学光华管理学院在雄安新区建立培训中心，河北大学成立雄安传统文化研究中心……众多高等学校也开始以实际行动，支持雄安新区的创新建设。

作为科技国家队，中国科学院也积极参与其中。2017年6月23日，中国科学院与河北省在京召开座谈会，签署全面深化合作暨雄安新区规划建设合作协议。白春礼表示，中国科学院将认真学习领会中央精神和要求，迅速组建中国科学院参与河北雄安新区规划建设发展领导小组，与河北省和国家有关部门对接沟通，共同研究、积极推进有关工作。

张燕生认为，中国的产业未来发展就是创新，包括围绕创新的技术、研发、信息服务等，雄安新区是可以把这些转化成生产力的最好的地方。"这个平台和载体，可以成为全国乃至全球的创新中心，从全球吸引高端的人才、资源和企业。"

▶ 加速发力，成果惊艳　勇挑重任——科学大院一马当先

作为国家战略科技力量，中国科学院始终将全国科技创新中心和综合性国家科学中心建设作为关系长远发展的大事来抓，2017 年 2 月专门成立院科创中心工作领导小组，分别建立了 3 个综合性国家科学中心建设办公室，与北京市、上海市、安徽省多次对接和会商，共同研究推进共建工作。

由此，以中国科学院为代表的科研力量开始发力，众多创新成果开始让世人惊艳。

铁基高温超导、量子通信、量子反常霍尔效应、干细胞研究、外尔费米子……中国的重大基础研究成果不断。

"嫦娥"探月、"蛟龙"探海、"墨子"升天、"天眼"巡天……中国的重大科学工程熠熠生辉。

大科学装置是国家实验室和国家科学中心的重要支撑，以大科学装置集群独具的优异性能吸引世界各地优秀科学家开展合作研究，成为世界杰出智慧的聚集地、世界最优秀科学技术成果的诞生地和解决"大科学问题"的摇篮。

在北京怀柔综合性国家科学中心，全球最大风洞实验室、世界上最大的高速列车模型试验平台已经建设完成，正在为科学家的各项研究发挥着重要作用。全球最"亮"高能同步辐射光源、极端条件实验装置、地球系统数值模拟装置……未来，国家还将在怀柔建设 6～8 个重大科技基础设施。

在上海张江综合性国家科学中心，上海光源、国家蛋白质科学研究（上海）设施、上海超级计算中心已经建设完成，正在不断产出成果。

自由电子激光装置、超强超短激光装置、水窗自由电子激光平台、SXFEL用户站……未来，一系列大科学装置也将在上海陆续建成。

在合肥综合性国家科学中心，同步辐射、全超导托卡马克、稳态强磁场等大科学装置已经投入运行，并陆续取得重大突破。

聚变工程实验堆、先进 X 射线自由电子激光装置、大气环境综合探测与实验

模拟设施、超导质子医学加速器……未来，还会有更多的大科学装置在合肥建成。

值得注意的是，在北京、上海、合肥三地运行和在建的这些大科学装置，大部分都是由中国科学院牵头来建设的。这无疑体现了中国科学院在国家科技创新过程中的重要性。

站在新的历史起点上，中国科学院如何迈步从头越，实现更高水平发展？对此，白春礼强调，中国科学院要将实现"四个率先"目标与科创中心建设、综合性国家科学中心建设的目标紧密结合起来，推动参与科创中心建设工作，提升创新水平，真抓实干攻坚克难，不断增强核心竞争力，以时不我待的紧迫感书写新的历史，创造新的辉煌。

让改革之火点燃创新引擎*

——党的十八大以来我国深化科技体制改革综述

王佳雯

由谁来创新？动力哪里来？成果如何用？这三个基本问题，涵盖了我国科技体制改革的方方面面，同时也成为党的十八大以来科技体制改革"破冰前行"的重要内容。

科技创新是发展的新引擎，改革则是点燃新引擎的点火系。5 年来，通过不断优化科技政策供给、完善科技评价体系、营造良好创新环境，改革的"点火系"不断激发，创新的引擎正在全速发动，我国全面创新的"四梁八柱"渐已铺架而成。

"深化科技体制改革，增强科技创新活力，集中力量推进科技创新，真正把创新驱动发展战略落到实处。"习近平总书记在 2013 年 7 月 17 日考察中国科学院时的讲话，高屋建瓴地指明了科技体制改革与科技创新之间的紧密关联。

党的十八大以来，有关深化科技体制改革的号召，在历史的纵深中跌宕回响，衍生出一曲激发科技创新活力的壮丽乐章。

从顶层设计绘制科技体制改革蓝图，于细微处消解让科研人员挠头的"糟心事"，将实际红利放到科研人员手心里……

一系列科技体制改革举措纷纷落地，将一个个曾经阻碍科技创新的障碍消解于无形，勾勒出科研院所与科技组织蓬勃发展的健硕轮廓，亦为我国经济社会发展插上了科技的翅膀。

---

* 本文发表于《中国科学报》2017 年 9 月 28 日第 1 版（要闻），作者王佳雯为《中国科学报》记者。

描绘顶层设计蓝图，科技体制改革迎来科学又一春

2013 年 7 月 17 日，习近平总书记考察中国科学院时，有关深化科技体制改革的号召铿锵有力、声声震耳。之后，一系列科技体制改革措施密集发布，开启了一个追求创新的科学之春。2015 年 3 月，《中共中央国务院关于深化体制机制改革加快实施创新驱动发展战略的若干意见》下发，明确指出将从八大方面 30 个领域着手，推动创新驱动发展战略的落地；2015 年 9 月，《深化科技体制改革实施方案》印发，围绕 10 个方面提出 32 项改革举措、143 项政策措施，直指科技体制改革难点，被称为科技体制改革"施工图"；2016 年，国务院印发《"十三五"国家科技创新规划》，明确在深化科技体制改革的同时，强化科技体制改革与其他领域改革的协同。

突破顽疾、创新联动，一幅立意高远、脉络清晰的科技体制改革宏图已经绘就。

高等学校、科研院所等科技创新主体积极响应国家号召，亮剑科技体制改革，旨在最大限度地释放创新活力。

科研机构紧锣密鼓地加快科研院所分类改革步伐，去除行政化窠臼，打破束缚科研发展的围栏、界线，最大限度地激发科研人员积极性；教育部印发《促进高等学校科技成果转移转化行动计划》，意在通过科技体制改革优化资源配置、调动高等学校科技人员积极性，增强高等学校服务经济社会发展能力……

协同发力、集中攻关，这场科技体制改革的攻坚战，从顶层设计到落地实施已渗透进各个创新单元，改革所释放的活力也已在诸多领域显现成效。

《深化科技体制改革实施方案》提出的到 2020 年要完成 100 多项改革任务，截至 2017 年上半年，已完成 83 项任务，其中 60 余项任务已取得阶段性成果。

5 年来，我国科技进步贡献率更是从 50.9%增至 56.2%，向着 2020 年中国全面转向创新型国家、科技进步贡献率达 60%的目标日益趋近。

▶ 肩负"引领者"重任，中国科学院率先下好改革"先手棋"

"不改革就会被改革。"中国科学院院长白春礼深刻认识到改革的必要性和紧迫性。于是，作为科技国家队，中国科学院迅速发力，率先踏上了深化科技体制改革的征途。

2014年7月7日，国家深化科技体制改革和创新体系建设领导小组第7次会议审议通过了《中国科学院"率先行动"计划暨全面深化改革纲要》（简称"率先行动"计划）。

2014年8月，中国科学院公布"率先行动"计划，通过五大方面25项重大改革举措，力争2030年实现"四个率先"目标。

这场以研究所分类改革为突破口和着力点的改革，将通过"四类机构改革""一三五"规划等一系列具体举措，凝练目标、整合科研要素，令"一个项目，两家研究所你方唱罢我登场"的局面一去不复返。

"分类管理的研究项目非常具有生命力。"中国科技馆原馆长李象益说："将基础研究和应用研究定位清晰，构建区别化的管理和评价体系，无疑切中了问题的关键。"

借此，低水平重复、碎片化发展、同质化竞争等制约中国科学院发展的窠臼从体制机制的根本上得以突破，科技体制改革的良药用到了束缚科技发展、制约创新活力的痛处。

在改革中奋勇突破，在责任中砥砺前行。在"率先行动"计划的牵引下，一系列深入科技体制的破冰之举，让中国科学院在科技体制改革中走好了先手棋、牵住了改革的"牛鼻子"。

机构、人才、装置、项目、资金，创新的关键要素经过体制机制的打磨与整合，真正打破了院内院外的围墙，清除了有形无形的藩篱。

"悟空"腾霄，打开宇宙暗物质之窗；"实践"驾鸿，微重力捎来惊喜；"天眼"落成，探苍穹觅源再添利器；"潜龙"探海，破纪录深潜又立新功……在科技体制改革的征程中，一批或领先世界科技前沿、或面向国家重大需求、或服务国民经济主战场的科研硕果缀满了中国科学院的枝头。

作为中国科学研究的"引领者"，中国科学院也正在科技体制改革的保驾护航下，积极回应习近平总书记提出的"三个面向"的期望，引导着我国的科学研究向着世界科技前沿、国家重大需求和国民经济主战场的方向前进。

▶ 激发人才创新创造活力，科研人员享有满满成就感获得感

愁钱不好花，愁出国交流限制太死，愁报销程序复杂……被"填单子""跑腿"忙得焦头烂额的科研人员，大量的时间和精力被应付各种各样的杂事所占用。像管公务员一样管科研人员的问题，度让科学家感到头疼。

"管得太死""管得太细"，是制约科研人员创新活力的体制机制绊脚石，也是党的十八大以来深化科技体制改革重拳出击的关键。

2016 年，中央办公厅、国务院办公厅印发《关于进一步完善中央财政科研项目资金管理等政策的若干意见》，科研项目资金管理、差旅费、设备费等困扰科研人员的问题得以松绑，从此"打酱油的钱可以买醋"。

同年，《关于加强和改进教学科研人员因公临时出国管理工作的指导意见》为科研人员的出国交流松了绑，科研人员出国交流可以按照自己的学术活动安排，而不执行国家工作人员因公临时出国批次限量管理政策。

杂事少了、管理灵活了，科研人员实打实的好处也多了。

中国科学院长春光学精密机械与物理研究所的直径 4 米碳化硅光学反射镜研究在国际上实现"弯道超车"，获得了研究所 100 万元的奖励。更重要的是，实行分配制度改革后，研究人员的荷包在成果转化中鼓了起来。

以往，科学家的研究成果被束之高阁，企业中的科技问题难以破解。一边是成果无人问津，一边是对技术求之若渴。站在技术供需的两端，科研人员和企业、实验室与市场之间那道看不见的墙，却总是难以突破。

要打通科技成果转化的"最后一公里"，就要激发埋藏在科研人员心中的成果转化热情，让广大科研人员积极主动地参与到成果转化中，与市场对接、与企

业互动。

自然，这需要体制的变革、机制的保障。

于是，一场改革"三部曲"在科技成果转化的舞台上登场。

2015 年，《中华人民共和国促进科技成果转化法》修订实施；2016 年 2 月，国务院印发《实施〈中华人民共和国促进科技成果转化法〉若干规定》；2016 年，国务院印发《促进科技成果转移转化行动方案》。

使用、处置、收益——"三部曲"将科技成果的"三权"下放到科研单位，并将科研人员奖励比例从不低于转化净收入的 20%大幅提高到不低于 50%……一系列措施，让科技成果转化的红利实打实地落到了科研人员手心里。

党的十八大以来，在这场关乎国计民生的改革中，科技体制改革这位守护创新的护航人，始终矗立船头，用智慧与谋略守护着驶向世界科技强国的巨轮沿着科技创新的航标破浪前行。

以科技支撑助推精准脱贫*

——党的十八大以来科技扶贫实践综述

倪思洁

党的十八大以来，每逢岁末年初，习近平总书记的身影总会出现在贫困地区。"让几千万农村贫困人口生活好起来，是我心中的牵挂。"伴着 2016 年的新年钟声，在新年致辞中他道出了心里的话。

改革开放以来，扶贫一直备受国家重视。通过大规模扶贫开发，我国 7 亿农村贫困人口摆脱贫困。党的十八大以来，国家又把扶贫开发工作纳入"四个全面"战略布局，并将其作为实现第一个百年奋斗目标的重点工作。

如今，在扶贫攻城拔寨的冲刺期，贫困同胞的脱贫致富，牵动着党和国家领导人的心，牵动着全国各族人民的心，也牵动着广大科技工作者的心。

党的十八大以来，来自中国科学院、中国工程院、中国科学技术协会、国家自然科学基金委员会、中国农业科学院等相关领域的科技工作者走出实验室，走进贫困地区，走到田间地头，把科研成果播种在祖国最需要的地方。

▶ 找准目标，技术助攻 "看真贫、扶真贫、真扶贫"

十里不同风，百里不通俗。贫困地区，贫困情况各有不同，脱贫发展各有所需。

贵州省水城县。当地盛产猕猴桃，而传统品种种植范围小，产量不高。中国科学院武汉植物园研究员钟彩虹等人利用自主培育的"东红"猕猴桃替换当地传

---

* 本文发表于《中国科学报》2017 年 10 月 9 日第 1 版（要闻），作者倪思洁为《中国科学报》记者。

统品种，提高了猕猴桃抗病性，又通过引进新品种和规范生产，将水城县的猕猴桃种植范围从海拔 1300 米提高到 1600 米。

中国科学院里，像钟彩虹一样致力于扶贫的科技工作者还有很多。为了解农民需要什么技术、如何用科技力量助力地方脱贫，2017 年中国科学院向 4 个定点扶贫县派出 164 名科技工作者，深入各乡镇进行调研，明确扶贫思路和方向，形成扶贫项目实施方案。

根据国家"十三五"规划，中国科学院将"针对不同地区积极开发推广特色农业和产业技术，为不同类型的贫困人群增产增收、脱贫致富提供科技服务"，中国科学院院长、党组书记白春礼这样表示。

2017 年，中国科学院还成立了扶贫工作领导小组，进一步明确扶贫责任，落实扶贫任务。同时，他们还完善了科技扶贫的党委书记第一责任制，中国科学院扶贫领导工作小组要与定点帮扶责任研究所党委书记以及承担中西部革命老区扶贫任务的分院党委书记签订"军令状"——《科技扶贫任务责任书》，保证责任到人、落实到位。

云南省南涧彝族自治县。这里特产的乌骨鸡由于长期近亲繁殖，种群退化，个体变小、整齐度变差。针对此问题，中国科学技术协会成立了保种育种专家工作站，集结了来自中国农业科学院家禽研究所、云南农业大学等单位的专家。在科技助力下，2016 年，无量山乌骨鸡原种保种体系已经建立，每年产出 250 万只鸡苗。

党的十八大以来，利用凝聚科技智慧、组织科技力量的优质平台，中国科学技术协会搭建了不少脱贫攻坚的新舞台。2016 年 10 月，中国科学技术协会、农业部、国务院扶贫开发领导小组办公室联合印发了《科技助力精准扶贫工程实施方案》，计划到 2020 年，在贫困地区支持建设 1000 个以上农技协联合会（联合体）和 10 000 个以上农村专业技术协会，实现农技协组织和服务在贫困县全覆盖；组织 10 万名以上来自各级学会、高等学校和科研院所的科技专家参与脱贫攻坚，实现科技服务在贫困村全覆盖。

陕西省安康市汉滨区双龙镇。当地茶叶历史悠久，又是中国最大富硒带，可以开发特色富硒农产品。于是，中国农业科学院与安康市委市政府进行院地合作，研发出安康富硒茶——"陕茶 1 号"。经过 5 年院地合作共建，一些高端富硒农产品走出安康，带动了安康富硒产业的快速发展，成为牵引安康乃至辐射带动整个秦巴山区农民脱贫致富的"金饭碗"。

5 年来，中国农业科学院按照党中央、国务院关于精准脱贫、产业扶贫工作的战略部署和要求，充分利用人才、技术、成果、项目等方面的优势，加大科技精准帮扶工作力度，加快了贫困地区脱贫步伐。

贫困地区致穷的原因各有不同，脱贫办法却有着相似之处——"看真贫、扶真贫、真扶贫"。

▶ 产业铺路，授人以渔 "贫困地区发展要靠内生动力"

授人以鱼不如授人以渔。扶产业是扶贫的关键，给技术可以帮贫困地区解决生产难题，扶产业则能让成效更长久。产业扶贫对于持续增收的效益，正通过全国各地科技扶贫工作的开展而不断得到证实。

在湖南花垣县十八洞村，中国科学院武汉植物园开展了异地股份制扶贫开发，助推地方形成特色产业。当地属于"既无条件又无资源"的地区，土地等资源不足，无龙头企业的资金和产业支持。中国科学院科技扶贫队伍创新机制，号召十八洞村和苗汉子野生蔬菜合作社联合创建了花垣县十八洞村苗汉子果业有限责任公司。2017 年，这里的精品猕猴桃开始试挂果，预计产量将达 200 吨。

在贵州省迎春村，贵州省科学技术协会充分发挥人才和科技优势，立足当地自然条件，引导发展以茶山绿茶种植、孵化场建设和特色林下养殖为代表的特色种养业，点燃了迎春村大众创业的激情。迎春村林下养鸡已发展成养殖特色产业，覆盖贫困户 82 户、326 人，人均产值达到 3000 元以上，直接带动该村 300 多名贫困人口脱贫。

在环京津国家级贫困县阜平县，根据当地农业生产的需求，中国农业科学院组织中国农业科学院郑州果树研究所、中国农业科学院蔬菜花卉研究所、中国农业科学院农业信息研究所等有关单位强大的专家团队和挂职干部开展林果业、设施蔬菜、食用菌、农产品加工、农业信息化、种养循环农业等产业方面的对口帮扶工作。

扶贫开发绝对不是"等""靠""要"。2014 年 5 月 15 日，习近平总书记在了解毕节扶贫经验时强调："贫困地区发展要靠内生动力""一个地方必须有产业，有劳动力，内外结合才能发展"。①

不过，产业扶贫是实现脱贫致富最有效、最根本的措施，却也是最难的措施。往年，一到农产品大规模上市的季节，总会有农产品出现滞销，很多原本用来致富的产业未能承受住市场的考验，致使农户血本无归，贫困问题加重，脱贫热情受到打击。

那么，什么产业是最适宜当地发展的？针对这一问题，国家自然科学基金委员会想出了"扶贫高招"。2013 年开始，国家自然科学基金委员会制定了"扶贫项目申请评审制度"，按自然科学项目评审流程评审扶贫项目，为科学开展产业扶贫保驾护航。

这一做法让扶贫项目的眼光放得更远。"过去的扶贫项目职能部门接触较多，现在要加强专家评审，不仅考虑当下的扶贫效果，还要考虑未来的发展前景。"国家自然科学基金委员会副主任何鸣鸿说。

▶▶ 彻底扶贫，必先扶智 "阻止贫困现象代际传递"

扶贫先扶"志"与"智"。贫困是社会物质生活和精神生活双重匮乏的表现。要拔掉穷根，归根结底，是要让贫穷的人们自己站起来，不仅有敢想敢干的志气，更有善谋巧干的智慧。这是对当地困难群众的挑战，也是对奋斗在扶贫一线的科技工作者的挑战。

认识转变，才有希望摘掉贫困的帽子。为了把课堂搬到田间地头，中国工程院院士朱有勇在澜沧县竹塘乡蒿枝坝村安了一个新家，被村民们称为"院士之家"。一年多来，他已十几次来到澜沧县，大半时间是在这里度过的。这里，是他办班教农民技术的地方。

有人问他，院士教农民是不是大材小用。朱有勇摆摆手，笑着说："搞了一辈子农业，积累了一大批科研成果，来扶贫就都用上了，把农民带富，心里真的

---

① 曾伟，刘雅萱. 习近平的"扶贫观"：因地制宜"真扶贫，扶真贫". 2014 年 10 月 17 日，人民网.

感到高兴。"

2017 年秋天，朱有勇的"院士之家"迎来 240 位农民学生，他们是"中国工程院院士指导班"的首期学员，分别参加马铃薯种植、林下三七种植、畜禽养殖、中草药材种植 4 个培训班，跟着朱有勇同吃同住，学习农学知识和农业技术。

对于这所由院士牵头的职业学校，中国工程院院长周济提出，要走"抗大之路"，把学校办在田间地头，带动老百姓学到真技术，实现产业扶贫可持续发展。

如今，不少贫困地区都出现了类似的"田间学校"。仅中国农业科学院自党的十八大以来就组织专家在太行山区的阜平，武陵山区的湘西、恩施，大兴安岭南麓片区等贫困地区开展科技帮扶行动，年均举办技术培训 110 期，培训贫困地区的技术人员和农民 1.2 万人次。

有知识，才有可能改变命运。"发展乡村教育，让每个乡村孩子都能接受公平、有质量的教育，阻止贫困现象代际传递，是功在当代、利在千秋的大事。"2015 年 4 月 1 日，习近平总书记在主持召开中央全面深化改革领导小组第十一次会议时如是强调[①]。

在贫困地区，中国科学院不仅打造出科技和产业的发展平台，还为保障当地长效增收创造条件。他们的办法就是，推动科技教育。

中国科学院昆明分院持续几年组织科普团队深入云南"老、少、边"地区，向重点人群传播科学精神和知识。2017 年，中国科学院昆明分院围绕当地学生科普实际需求，组织中国科学院在智能自动化、动物学领域的科普力量，通过探索性实验，将贫困地区的课堂变成了科学发现的现场。

从技术支撑到产业孵育，从科技培训到科学教育，这 5 年来，广大科技工作者不懈努力，让扶贫工作日渐实现"精""准""优"。

从黄土高坡到雪域高原，从云贵山区到西北边陲，党的十八大以来，党和国家领导人的脚步走遍了全国所有连片特困地区。

"我们要立下愚公移山志，咬定目标、苦干实干，坚决打赢脱贫攻坚战，确保到 2020 年所有贫困地区和贫困人口一道迈入全面小康社会。"这是党和国家对全国各族人民许下的承诺，也是中国科研工作者向 7000 万贫困群众立下的誓言。

---

① 习近平主持召开中央全面深化改革领导小组第十一次会议.2015 年 4 月 1 日，新华网.

开放合作奏响发展新乐章*

——党的十八大以来中国科学院科技合作综述

陈欢欢　丁　佳

创新驱动，不是"脚踩西瓜皮"；自主创新，也不是闭门造车。以科技创新为核心的全面创新，必须坚持全方位合作，在更高起点上推进创新发展。

"一带一路"倡议的实施，为中国登攀制高点提供了绝佳契机。

习近平总书记强调，"一带一路"建设要向创新要动力，要促进科技同产业、科技同金融深度融合。

而以科技合作破解沿线国家发展难题，正在成为推动"一带一路"建设的有效实践。其中，启动一年有余的中国科学院"'一带一路'国际科技合作行动计划"，堪称一个典型示范。

2014年，中国科学院启动"率先行动"计划，明确了面向2030年的五大改革发展目标，开放合作成为重要内容之一。合作，由此被视作科技国家队未来整体跨越和引领发展的主要基石。

中国科学院68年的发展史，也正是不断面向世界科技前沿、国家重大需求、国民经济主战场的历程，其间中国科学院不断为区域建设、产业发展和民生工程注入科技力量，成为党和人民充分信赖的一支战略科技力量。

▶ 科技惠民　区域合作硕果累累

"你们能来，我们村就有希望了。"杨梅乡党委书记谭有燕握着中国科学院微

---

* 本文发表于《中国科学报》2017年10月10日第1版（要闻），作者陈欢欢、丁佳为《中国科学报》记者。

生物研究所高级工程师仲乃琴的手，红了眼眶。

杨梅乡位于贵州省六盘水市水城县南部，他们把脱贫的希望寄托于一种只有在这里才能孕育出的美味——凉都转心乌上。然而这种当地土豆却面临品种退化产量低的困境。中国科学院科学家的到来，成了当地农户的救星。

如今，在贵州、广西、内蒙古有中国科学院扶贫项目的贫困县、乡、村，不少贫困户都已经品尝到了科技的甜头。

这甜头的背后，是中国科学院人多年来对科技扶贫倾注的心血。

功以才成，业由才广。中国科学院"西部之光"人才计划已经走过 20 个年头。如今，年投入经费已经从最初的 200 多万元增加到 6000 多万元，支持范围也扩大到整个西部 12 个省（自治区、直辖市）的科研机构和高等学校，越来越多的科学家在"西部之光"的指引下扎根西部。

中国科学院积极实施科技惠民示范工程，造福一方。例如，"青藏高原农牧业发展和农牧民持续增收"工程推动农牧民开展产业化经营，使其持续增收；"渤海粮仓"科技示范工程辐射带动面积 1000 万亩，增产粮食 10 亿斤以上。

在为国家和地方科技决策提供智力支持时，中国科学院也当仁不让。"十二五"期间，中国科学院牵头组织或参与编制规划超过 1200 个，提出并被采纳各类咨询报告和建议超过 2.3 万个；2016 年，中国科学院与天津、江苏、甘肃等 12 个省（自治区、直辖市）签署了"十三五"科技合作协议，与有关部委和地方政府联合制定了《"十三五"全国科技援藏规划》、《推进丝绸之路经济带创新驱动发展试验区建设合作备忘录》和《中国科学院东北振兴科技引领行动计划（2016—2020 年）》等。

作为科技创新的国家队，中国科学院始终服务于国家重大战略需求。2017 年 4 月 1 日，中共中央、国务院决定设立河北雄安新区。中国科学院在第一时间研究制定参与雄安新区建设的工作方案，力争发挥好高端科技智库的战略研究和决策咨询作用，研究拟定支持和服务雄安新区建设发展的科技布局规划，针对雄安新区建设过程中的重大科技问题组织攻关，并引导重大科技项目和科技成果在当地转移转化。6 月 23 日，中国科学院与河北省签署合作协议，成为双方落实习近平总书记重要指示的行动指南。

▶ 科技强军　军民融合创新加速

2017年4月20日，我国首艘货运飞船"天舟一号"飞向天空，6月19日与"天宫二号"空间实验室完成自动交会对接。"天舟一号"先后验证了空间站货物补给、推进剂在轨补加、自主快速交会对接等一系列重要关键技术，还开展了多项着眼未来的科学实验。"天宫二号"是中国第一个真正意义上的太空实验室，搭载了中国科学院多家单位分别负责研发的应用载荷。中国科学院空间应用工程与技术中心是载人航天工程空间应用系统的总体单位。

"神舟"飞船上天、"蛟龙号"载人深潜器下水、"千里眼"北斗导航、"预测师"风云卫星……这一个个国之重器的诞生都离不开中国科学院的贡献，离不开军民融合。

未来，我国将正式踏上载人空间站建设的征程，"十三五"期间，中国科学院将力争在载人航天空间实验室和空间站工程、月球与深空探测工程、全球卫星导航等战略领域实现创新跨越。

当今社会，世界主要国家都在大力推进军民融合，以此带动军事能力的跃升和国家综合国力的增强。据统计，美国85%的现代军事核心技术同时也是民用关键技术。

在习近平总书记关于军民融合一系列重要讲话带动下，中国科学院加快推进军民融合发展。中国科学院工程热物理研究所2014年与地方政府和企业合作共建航空发动机基地，2015年再组建无人机公司，加速打造该领域完整产业链。中国科学院和中国航天科工集团有限公司在武器装备和国防科技领域有长期广泛的合作，2015年6月8日，国家航天局空间碎片监测与应用中心在中国科学院国家天文台挂牌成立。中国科学院长春光学精密机械与物理研究所落实国家军民融合战略，成立长光卫星技术有限公司，开创了我国民用商业卫星的先河，2017年6月入选第二批国家"双创"示范基地。

未来，中国科学院还将积极探索军民深度融合发展的体制机制，加快推进军民两用技术双向转移和政产学研用协同创新，促进国家知识创新体系与区域创新体系的深度融合。

▶ 科技外交　国际合作宏图大展

党的十八大以来，我国新一届领导集体高度强调以全球视野开展创新、以"一带一路"倡议部署引领国家"合作共赢"外交战略。

在科技方面，随着中国的贡献和影响力愈来愈大，世界各国都加强了同中国的科技合作。国际合作也成为中国科学院吸纳先进科学思想、解决重要科研问题、扩大国际影响力的有力举措。

中国科学院拥有合肥强磁场实验装置、上海光源、北京正负电子对撞机等 23 个大科学装置，约占全国的 85%，吸引了全球优秀科学家参与，成为重要的国际合作平台。在大科学项目中，国际合作发挥着四两拨千斤的作用，使得中外优势互补。例如，中美合作的大亚湾中微子实验，发现了科学界长期未被实验证实的第三种中微子振荡模式，被《科学》杂志评价为"中国科研正在崛起"。

中国科学院经过多年积累，已经形成实质合作、重大集成合作、双多边并举、长期战略合作和牵头组织的合作格局。例如，与欧洲的合作已经发展到共建青年科学家小组、联合实验室、联合研究所的阶段，实现了人才、项目、基地的结合。

2013 年，中国科学院院长、党组书记白春礼当选发展中国家科学院（TWAS）院长，成为该组织成立以来首位担任此职务的中国科学家，2015 年获得连任。白春礼认为，TWAS 是"一带一路"建设的有利基础和平台。

2013 年启动实施的"发展中国家科教合作拓展工程"取得一系列进展。例如，与尼泊尔、巴基斯坦、印度、斯里兰卡等合作，共同围绕"第三极"环境变化开展长期动态监测研究，其首席科学家、中国科学院院士姚檀栋获得 2017 年维加奖，这是中国科学家首次获得该奖。2013 年成立的 5 个中国科学院-TWAS 卓越中心，在环境、水、资源、健康、灾害等领域构建起发展中国家科技合作网络。

2016 年年初启动的"共建'一带一路'国际科技合作行动"，则争取用 5 年时间形成国际大联通的科技合作网络雏形。在"一带一路"框架下，中国科学院加快了"国际化推进战略"组织实施，已基本形成了全方位、多层次、重实效的对外科技合作格局，为建设"一带一路"科技创新共同体打下了坚实基础。

数据显示，中国科学院同世界 60 多个国家（地区）的科研机构、大学和企业签署了 200 多个院级合作协议和 1000 余个所级合作协议，每年举办有影响力的国际学术会议近 400 个，吸引了来自 80 多个国家的近 3000 位国外科研人员来华工作，600 余位中国科学家在国际科学院委员会等国际组织任职，并牵头发起"国际空间天气子午圈计划""国际热核聚变实验堆"（ITER）计划等重大国际计划，在国际科技界的话语权与日俱增。

让 13 亿人民健康奔小康*

——党的十八大以来党和国家持续推进健康中国战略综述

张思玮　甘　晓

金秋十月，北京的傍晚已有些许凉意。

但气温的降低并没有让人民群众锻炼身体的热情冷却。距离祖国心脏天安门广场不足 1 公里的国家大剧院外，聚集了各个年龄段的锻炼者，轮滑少年、夜跑青年、广场舞大妈、散步老人……

"生活已经好起来了，希望能够健健康康活到老！"一名广场舞大妈说出了锻炼者们的心声。

没有全民健康，就没有全面小康。当解决 13 亿人民的温饱成为历史后，保障健康、促进健康就成为党和国家为人民谋福祉的崭新课题。

▶▶ 民体康健，国运昌隆　健康中国——国家战略惠及亿万民众

人的健康，不仅关系着个体和家庭的命运前途，也决定了国家和民族的未来。党的十八大以来，以习近平同志为核心的党中央深知，维护全民健康才能实现长远发展目标。

"没有全民健康，就没有全面小康。"2014 年，习近平在江苏调研时指出，医疗卫生服务直接关系人民身体健康。要推动医疗卫生工作重心下移、医疗卫生资源下沉，推动城乡基本公共服务均等化，为群众提供安全有效方便价廉的公共卫

　＊　本文发表于《中国科学报》2017 年 10 月 12 日第 1 版（要闻），作者张思玮、甘晓为《中国科学报》记者。

生和基本医疗服务，是他对健康中国的深切期待。

不只在江苏，总书记为人民健康操劳的身影出现在全国各地。

"全民健身是全体人民增强体魄、健康生活的基础和保障，人民身体健康是全面建成小康社会的重要内涵，是每一个人成长和实现幸福生活的重要基础。我们要广泛开展全民健身运动，促进群众体育和竞技体育全面发展。"2013 年，第十二届全国运动会即将开幕之际，习近平在沈阳会见参加全国群众体育先进单位和先进个人表彰会、全国体育系统先进集体和先进工作者表彰会的代表时如是说。

"坚持把人民群众生命安全和身体健康放在第一位，切实加强疫情防控。疫情发生地区要把救治患者作为第一任务，努力减少死亡病例，同时做好流行病学观察、研究，严格控制传染源。"2013 年，H7N9 禽流感疫情袭来后，习近平在多次重要批示中如是说。

"奥林匹克运动就是要推动群众性体育运动，增强人民体质。""我们每个人的梦想、体育强国梦都与中国梦紧密相连。"2014 年，习近平在看望索契冬奥会中国体育代表团时如是说。

一次次考察调研、一次次亲切交谈，记录着他对人民群众健康状况的关怀。

2015 年 10 月，距离实现全面建成小康社会的百年奋斗目标还有 5 年。彼时，党的十八届五中全会刚刚落幕，出席会议的 199 名中央委员和 156 名候补中央委员通过了一份载入史册的会议公报，令人振奋不已。

建设"健康中国"首次上升为国家战略："推进健康中国建设，深化医药卫生体制改革，理顺药品价格，实行医疗、医保、医药联动，建立覆盖城乡的基本医疗卫生制度和现代医院管理制度，实施食品安全战略。"在这事关国家和民族前途命运的关键节点，这是以习近平同志为核心的党中央做出的重要战略部署，顺应了国家发展的重大需求、呼应了人民群众的热切期盼。

1 年后，2016 年 10 月，《"健康中国 2030"规划纲要》出炉。作为中华人民共和国成立以来首次在国家层面提出的健康领域中长期战略规划，这份纲要目标明确可操作，工作过程可操作、可衡量、可考核。

《"健康中国 2030"规划纲要》提出健康中国"三步走"的目标，即"2020

年，主要健康指标居于中高收入国家前列""2030 年，主要健康指标进入高收入国家行列"的战略目标，并展望 2050 年，提出"建成与社会主义现代化国家相适应的健康国家"的长远目标。

蓝图绘就，13 亿人民的健康中国蓄势待发。

▶ 改革春雨，润物无声　共享健康——创新机制促进医疗改革

"平常来就诊的人多吗？""常见病都到这里来？"2016 年 7 月，习近平在宁夏考察期间，专程来到闽宁镇原隆村社区卫生室，了解贫困农村地区的医疗卫生情况。理疗费用、报销后自付多少钱、体检及健康档案等细节，他都一一详细询问。离开时，他表示，这个卫生室起了不小的作用，农民健康很重要，要把农村医疗卫生工作做好。

殷殷关怀润无声，切切嘱托促改革。健康要惠及全人群、覆盖全生命周期，成为我国医疗卫生事业改革的目标。正如 2013 年习近平在会见世界卫生组织总干事陈冯富珍时，向全世界宣示中国推进医改的决心："我们将迎难而上，进一步深化医药卫生体制改革，探索医改这一世界性难题的中国式解决办法。"

民之所系，政之所向。党的十八大以来，在党和国家的周密部署下，体现了"保基本、强基层、建机制"基本原则的新一轮医改正一步步扎实推进。

家庭医生制度不断升级，人民真正拥有了"健康守门人"。2016 年 6 月，国家卫生和计划生育委员会等七部门联合制定《关于推进家庭医生签约服务的指导意见》，指出家庭医生是为群众提供签约服务的第一责任人。

国务院深化医改领导小组办公室副主任、国家卫生和计划生育委员会体制改革司司长梁万年指出，家庭医生制度是医疗卫生行业转变服务模式、实现从"以治病为中心"到"以健康为中心"的重要抓手，也是实行分级诊疗制度建设的重要基础。

目前，全国已有 26 个省（自治区、直辖市）印发了推进家庭医生签约服务的指导性文件或实施方案，截至 2016 年年底，200 个公立医院综合改革试点城市家庭医生签约服务覆盖率达 22.2%，重点人群签约率达 38.8%，群众对基层的信

任度、满意度和获得感也在不断提高。

一直以来，异地就医人员医保报销周期长、垫资负担重、往返奔波劳累等成为社会难题。2016 年 6 月，国家卫生和计划生育委员会等部委先后印发《全国新型农村合作医疗异地就医联网结报实施方案》《关于新型农村合作医疗异地就医联网结报的补充通知》等文件，积极推进新农合异地结报工作。

一项项新政策新举措，逐渐织成 13 亿人民的健康保障网，"健康中国梦"正在筑就：

全面实施城乡居民大病保险，患者经基本医保支付后需个人负担的合规医疗费用实际支付比例不低于 50%，居民个人卫生支出占卫生总费用比例为 20 年来最低水平。县级公立医院改革已全面推开，医疗服务价格进一步理顺，100 个城市开展了公立医院综合改革试点，试点城市三级公立医院次均诊疗费用和人均住院费用增长得到初步控制。国家基本药物制度全面建立，基本药物目录调整到 520 种，实施药品价格、审评审批、集中采购、谈判机制改革。儿科专业人才培养计划、面向基层的全科医学人才培养项目实施，中医药教育综合改革系统推进，医教协同的医学人才培养机制正在建立，"病遇良医"的群众诉求得到呼应……

"几十年前，中国在卫生领域推行赤脚医生和合作医疗等创新措施，向世界展示提高数亿人的健康水平和大幅延长预期寿命是可能的。"具有公共卫生学专业背景的世界银行行长金墉这样评价道，"今天，中国可以再次率先推行前沿的基层卫生服务改革，这些改革将会改善服务于所有中国居民、约占世界六分之一人口的卫生体系。"

▶ 面向未来，挑战未知　科技创新——前沿探索领跑公共卫生

人对健康的孜孜追求，离不开对生命奥秘的深入理解。人类如何抵御病毒的侵害、如何对抗衰老、如何摄取最优质的营养……获得这些问题的答案将有助于解决疾病困扰，树立健康的生活方式。

行路致远，砥砺前行。在党和国家的坚强领导下，科学家在行动。

2013 年 3 月底到 4 月初，我国华东地区陆续出现人感染 H7N9 禽流感病例，

疫情发生后，党中央、国务院高度重视，要求做好病人救治和疫情防控工作。习近平在批示中强调发挥科技支撑作用，加快疫苗研发，提高全社会科学防治水平。

不久后，中国农业科学院陈化兰团队在国际上首次从病原学角度揭示新型 H7N9 流感病毒的来源，为进一步科学防控 H7N9 禽流感提供了重要依据。同年 10 月，浙江大学医学院附属第一医院牵头成功研发人感染 H7N9 禽流感病毒疫苗株，这是中国自主研发的首例流感病毒疫苗株。2017 年 6 月，农业部开始组织企业投产 H7N9 禽流感疫苗，科研成果真正走向了应用。

2014 年，在抗击埃博拉病毒的全球战役中，中国政府派出 59 名（后增至 62 人）工作人员组成首批中国疾病预防控制中心移动实验室检测队出征塞拉利昂，开展埃博拉出血热检测，中国科学院微生物研究所研究员、中国疾病预防控制中心副主任高福成为离埃博拉距离最近的中国科学家。随后，他带领的研究团队从分子水平阐释了一种新的病毒膜融合激发机制，为抗埃博拉病毒药物设计提供了新靶点。

随后，中国科学院广州生物医药与健康研究院、呼吸疾病国家重点实验室陈凌教授课题组与清华大学医学院张林琦教授带领的团队合作，成功分离出三株具有高中和能力的抗埃博拉病毒单克隆抗体，这些抗体有潜力作为候选药物用于预防和治疗埃博拉病毒感染。

以临床应用为"纲"，科研创新"落地有声"。5 年来，科学技术部、国家卫生和计划生育委员会、中央军委后勤保障部、国家食品药品监督管理总局同下"一盘棋"，打造临床研究的"国家队"，布局建设了 32 家中心，形成了联合 260 个地级以上城市的 2100 余家医疗机构的协同创新网络，覆盖慢性肾病、恶性肿瘤等 11 个疾病领域。

5 年来，在国家临床医学研究中心的框架下，中国医学科学院阜外医院联合 214 家三级医院、322 家二级及以下医疗机构，建设了总量 550 万份大型心血管疾病生物样本库。各中心自主或参与制定的诊治指南规范有 151 项、制定国家标准 42 个。

5 年来，农业科学家承担起保障人民群众"吃出健康"的重任。农业部食物与营养发展研究所副所长孙君茂团队编制起草了《中国食物与营养发展纲要

（2014—2020 年）》和《中国居民膳食指南 2016》等。"当前要重点解决肥胖超重、微量营养素摄入不足、贫困人群钙铁吸收不足等问题。"孙君茂说。

意志坚定，攻坚克难。健康中国，在党中央引领下稳步前行。居民人均预期寿命从中华人民共和国成立初期的 35 岁提高到 2015 年的 76.34 岁；孕产妇死亡率从 1949 年的 1500/10 万下降到 2015 年的 20.1/10 万；婴儿死亡率从中华人民共和国初期的 200‰下降到 2015 年的 8.1‰。这 3 个国际通行的居民健康衡量指标的变化，见证了一个发展中人口大国卫生与健康事业发展的光辉历程。

给天下英才最好的时代舞台*

——党的十八大以来党和国家实施人才强国战略综述

陈　彬

　　21 世纪是人才的世纪。在这个时代，拥有卓越的人才，就意味着在大国角力中拥有了最重的砝码，寻找到了最强有力的支点。

　　党的十八大以来，在以习近平同志为核心的党中央的亲切关怀和坚强领导下，"尊重人才、造就人才"的春风吹遍神州大地。正如习近平 2013 年在欧美同学会成立 100 周年庆祝大会上所说的："我们比历史上任何时期都更接近实现中华民族伟大复兴的宏伟目标，我们也比历史上任何时期都更加渴求人才。"

　　正是这种对于人才的渴望，成就了我国科技人才队伍建设的一片沃土，在这丰沛的雨露滋养下，我国的科技队伍人才辈出，他们正在以自身对科学孜孜不倦的探索，为共和国搭建更加美好的明天。

▶▶ 百川汇流，以赤子之心报国之厚望

　　在安徽省合肥市的西郊，有一座占地 2.65 平方公里的小岛，这里林木繁盛、环境幽静。然而对于王俊峰等 8 名哈佛大学博士后来说，这座不大的小岛却有着无与伦比的强磁力，其力量大到足以将他们从大洋彼岸环境优越的实验室吸引到这里。

　　因为这里是祖国的一方沃土，这里有他们足以用一生为之奋斗的事业。

---

　　* 本文发表于《中国科学报》2017 年 10 月 16 日第 1 版（要闻），作者陈彬为《中国科学报》记者。

　　这座被称为"科学岛"的小岛，是中国科学院合肥物质科学研究院的所在地，2017 年 8 月，8 名哈佛大学博士后集体回国，到这里创新创业的事迹经媒体报道，被海内外科学界广为传颂。

　　"现在，世界科学研究的中心正在由西方转移到东方，并已形成一个不可逆转的趋势，这 8 位博士后的回国之路铁定是走对了。"一位网友如是评论道。

　　事实上，"哈佛团队"的故事，只是党的十八大以来，以习近平同志为核心的党中央广开进贤之路、广纳天下英才的一个缩影。

　　2013 年 10 月，在欧美同学会成立 100 周年的庆祝大会上，习近平面对海外的莘莘学子，热情地发出了来自祖国的召唤："我们热诚欢迎更多留学人员回国工作、为国服务。"而此时，距离党的十八大胜利闭幕还不足 1 年的时间。

　　此后，一系列的人才引进政策不断拓宽着海外赤子回国的道路——国家"千人计划"在深入实施中突出"高精尖缺"导向，目前已累计引进 6000 多名海外高层次人才。各省（自治区、直辖市）市先后实施地方引才计划，这些引才计划与教育部"长江学者计划"、中国科学院"百人计划"等部委引才计划一起，形成多层次、多渠道、相互衔接的引才格局。

　　据统计，2006 年，我国人才出国与回国人数比例为 3.15∶1，然而到 2015 年，这一比例已经下降至 1.28∶1。数据是冰冷的，但冰冷的数据背后，却是一片无比火热的场景——来自五湖四海的海外人才如百川汇流，为百年中国梦的实现而齐聚华夏。

　　壮丽如斯，世之盛景！

　　在这场依然激荡着的中华人民共和国成立以来最大规模海外人才归国潮中，有一朵叫作鲍捷的"浪花"。作为国家"千人计划"专家，鲍捷曾在美国多所高等学校学习工作了多年。然而在 2013 年，他却毅然回到了阔别已久的祖国，因为他觉得，祖国能够给科学家提供更大的舞台。"希望我的研究在中国土壤里成长起来，这个价值远远比在美国要大。"

　　回国后，鲍捷在清华大学建立了量子点光谱集成实验室。他喜欢国内的科研氛围，更深刻感受到祖国无处不在的活力。"回国永远都不晚。在中国，机会永远都有，要我们自己去挖掘。"

是的，回国永远都不会晚，报国也永远没有过去时。正如习近平指出的，广大留学人员不愧为党和人民的宝贵财富，不愧为实现中华民族伟大复兴的有生力量。党、国家、人民为拥有并将更多拥有这样一大批人才而感到骄傲和自豪。

▶ 千帆竞渡，圆事业梦想扬国之英名

2016 年 12 月 31 日，岁末年初之际，华夏大地沉浸在辞旧迎新的喜悦中。当华灯初上，万家灯火，国家主席习近平的新年贺词更像是为刚刚过去的一年所作的一篇全面总结。

在这篇"总结"中，习近平列举了 4 项最为国人所骄傲的科技成就，分别是"中国天眼"落成启用、"悟空号"在轨运行、"墨子号"飞向太空、"神舟"十一号和"天宫"二号遨游星汉。

短短的几十个字，却将一座由中华科技英才用心血和汗水铸就的科技丰碑折射得光彩照人。

而在 2014 年 6 月召开的中国科学院第十七次院士大会、中国工程院第十二次院士大会开幕式上，习近平也在发言中为两院院士和全国广大科技工作者"点赞"。习近平说，中国科学院院士、中国工程院院士是我国科学技术界、工程技术界的杰出代表，是国家的财富、人民的骄傲、民族的光荣。

党的十八大以来，伴随着我国科技体制改革的全面铺开，科技创新的体制机制障碍被进一步破除，广大科技工作者的巨大创新潜能被最大程度地激发出来，他们正在用一项项让世界惊叹的科技成果，诠释着使命与担当。

2017 年 8 月 10 日，在线出版的英国《自然》期刊上，两篇来自同一国家、同一科研团队的研究论文同时发表了。我国量子科学实验卫星首席科学家、中国科学院院士潘建伟及其同事的名字，一起出现在了这本世界知名的学术杂志上。

这两篇论文同时宣告了两个"第一次"：完全由我国自主研制的世界上第一颗空间量子科学实验卫星"墨子号"，在国际上首次成功实现了从卫星到地面的量子密钥分发，以及首次从地面到卫星的量子隐形传态。

对于"潘建伟"这个名字，相信只要对量子通信稍加了解的人，都不会感到

陌生。这位世界量子通信领域的领军人物，用自己几十年的坚持，和同事们一道，让中国在量子通信领域站到了最前沿。正如英国《新科学家》期刊所评价的那样："潘和他的同事使得中国科学技术大学——因而也使整个中国——牢牢地在量子计算的世界地图上占据了一席之地。"

如果说潘建伟和他的同事用自己的努力，为祖国的科技星空点缀了一颗耀眼明星的话，那么，这片星空从来都是璀璨的。因为除了他之外，有凭借在植物提取的青蒿素为全世界亿万病患解除痛苦，并成为首位获得诺贝尔科学奖项的中国本土科学家屠呦呦；有全职回国十年，在细胞凋亡机理方面连续取得重大突破，并荣获"影响世界华人大奖"的中国科学院院士施一公；有新中国气象事业发展的参与者和见证者、以八旬高龄获得国际气象界最高奖——国际气象组织奖的中国科学院院士曾庆存；有凭借在青藏高原冰川和环境研究方面所作出的杰出贡献，以亚洲人身份首获有"地理学领域诺贝尔奖"之称的"维加奖"的中国科学院院士姚檀栋……

这5年，科技创新受重视程度前所未有；这5年，科研人员受关爱程度前所未有。

在2014年度国家科学技术奖励大会上，中国科学院院士、中国工程物理研究院高级科学顾问、中国"氢弹之父"于敏获最高科学技术奖，习近平弯下腰向坐在轮椅上的科学家颁发奖励证书，并同他热情握手，表示祝贺。习近平这一"礼遇"老一辈科学家的画面让人印象深刻。

此前，每逢新春佳节之际，习近平等党和国家领导人都为默默无闻奋斗在科研一线的科学家们送上祝福，这不仅是对科学家们的肯定和鼓励，也是对广大科技人才的最高认可，更是对他们攀登科技高峰殷切的期许。令人欣慰的是，面对这样的期望，我们的科研队伍不辱使命，砥砺前行。

▶ 接力科学，传前辈精神展国之宏图

2017年9月15日，500米口径球面射电望远镜（FAST）工程总工程师兼首席科学家、有"FAST之父"之称的中国科学院国家天文台研究员南仁东因病医

治无效，与世长辞。此时，距离 FAST 正式投入使用一周年只差 10 天。

每当一位科技巨擘猝然离世，留给人们的除了悲痛和惋惜之外，还有一种一段历史被终结的怅然。这一点，从南仁东离世后，他的同事、挚友和学生的怀念文章中不难发觉。

然而，历史是不会被终结的，因为传承历史是每一个后人的责任。

就在南仁东去世几天后，中共中国科学院党组印发了《关于开展向南仁东学习活动的通知》，要求全院科研人员主动学习南仁东先生的爱国情怀、科学精神、高尚情操与杰出品格，以更加奋发有为的精神面貌，为建设世界科技强国而努力奋斗。

"南仁东淡泊名利，像他这样兢兢业业做一件事情的人是年轻人学习的榜样。"中国科学院国家天文台研究员包曙东说。

同样成为榜样的，还有被称为时代楷模的吉林大学教授黄大年。正如习近平对黄大年先进事迹所作的重要指示中强调的：我们要以黄大年同志为榜样，学习他心有大我、至诚报国的爱国情怀，学习他教书育人、敢为人先的敬业精神，学习他淡泊名利、甘于奉献的高尚情操，把爱国之情、报国之志融入祖国改革发展的伟大事业之中、融入人民创造历史的伟大奋斗之中。

我们还不能忘记扎根太行山区三十余载，立志做"太行新愚公"的河北农业大学教授李保国；不能忘记首届国家最高科学技术奖获得者、为我国数学事业奉献毕生精力的数学大家吴文俊院士；不能忘记我国高温合金研究的奠基人，被誉为"两院元勋、国之栋梁"的两院院士师昌绪……

先人已逝，后辈仰之。

2015 年 1 月，被人尊称为"布衣院士"的中国科学院院士、北京师范大学教授李小文因病逝世。在李小文离世两年之后，在他博客的留言板中，一位叫陈楷翰的学生留下了一个网址链接，那是他编写的一本关于博物学的书稿的前言部分。在留言中，这位学生给已经去世的老师写下了这样一句话："老师，我做到这步了。"

我们无须猜想在这句话的背后，有着怎样的一个故事。我们只需要知道，在这只言片语之间，有一种传承在流淌，在闪光，在发扬光大。

是的，这就是我们的科研队伍，他们有着先辈留下的最宝贵的精神财富；他们有着党和国家最殷切的期望和支持；他们有着对祖国和人民的满腔热爱，他们有着向科技最前沿进发的豪情壮志。面对世界创新发展的新趋势，他们在用行动向祖国宣誓——以此生之志，报国之重托！

用心写好科普这篇"大"文章*

——党的十八大以来我国科学普及成就综述

张晶晶

当中国科技正经历从"跟踪模仿"到"原始创新"的嬗变之时，最突出的问题是什么？

是体制机制改革，更是科学精神与文化的塑造。

创新驱动发展，就是要让创新在全社会蔚然成风，同时也意味着要以全球视野、新时代的特征，对科学精神与方法进行准确理解与重新诠释。

唯有一流的科普工作，才会形成一流的科技软实力，才能真正建立起宏大的高素质创新大军，进而使中国成为世界科技强国。

习近平总书记为此强调，科技创新、科学普及是实现创新发展的两翼，好比鸟之双翼、车之双轮，不可或缺、不可偏废。

党的十八大以来，党和政府对科普工作坚持不懈，我国科普工作兼程并进，社会科普热情持续高涨，公民科学素质稳步提升，科普这门从"科学民工"向"科学大师"转变的必修课，已然渗透到每个人的思维里，让更多的民众体味到科学的乐趣，触摸到科普的温度。

▶ 创作蓬勃，平台崛起　迎来科学"大爆炸"

2016年9月9日，习近平来到北京市八一中学，走进科普实验室，同正在研

---

* 本文发表于《中国科学报》2017年10月17日第1版，作者张晶晶为《中国科学报》记者。

制科普小卫星的老师和学生们交流，叮嘱同学们小卫星发射时要记得告诉他。卫星发射前，科普小卫星研制团队的学生们给习近平总书记写信，报告了小卫星即将发射的消息。北京市八一中学学生设计研制的小卫星是我国首颗中学生科普小卫星，2016 年 12 月 28 日在太原卫星发射基地发射升空、准确入轨，发回信标信号。习近平随即给该校科普小卫星研制团队的学生回信。他在信中勉励同学们保持对知识的渴望，保持对探索的兴趣，培育科学精神，带动更多青少年讲科学、爱科学、学科学、用科学，努力成长为祖国的栋梁之材。

这颗小卫星如同启明星般发挥着领航作用，不断激发大众科学探索的热情。

刚刚过去的"十一"黄金周期间，北京展览馆的参观人流络绎不绝。"砥砺奋进的五年"展览正在进行，通过图片、文字、视频、实物、模型、互动体验等多种形式，展示了党的十八大以来国家在各个领域取得的辉煌成就。

科技是展览的核心要素之一。港珠澳大桥模型、"复兴号"动车组列车模型、"神威"超级计算机、"蛟龙号"……丰富多彩的展品和互动体验项目，真实再现了我国科技领域的最新成果。无论是八旬老者还是少年学生，都表现了浓厚兴趣，仔细观摩，聆听讲解，感慨着中国科技之强大。

神州大地上，科学正流行。近五年，线上有一大批科普内容创作者和平台崛起，其中既有"科普国家队"的诸多成员，包括"科学大院""中科院物理所""科普中国"等，也有果壳网、36 氪等科技类媒体，还有广受欢迎的"博物君""毕导"等个人科普"大 V"。得益于移动互联网和智能终端的发展，信息快速传播，在各个科学大事件上，公众都能得到来自权威专业人士的第一时间解读。

线上科普热闹纷呈，线下科普活动同样如火如荼。TED 式的主题演讲、博物馆、动物园、展览馆、科普旅游……孩子喜欢，家长支持，潜移默化中大人小孩都以科学的视角重新看待这个世界。

每年 5 月下旬举办的中国科学院公众开放日已经走过 13 个年头，一到此时百余院所开门迎客，以科学之名履行着春天里不变的约定。2017 年公众科学日的主题为"探索塑造未来"，全面展示了中国科学院近年来尤其是"率先行动"计划实施以来，在"面向世界科技前沿、面向国家重大需求、面向国民经济主战场"方面做出的重大科技创新成果。在中国科学院物理研究所品尝分子料理、在中国科学院自动化研究所看机器人、在中国科学院国家天文台望星星，"周末相约中科院"已成为新流行。

▶▶ 形式丰富，渠道多元　形成科学"大传播"

时针指向零点，河北廊坊大厂影视小镇的录影棚依然灯火通明。由中央电视台和中国科学院联手打造的科学综艺节目《机智过人》正在紧张录制。嘉宾席上的姚期智院士不见丝毫疲态，依然兴致勃勃地参与、讨论、点评着台上的项目。这也是他的首次"触电"。

尽管已是七旬高龄，且工作异常繁忙，姚期智依然愿意尽可能投入更多时间和精力参与节目的制作，希望通过媒体让人众了解真正的科学和科学家。

小荧屏掀起"科学热"。在真人秀"霸屏"几年之后，文化和科学综艺节目成为新宠。科学共同体与电视工作者联姻，将科学的趣味性发挥到极致，以大众喜闻乐见的方式做科普。一批优秀的科学综艺节目应运而生，包括《加油！向未来》《机智过人》《我是未来》等，极大地激发了大众对于科技的好奇和想象。

得益于科技发展，如今的科学传播和普及有了更多的方式，每一种都展现出了独特的魅力和效果。

传统纸媒依然是主流干将。通过媒体转型，一大批传统科技类媒体在孜孜不倦地生产优质内容，跟踪热点，击碎谣言，服务生活，引领思考。

线上科普吸睛无数。快节奏的生活时代里，地铁上、等待时的碎片化阅读成为很多人主要的信息接收渠道。为了适应碎片化阅读的需求，科普工作者们可谓使出了"洪荒之力"，其成效显著。"博物君"张辰亮、营养师顾中一等一大批科学"网红"备受欢迎，大大拉近了普通人和科学之间的距离。

优秀科幻作品持续引发热潮。刘慈欣的《三体》等先后摘得雨果奖，引领了国内新一波的科幻热潮。科幻电影的魅力更是让人着迷，从《星际穿越》到《火星救援》，每每都能引爆一波科普热点。潜移默化之间，越来越多的人开始对生命和宇宙感到好奇。

数据显示，2012 年，我国共出版科普图书 7521 种，这一数据在 2015 年达到

16 600 种，三年时间实现了翻倍增长。同时，我国也在适应新兴媒体的传播形式，利用互联网和现代信息技术开展科普工作。根据中国科学技术协会的最新统计，截至 2017 年 2 月 6 日，仅"科普中国"一个网站已累计生产优质内容近 12TB，累计浏览量和传播量约 77 亿人次，其中移动端约 57 亿人次，约占 74%。截至 2017 年 7 月底，已有近 700 个全国学会、省（自治区、直辖市）科协入驻被称为"科猫"的中国科技工作者之家网络平台，全国的科学爱好者们都可以在这个平台上观看世界机器人大会等科技会议的直播，并进行交流。目前，中国科学技术协会还在建设基于科普信息服务落地应用的科普中国 e 站，全国已建设科普中国 e 站 12 226 个。

▶▶ 投身科普，不忘初心　担当科学"大使命"

"地球多少岁？""地球为什么会有磁场？""月球有磁场吗？"

2017 年 4 月 22 日，在山东济南市历城二中，中国科学院老科学家科普演讲团团长白武明以这几个问题开始了当天的演讲。从地球结构到大陆漂移，他深入浅出地讲解深奥的地球物理知识，展示了科学的无穷魅力和无限可能。同学们积极提问并报以热烈掌声，同时极大地激发了参与科学探索的热情和积极性，这场报告的评价是"风趣幽默、生动形象、跌宕起伏、精彩纷呈"。

2017 年是中国科学院老科学家科普演讲团成立运行 20 周年。20 年来，老科学家的足迹遍及全国，累计授课超过两万场，800 万公众直接受益。

已是高龄为何仍要不遗余力做科普？"微积分爷爷"林群的回答简短而有力："科学普及是科学家的责任。"

这也正在成为全体科学家的认知。不仅是老科学家积极投身科普，更有越来越多的一线科研骨干、青年科学家投身科普，传播科学知识、提高全民科学素质，已经成为整个科学共同体无须多言的默契与担当。

"传播科学知识，倡导科学方法，弘扬科学精神，建设科学文化，是全社会特别是科技界的历史使命。"这是中国科学院院长白春礼对科学普及工作的一段阐述。他同时指出："科技工作者是科学技术知识的主要创造者，义不容辞地肩负着科学普及的使命与责任。"

作为国家战略科技力量，中国科学院拥有丰富的科技资源，并且始终把科学普及当成重要使命，使其成为实施"率先行动"计划的重要举措。

2016 年国务院办公厅印发《全民科学素质行动计划纲要实施方案（2016—2020 年）》，提出到 2020 年我国公民具备科学素质的比例由 2015 年的 6.20%提升到 10%以上。

2017 年 6 月 15 日，《国家科普能力发展报告（2006—2016)》发布，研究显示，我国科普能力逐年递增，效果明显，10 年年均增速为 8.3%。

日渐壮大的科普队伍、一步一个脚印的扎实建设和坚实的政策支持让人充满信心。"十二五"期间，仅全国科普日累计举办重点科普活动就达 2.6 万余场，参与公众近 6 亿人次。同时，随着科技活动周、文化科技卫生"三下乡"、世界地球日、世界环境日等系列活动的开展，中国老百姓对科学的了解越来越深，兴趣愈发浓厚。

据科技部发布的 2016 年度全国科普统计数据显示，2016 年我国共有科普人员 205.38 万人，科普场馆 1258 个，向公众开放科普活动的科研机构和大学达到 7241 个，科普专项经费共计 63.59 亿元，全国人均科普专项经费 4.63 元。

展望未来，我们相信，通过科技创新与科学普及的协同机制，中国必将成为崇尚创新、引领发展的国度；而不断提升的公民科学素质，将为实施创新驱动发展战略、建设世界科技强国和实现中华民族伟大复兴的中国梦提供坚实基础和强大动力。

用"工匠精神"撑起大国制造[*]

——党的十八大以来我国推进实施制造强国战略综述

赵广立

几天前，我国自主设计制造的喷气式支线客机 ARJ21，首次搭载"北斗"卫星导航系统测试试飞成功。"北斗"系统第一次用于民航，国产客机第一次"触电""北斗"，其所释放出的产业化前景令人期待。

近年来，我国制造业自主创新"成绩单"令人瞩目。中国高铁、国产大飞机、"天宫二号"、超级计算机、量子科学实验卫星……这样的突破越来越多，集腋成裘、聚沙成塔，不断为中国制造书写新的高度、铸造新的辉煌。

制造业是国民经济的支柱，高端制造装备是大国重器。党的十八大以来，党和国家对中国制造转型升级十分重视，分别从创新驱动发展、科技体制改革、振兴实体经济、人才选拔使用等方面做出系统部署。

总在产业链条的低端打拼，总在"微笑曲线"的底端摸爬，总停留在附加值最低的制造环节，而占领不了附加值高的研发和销售这两端，不会有根本出路。

"实现中国梦，装备制造业这个基础必须打牢。"习近平总书记不止一次强调。

"十三五"时期，以"制造强国"为重要内容的"转方式、调结构"的步伐，正在信步展开。

面对全球前沿科技领域重大创新成果频现，催生新兴产业蓬勃发展以及实体经济转型热潮，中国正在"轻装上阵"、重点突破、实现赶超。

由"中国制造"向"中国创造"转变，由"中国速度"向"中国质量"转变，

---

[*] 本文发表于《中国科学报》2017 年 10 月 18 日第 1 版（要闻），作者赵广立为《中国科学报》记者。

由"中国产品"向"中国品牌"转变——蓝图已绘就，奋进正当时。

▶ 创新驱动　智能升级——迈向"中国创造"

能生产飞机汽车，却生产不了圆珠笔头？！小小的圆珠笔曾一度难倒了中国制造业。

生产它需要 20 多道复杂工序和极高的加工精度，非常考验一个国家的制造水平。然而，"中国制造"最终经受住了考验。

由中国科学院、太原钢铁集团有限公司及相关企业联合攻关的国家科技支撑计划"制笔行业关键材料及制备技术研发与产业化"项目，成功研发出圆珠笔头球座体所用的"超易切削钢丝"，工艺技术及产品质量达到国际先进水平，打破了我国圆珠笔头原材料依赖进口的局面。

"笔尖钢"的突破是近几年来中国制造创新发展的一个缩影。

而另一个缩影则是"制造业皇冠顶端的明珠"——机器人产业。"机器人革命有望成为第三次工业革命的一个切入点和重要增长点，将影响全球制造业格局。"在 2014 年召开的两院院士大会上，习近平总书记曾作出这样的预判。

面对国内外"双重压力"的挑战，智能制造是难点和重点，更是思路和出路。

机器人主要制造商和国家纷纷加紧布局，抢占技术和市场制高点，作为未来全球最大的机器人市场，"中国不仅要把机器人水平提高上去，而且要尽可能多地占领市场"。

2015 年，我国实施"制造强国"战略的第一个十年行动纲领《中国制造 2025》颁布。机器人产业赫然入列。这标志着中国已将机器人和智能制造纳入了国家科技创新的优先发展领域和主攻方向。

将智能制造作为信息化与工业化深度融合的主攻方向，是为了力争在新产业变革中抢占先机，实现我国制造业的智能化转型升级，争当新一轮产业变革的引领者。

而互联网+双创+中国制造 2025，彼此结合起来进行工业创新，将会催生一场新的工业革命。

"中国制造"向"中国创造"转变，根本出路在创新。今天，当世界再次审视中国时，发现"中国制造"这四个字已变得更具含金量。

宁波慈星股份有限公司（简称"慈星"）早先还是一家传统的电脑针织横机制造商。然而随着电脑针织横机市场份额的饱和，慈星开始在"制造服务业"上下功夫——不只是提供制造设备，而且提供整个智能化工厂。

"一根纱线进去，不需要裁剪和缝合，整件衣服就出来了，这就是我们最新的技术。基于这样的技术，我们发展了'大规模的个性化定制'模式，这背后的内涵是电子商务和人工智能。"在 2017 国家智能制造论坛上，慈星执行董事、副总裁李立军说。

从"中国制造"迈向"中国智造"，"智"从何来？从数据中来。"智能制造不只是生产流程和工艺的高级自动化，还要以数据为核心，把来自于生产流程、内部管理和消费市场上的数据都用起来，这是实现智能制造的关键。"浪潮集团董事长孙丕恕说。

▶ 提质增效 工业强基——提升"中国质量"

连接粤港澳，横跨伶仃洋，全长 55 公里的世界第一跨海大桥港珠澳大桥已经合龙，这个世界级超大型跨海交通工程，集聚着上万件专利，凝结着建设者的心血和智慧，即将横空出世，成为中国制造的又一代表作。

从国家重大工程、重点项目到产业升级、生活用品，中国制造带来的知识产权新产品正不断镌刻着中国印记，改变着世界对中国的印象。就像英国广播公司记者感叹的那样，中国已经不再是那个只能批量生产他国创新产品的国家了。

印有"MADE IN CHINA"字样的优质产品正越来越受到国外消费者的青睐。2017 年 5 月"一带一路"国际合作高峰论坛举办期间，"中国高铁"成为 20 多个国家青年票选出的"新四大发明"之一，成为他们最想带回家的"中国特产"。党的十八大以来，中国高铁不仅运营里程超过 2.2 万公里，还将轨迹延伸到全球102 个国家和地区。

不仅中国高铁，国际市场上，以"华为""小米""联想""格力""大疆"等为代表的一系列中国制造异军突起，以高性价比、高技术含量、高质量的产品参与国际市场竞争，海外"粉丝"群体正变得越来越庞大。

"必须要提高中国制造的质量，在这个过程中使中国制造升级，不能只是在中低端，应该向中高端迈进。"2017年8月25日，李克强总理在主持召开"推动制造强国建设、持续推进经济结构转型升级座谈会"上强调。

促进制造业提质升级要依靠创新发展，也必然要求企业发挥创新主体作用，抓住产品品种、品质、品牌等攻坚发力，倒逼关键技术创新与突破，加快中国制造从低成本竞争优势向高质量、高适用性优势转变。

中国速度向中国质量转变，关键要在降低成本的同时保证品质。

轿车用第三代轮毂轴承单元是汽车核心安全零部件，然而这个关键技术一直为国外老牌汽车公司垄断。2013年，湖北新火炬科技股份有限公司承担了工业和和信息化部工业强基工程项目"轿车用第三代轮毂轴承单元"。凭借多年技术积累和联合攻关，公司成功攻克该零部件被国外垄断的16项关键技术，打破了国外大公司的技术封锁和市场垄断。

如今，该项目已形成年产140万套中高档轿车用第三代轮毂轴承单元的能力，并与"神龙""长安福特""一汽""东风日产"等企业形成批量供货。这对于产品换代升级、抢占中高端轿车市场具有重要意义。

▶▶ 价值思维　工匠精神——打造"中国品牌"

2017年5月5日，国产大型客机C919首飞成功，成就了几代人的凌云壮志，迈出了国产大飞机翱翔蓝天的关键一步，成为我国民用航空工业发展的重要里程碑。

国产大飞机"首秀"的背后，凝聚了几代航空人十年如一日的汗水，彰显着"中国制造"的价值思维和工匠精神。

"鼓励企业开展个性化定制、柔性化生产，培育精益求精的工匠精神，增品种、提品质、创品牌。"2016年的政府工作报告强调，要培育和弘扬精益求精的工匠精神，引导企业树立质量为先、信誉至上的经营理念。

之后的 4 月，国务院办公厅又印发了《贯彻实施质量发展纲要 2016 年行动计划》，要求开展改善消费品供给专项行动，组织实施消费品质量提升工程。这项文件中，马桶盖和电饭煲赫然在列。

"像马桶盖这样技术含量不是很高的产品，国人都要跑到国外去买，这就说明企业的产品品质有问题。"格力集团董事长董明珠希望中国企业家要让全世界知道，"中国制造"四个字，完全能够获得应有的尊重和荣誉。

"这意味着，我们要跳出大规模制造和低成本分销，回归产品和技术创新。"美的集团副总裁袁利群表示，只有围绕精准企划、精湛研发、精益制造、精良品质、精诚服务五个维度来提升品牌形象，"中国制造"才能真正成为"中国创造"，中国品牌才能占领国际市场。

放眼世界，"德国制造"之所以长盛不衰，与其拥有大量一流技术工人、发达的职业技术教育分不开。做强"中国制造"，必须培养和造就一支数量充足、结构合理、素质优良、充满活力、富有工匠精神的制造业人才队伍。

可喜的是，党的十八大以来，中央高度重视高技能人才队伍建设工作，《关于推进技工院校改革创新的若干意见》《技工教育"十三五"规划》等政策陆续出台，高技能人才的社会地位不断提升，上升通道逐步打通，技能人才的春天正在到来。一大批锐意创新的能工巧匠勇攀技术之巅，助力"中国制造"。目前，我国已拥有高技能人才 4791 万人。5 年来，全国累计表彰 90 名"中华技能大奖"获得者和 899 名"全国技术能手"，1461 名高技能人才获得国务院政府特殊津贴。各类技能竞赛和企业岗位练兵技术比武活动也在蓬勃开展。

从"工匠精神"的培养，到职业教育的改革，再到荣誉体系的激励以及文化土壤的培育，如此持之以恒地"补钙"，让"中国制造"的筋骨更强健、品牌更响亮。百吨重工件精度在 0.05 毫米内、切削下的固体燃料薄到可以透光、改造听诊器为汽车发动机诊病……当前，"中国制造"正在塑造自己的高端竞争力，"工匠精神"正在促进中国制造业实现质的飞跃。

第五篇　钟科平系列

★ ★ ★ ★ ★ ★ ★

　　科技创新既是引领全面创新的核心动力，也是引领国家整体发展的关键所在。党的十九大报告指出，创新是引领发展的第一动力，是建设现代化经济体系的战略支撑。围绕创新型国家建设的大政方针，本篇从如何强起来、如何有质量、如何破束缚、如何筑基础、如何造氛围等方面展开论述，以深入分析、理解处于转方式、优结构、转动力的攻关期的中国经济，对于强化创新驱动的迫切需求，对于激发作为经济社会发展最大活力的创新力强烈意志，以及对于提高经济自主增长动力和创新驱动能力不懈努力。

新时代必须强起来*

钟科平

金秋十月，中国共产党第十九次全国代表大会隆重开幕。

"中国共产党人的初心和使命，就是为中国人民谋幸福，为中华民族谋复兴。"矢志不渝的中国共产党人，对当前的认识、对未来的憧憬再次以全新面貌、崭新内涵清晰呈现——夺取"新时代中国特色社会主义"伟大胜利。

习近平总书记在十九大报告中如是说："经过长期努力，中国特色社会主义进入了新时代，这是我国发展新的历史方位。"中国特色社会主义进入新时代，中华民族迎来了从站起来、富起来到强起来的伟大飞跃。

中国新时期发展的历史坐标就此定格。

纵观历史，近代以来，中华民族历经了落后挨打的艰难困苦。其中一个重要原因便是，中国与历次科技革命失之交臂，从而导致积贫积弱、备受屈辱。

创新强则国运昌，创新弱则国运殆。要实现中华民族伟大复兴的中国梦，必须真正用好科学技术这个最有力的杠杆。

"两弹一星""人工合成牛胰岛素""杂交水稻""青蒿素治疟疾"等科技成果让世界的目光屡次投向东方——中国人民站起来了。

改革开放后，坚持"科学技术是第一生产力"，极大地激发了人民群众的创造性，激活了社会发展的活力——中国人民富起来了。

党的十八大以来，以创新驱动发展为引领，我国经济社会发展取得举世瞩目的成就。国内生产总值（GDP）年均增速是世界水平的近 3 倍，对世界经济增长的年均贡献率超过欧美发达国家和地区。这些成果的取得，离不开科技创新提供

---

* 本文发表于《中国科学报》2017 年 10 月 19 日第 1 版（要闻）。

的巨大动力。

站在新时代的起点，"强起来"成为我们最迫切的目标。建成富强民主文明和谐美丽的社会主义现代化强国，中国必须强起来！

科技水平彰显综合国力。新时代要强起来，就必须依靠科技创新实现跨越赶超。近五年来，我国创新型国家建设成果丰硕，"天宫""蛟龙""天眼""悟空""墨子"、大飞机等重大科技成果相继问世。当前，新一轮科技革命正在酝酿，我们面对的将是更加激烈的科技竞争。科学家们要继续发扬甘于奉献、敢于攻关的无畏精神，攻克更多"卡脖子"问题，真正实现由"跟跑者"向"并行者""领跑者"的华丽转身。

转方式调结构的根本动力在创新。新时代要强起来，就要依靠科技创新改变发展方式。改革开放三十多年来，"以市场换技术""以利润换资本"的发展模式已难以为继，创新生产要素和条件的组合方式成为可持续发展的关键所在。以第三次科技革命为特征的技术变革已在中国徐徐展开。电子产品从山寨到高端，"华为""中兴""大疆"等一批企业享誉全球，越来越多的机器人出现在组装线上，互联网信息技术不断"再造"传统产业……依靠创新驱动打造发展新引擎，培育新的经济增长点，中国正在从"世界工厂"变成科技创新的新热土。

新时代要强起来，就要依靠科技创新引领全面创新。无现金支付、无人便利店、共享经济……创新给予中国人生活的改变以及对于未来的描绘充满了想象力。创新这个"牛鼻子"，让科技与经济不断融合，让一切生产要素充满活力，让最广泛的社会潜能极大激发。创新所凝聚的澎湃动力，正在推动中国稳步迈向民族伟大复兴的宏伟目标，稳步迈向夺取新时代中国特色社会主义伟大胜利的康庄大道！

新发展必须有质量*

钟科平

"我们要在继续推动发展的基础上，着力解决好发展不平衡不充分问题，大力提升发展质量和效益，更好满足人民在经济、政治、文化、社会、生态等方面日益增长的需要，更好推动人的全面发展、社会全面进步。"

党的十九大报告高屋建瓴地指明了中国特色社会主义新时代的社会主要矛盾，赋予未来国家发展最鲜明的特征。这也意味着，未来中国的发展，将在兼顾数量的基础上，更加注重质量、效益指标；在兼顾经济领域提质增效的基础上，更加注重社会生活领域的美好和谐。

近年来，中国游客到日本抢购马桶盖、去欧洲购买化妆品的新闻屡见不鲜。中国人买遍全球的背后，凸显着对优质产品的青睐和对高品质生活的追求。"全球扫货"是改革开放三十余年来中国经济高速发展的一个缩影——荷包鼓起来的中国百姓，已经从为温饱发愁到了愿意为追求美好生活买单的新阶段。这就要求国家的发展必须从注重"量"的快车道，向"质""量"齐飞的发展跑道上转变。

进入新常态，中国经济经历近三十年的高速发展，同时到了该调速换挡的时候了。适应新常态、把握新常态、引领新常态，是当前和今后一个时期我国经济发展的大逻辑。不破不立，要打破既有窠臼，改革是必经之途。大力推进供给侧结构改革，直指我国经济发展结构不均衡、驱动力迟滞的症结所在。供给侧结构改革努力创造的方向即在于公平、均衡、质量和效益。

"中国制造"所经历的阵痛与涅槃，生动记录了由低端到高端、由数量到质量、由模仿到创新的全过程。

---

* 本文发表于《中国科学报》2017年10月20日第1版（要闻）。

2014 年 5 月，习近平总书记在河南考察时提出，要推动"中国制造向中国创造转变、中国速度向中国质量转变、中国产品向中国品牌转变"。总书记对中国制造"三个转变"的期望，饱含着发展质量、发展效益的深意，更是指出中国经济发展卡脖子的一个关键环节。

长久以来，很多制约行业跃升、产能优化升级的关键技术的缺失，将中国经济发展的窘迫刻画得异常鲜明。小到写字用的圆珠笔笔尖珠芯这些与百姓生活息息相关的日用品，中国都无法实现自主生产。种种尴尬都向自主创新提出迫切的呼声，都向激发全社会的创新创造提出迫切的召唤。

有质量的发展需要以创新为驱动力打通以往"经脉不通"的关键环节，将资本、技术等要素充分调动起来，形成合力。换言之，以往关键技术从国外一买了之所"偷的懒"，都需要我们重新出发，从基础做起，靠技术、资本、市场协同作战，啃下那些改革、发展道路上的"硬骨头"。唯有如此，才能真正实现创新、协调、绿色、开放、共享的共同发展。

在新时期的发展中，创新的技术、思维、模式，为淘汰落后产能，实现现有产能优化升级，乃至寻找新的商业模式、创造新的经济增长点提供了太多可能性。经济总量已跃居全球第二的中国，正在这场追逐"质""效"的新跑道上奋力前行。

建设美好生活，同时赋予新时代以新的内涵。"美好生活"不仅包括吃饱穿暖，更是吃好穿好行好住好，而且包括民主、法治、公平、正义、安全、环境等"非物质"需求。这也意味着对于未来社会，我们将会倾注更多力量，需要实现更高水平的发展。

河清海晏，时和岁丰。共绘美好画卷，同谱壮丽诗篇。

伟大梦想依托伟大斗争*

钟科平

"实现伟大梦想，必须进行伟大斗争……全党要更加自觉地坚持党的领导和我国社会主义制度，坚决反对一切削弱、歪曲、否定党的领导和我国社会主义制度的言行；更加自觉地维护人民利益，坚决反对一切损害人民利益、脱离群众的行为；更加自觉地投身改革创新时代潮流，坚决破除一切顽瘴痼疾……"

办好中国的事，关键在党。正在召开的党的十九大，是展示中国共产党团结、奋进的空前盛会，是继续推进伟大斗争、伟大工程、伟大事业、伟大梦想的历史性大会。习近平总书记在十九大报告中，深刻阐述了新时期党和国家的历史任务，也更加明确了时代赋予党的责任。

实现中华民族伟大复兴的中国梦，注定是一段不平凡的旅程，会面临无数的艰难险阻，只有时刻做好进行伟大斗争的准备，才能永葆生命力、战斗力，不断走向新的胜利。

"问渠那得清如许，为有源头活水来。"当前，在实现中国梦的道路上，科技创新日益成为驱动发展的主要引擎、加快经济转型的重要支撑。尤其在全面建成小康社会、实现中华民族伟大复兴中国梦的当下，中国比以往任何时候都更加需要强大的创新动力。

然而，在科技创新百舸争流、科技竞争日益激烈的今天，基础研究薄弱、关键核心技术受制于人、成果转化率不高、低水平重复、同质化竞争、管理不顺等一系列现实问题，仍在影响着科技创新的效率，阻碍着科技与经济融合的步伐，影响着我国实现科技强国梦的征程。

---

* 本文发表于《中国科学报》2017年10月24日第1版（要闻）。

这些前进道路上遇到的"硬骨头",必须依靠不断深化改革特别是科技体制改革一块块啃下来。唯有以时不我待的紧迫感和舍我其谁的责任感,在科技体制改革上下大力气,才能尽快打破科技创新桎梏,解除束缚创新的种种障碍,从而推动我国科技事业不断向前发展。而这,注定成为新时代全国科技工作者矢志不渝践行的伟大斗争。

制定和不断完善创新驱动发展战略的顶层设计,改革国家科技创新战略规划和资源配置体系,加快建立健全有机互动、协同高效的国家创新体系,完善科技创新基础制度,围绕产业链部署创新链、围绕创新链完善资金链,加快完善基础研究体制机制,以科技创新为核心推进产品、品牌、产业组织、商业模式全方位创新……

"唯改革者进,唯创新者强。"只有通过深化科技体制改革,才能营造激发科研人员创新活力的科研环境;只有通过深化科技体制改革,才能打通创新链条上的各个环节;也只有通过深化科技体制改革,才能真正把发展动力及时切换到创新引擎上来。

与此同时,也应当清醒地认识到,罗马并非一日建成,打破创新藩篱、扫清创新障碍,同样是一个长期、曲折的过程。伟大的斗争应当是长期的斗争,应尊重科技创新的规律,完善科研诚信制度,在营造宽松包容、奋发向上学术氛围的同时,引导科研人员大力弘扬服务国家、造福人民的科技价值观,要让科技工作者增强创新自信,潜心钻研、攻坚克难、团结奋斗,以昂扬的斗志不断推动中国科技实现跨越式发展,不断为实现中华民族伟大复兴的中国梦书写属于科技工作者的华丽篇章。

重大突破瞄准世界前沿*

钟科平

当我国经济由高速增长阶段转向高质量发展阶段，正处在转变发展方式、优化经济结构、转换增长动力的攻关期，建设现代化经济体系成为跨越关口的迫切要求和我国发展的战略目标。

建设现代化经济体，必须以创新为引领发展的第一动力和战略支撑，必须瞄准世界科技前沿，强化基础研究，实现前瞻性基础研究、引领性原创成果重大突破——党的十九大报告对于创新驱动发展战略的最新阐述，为我国经济未来发展再次确立了方位和坐标。

实践证明，产业转型升级如若缺少技术的突破和支撑，必将难以实现。而关键核心技术的突破、新兴产业的培育都需要以雄厚的基础研究积累作为源头，以强大的原始创新和自主创新能力作为保障。

我国科技创新的态势已表明，从量的积累到质的飞跃，从"跟跑"到"并跑""领跑"，更加要求我们把立足点放在自力更生、自主创新上，不断夯实科技基础，增强原始创新和自主创新能力，努力在世界科技竞争中赢得主动权、主导权。

提高原始创新能力，核心在于基础研究。当下，国家之间的科技竞争日益前移到基础研究领域，基础研究已成为国家的重要战略性资源。面对新一轮科技革命和产业变革带来的历史性机遇，我国持续加大对基础研究的投入力度，在量子通信、中微子振荡、高温铁基超导、胚胎干细胞等诸多基础前沿领域取得重大突破。这些基础领域的重大成果不但极大提升了我国原始创新和自主创新能力，还孕育、带动了一大批新兴产业群崛起，为经济转型升级提供了源源不断的动力。

---

* 本文发表于《中国科学报》2017年10月25日第1版（要闻）。

推动自主创新，不但要低头看路，还要抬头看天。重大突破必须瞄准世界前沿，必须树立雄心、奋起直追、潮头搏浪，必须树立敢于同世界强手比拼的志气。在新一轮科技革命、产业变革风雨欲来之际，我们尤其要把握好世界科技前沿，特别是技术革命的最新趋势，在各个领域特别是一些关键领域前瞻布局，通过一系列变革创新，抓住新一轮全球科技竞争的战略主动，形成主导未来国家发展的强大力量。

与此同时，自主创新不是闭门造车，不是单打独斗，不是把自己封闭于世界之外。开放带来进步，封闭必然落后。在提升原始创新和自主创新能力、建设创新型国家的过程中，我们必须大力推进开放式创新，更加积极地开展国际科技交流合作，用好国际国内两种科技资源，从而更好地把握经济全球化和新技术革命带来的各种战略机遇。

"雄关漫道真如铁，而今迈步从头越。"面对新时代我国社会主要矛盾发生的历史性转变，坚持走中国特色自主创新道路，以全球视野谋划和推动创新，着力打造创新型国家，助推经济持续健康发展，必将成为实现中华民族伟大复兴的中国梦的强大支撑。

开放凝聚创新能力*

钟科平

2013 年秋，习近平总书记访问哈萨克斯坦和印度尼西亚时，提出了共建丝绸之路经济带和 21 世纪海上丝绸之路的倡议。春华秋实，当年的愿景如今已结出累累硕果，面向未来的"一带一路"建设不断迈出坚实的步伐。

"要以'一带一路'建设为重点，坚持引进来和走出去并重，遵循共商共建共享原则，加强创新能力开放合作，形成陆海内外联动、东西双向互济的开放格局。"4 年后的金秋，十九大报告对"一带一路"建设和推进全面开放合作提出了新的指引。

创新是"一带一路"建设的突出特征之一，也是其重要历史使命之一。在"一带一路"建设中，科技创新是支撑服务互联互通、生态文明建设、人才合作与交流的有效手段，也是深化与相关国家和地区开放合作的桥梁纽带，这对国际科技合作既提出了新的课题，也创造了新的发展机遇。

2017 年 5 月启动的"一带一路"科技行动计划，旨在通过与各国展开科技人文交流、共建联合实验室、合作建设科技园区、进行技术转移等，促使创新能力在开放合作、互利共赢的基础上再上新台阶。如果说，曾经的科技合作主要是单一成果、技术、项目的合作，那么，新一轮的科技合作则有着更加深刻的内涵——更加着眼于创新驱动发展、优化创新环境，聚集创新资源的创新能力的开放合作，是更加注重创新核心要素流动、科技资源优化、机制体制创新的共享共赢的开放合作。

攀登世界科技高峰，中国非走自主创新的道路不可。自主创新不是闭门造车，

---

* 本文发表于《中国科学报》2017 年 10 月 26 日第 1 版（要闻）。

需要努力学习先进，用好全球科技资源，培养国际视野。不拒众流，方为江海。凝聚创新能力，是时代赋予科技开放合作的新使命。

如果说 39 年前，改革开放之初的关键词是"招商引资"，那么，在深入实施创新驱动发展战略的当下，创新能力的培养、推动和促进，已成为"引进来"和"走出去"的重要内容和关键抓手。历史与现实告诉我们，在开放合作的过程中，资金、技术固然必不可少，但是最终起决定作用、具备持久价值的往往在于人才、理念、创新能力乃至文化软实力的交流互鉴、博采众长。

人才建设是创新能力培养的"牛鼻子"，是科技创新最关键的因素，创新驱动实质上是人才驱动。习近平总书记指出，要学会招商引资、招人聚才并举，择天下英才而用之，广泛吸引各类创新人才特别是最缺的人才。这也意味着，在不断走向深入的对外开放与合作中，不仅要"引资"，更要"引智"，不仅要"招商"，更要"聚才"。在推动全面开放新格局的新征程中，开放合作承担了吸引优秀人才、凝聚创新能力的新使命。这就要求我们实施更加开放的人才引进政策，不断优化科技创新的环境，继续深化科技体制改革，用好广开贤路的"五把尺子"，不断激发人才的创新活力，不断凝聚创新发展的新动能。只有实现从人的对外开放向人才的对外开放发展，才能真正实现国家的对外开放，才能在经济全球化背景下实现强国梦。

当前，中国正在向建设世界科技强国的目标前进，更需要消除科技创新中的"孤岛"现象。要以全球视野、国际标准，建设一批在国际上有影响力的科学机构、大科学中心，成为一些国际性科学组织的所在地；培养一批在国际上有影响力的科学家群体；扶持一批处于国际先进地位的研究领域和引领创新科技产业发展的企业；产生一些有国际影响力的基础研究成果，孕育出一些变革性的新理念。

站在新时代的起点上，中国开放的大门将越开越大。抓住机遇、乘势而上，在新时代的开放合作中，中国的创新能力建设必将迈向更深层次、更高水平，中国开放型经济的新优势必将不断累积，新空间必将不断拓展。

塑造新时代科学文化*

钟科平

中华文化始终是我们国家、民族的灵魂。高度的文化自信，繁荣的文化文明，以及由此激发的全民族的创新创造活力，共同铸就着中华民族伟大复兴的中国梦。

党的十九大报告指出，发展面向现代化、面向世界、面向未来的，民族的科学的大众的社会主义文化，鲜明定位了"科学"在社会主义文化中的重要位置。

在清晨的公园，晨练的人们有些以水代墨在地面挥毫，有些白衣飘飘练着太极，有些拉着二胡唱着京戏……这是人民群众在传统文化滋养之下的生活片段。

在节假日，除了公园、风景区、游乐场，科技馆、天文馆、博物馆等亦是人声鼎沸、欢声笑语，科学的种子在孩子们的心中播撒，这是科学文化在普罗大众中开枝散叶的真实写照。

文化，是在人类社会发展进程中创造性积淀的总和，包括文学、艺术、教育、科学、技术等。科学技术构成了文化与文明的重要内核，科技的演进从而成为一种独特的人文活动，科学的终极价值亦体现为人文价值。

泱泱大国，巍巍华夏，中华文明源远流长。进入中国特色社会主义新时代，我国社会主要矛盾已经转化为人民日益增长的美好生活需要和不平衡不充分发展之间的矛盾。从对物质文化的需求发展到对美好生活的需要，意味社会主义文化建设必将肩负更重要的使命。

美好需要文化，文化创造美好。数据显示，2016 年，全国文化及相关产业增加值从 2012 年的 18 071 亿元增加到 30 254 亿元，占 GDP 比重从 2012 年的 3.48%

---

* 本文发表于《中国科学报》2017 年 10 月 27 日第 1 版（要闻）。

提高到 4.07%。目前，全国 2780 个公共博物馆、428 个爱国主义教育示范基地以及 48 051 个公共图书馆、美术馆、文化馆实现了免费开放。

在追求美好生活的征途上，用科学的态度看待文化，不断塑造符合现时代特征的科学文化，充分发挥科学文化的价值至关重要。自工业革命以来，科学技术迅猛发展，为人类社会创造了过去难以想象的物质财富和美好生活，成为经济社会发展和社会文明塑造的发动机。在未来，人民对美好生活的向往也在很大程度上依赖科学技术的创新和进步。

科学创造的价值，也不仅仅局限于物质层面。科学作为一种文化，既包括科学知识、科学技术，也包括科学思想、科学方法和科学精神，它们相辅相成，构成了一种软硬实力兼有的文化。当下，科学文化不断融入社会生活的各领域，成为支撑社会经济、政治、文化发展的重要因素。掌握一定的科学知识、思想和方法，也是现代社会人的发展的基本要素之一。

目前，与发达国家相比，我国科学文化发展仍然是一个短板。2015 年，第九次中国公民科学素质调查显示，仅上海、北京和天津的公民科学素质水平分别为 18.71%、17.56% 和 12.00%，只达到美国和欧洲世纪之交的水平。公民科学素质水平较低，特别是劳动适龄人口科学素质不高，已成为制约我国经济发展和社会进步的瓶颈之一。大力开展科学教育，全面推动科学普及，已成为新时期社会主义文化的重要内容。

2016 年 3 月印发的《全民科学素质行动计划纲要实施方案（2016—2020 年）》，对"十三五"期间中国公民科学素质实现跨越提升作出总体部署。该方案提出，力争到 2020 年，我国公民科学素质达到世界主要发达国家 21 世纪初的水平。

实际上，从引力波到量子通信，从人工智能到转基因食品，近年来引爆公众"朋友圈"的热点已经不再局限于国家大事或者娱乐八卦，越来越多的科技成果、科学事件、科学家吸引了大家的关注，科学普及和科学传播日益占据社会信息交流的突出位置，反映出人们对于科学知识与文化的持续向往与追求。

国民科学素养水平体现着国家的综合国力，科普教育则是达致这一力量汇聚的重要途径和有效方式。同时，科学文化建设不仅在于知识的积累，更在于独立探索、独立思考、敢于批判的科学思想和创新精神的塑造。在这个以创新文化为鲜明特征的时代，唯有不断加大科学普及力度，增强公众创新意识，提高公民科学素质，凝聚科学精神与理想，营造鼓励创新的社会氛围，才能保持强劲的创新能力，才能为伟大梦想的实现注入持久的驱动力。

第六篇　科观中国：畅谈五年新变化

★★★★★

党的十八大以来，我国全面实施创新驱动发展战略，原始创新能力不断提升，科技产出成果丰硕，在面向世界科技前沿、面向国家重大需求、面向国民经济主战场方面不断取得新进展、新成就。这些科技创新的重大成就，有力提升了我国科技实力和综合国力，提振了民族自信心和自豪感，进一步彰显了中国共产党的领导优势和中国特色社会主义的制度优势。

为展示近五年来我国在一些重要领域取得的突出成就，本篇邀请专家聚焦一批重大工程、重要项目，梳理辉煌成就，畅谈创新经验，展望未来发展，以此向各界展示国家科技创新的阶段性成果，为党的十九大胜利召开凝心聚力、凝神汇智。

高铁，中国制造最亮丽名片[*]

杨国伟

最近，来自"一带一路"沿线的 20 国青年票选出心中的"中国新四大发明"，中国高铁高居榜首，成了外国青年最想带回家的"中国特产"。中国高铁从无到有、从模仿到超越，直至成为"中国名片""中国特产"，无不得益于我国创新驱动发展战略的全面实施以及创新引领被置于国家发展全局的核心位置。

党的十八大以来，我国在航天工程、超级计算机、量子通信、大飞机工程、高速铁路、国产航母等高技术和高端制造领域取得了一批有国际影响力的重大成果。若干领域实现从跟跑到并跑、领跑的跃升。作为一名亲历我国高速铁路发展全过程的从事高速列车研究的科研人员，笔者对于中国高铁取得的"中国速度"既感到自豪，也倍感鼓舞。

在此，我将回顾中国高速列车的发展历程和国家"十三五"布局的相关项目，以便读者从一个侧面了解我国科技创新的艰辛过程和取得的伟大成就。

高速铁路是一个复杂系统，包括公务工程、牵引供电、通信信号、高速列车、运行调度和客运服务等部分。我国以较低的成本建设了世界上规模最大的高速铁路网络，跨越了复杂的地理区域和环境气候条件，说中国高铁领先世界一点都不为过。

我非常赞同高铁专家对中国高速列车创新历程的"五阶段"划分方法：探索阶段（1990～2003 年）、引进消化吸收阶段（2004～2008 年）、再创新阶段（2009～2011 年）、自主创新阶段（2012～2015 年）和持续创新阶段（2016～2020 年）。

---

[*] 本文发表于《中国科学报》2017 年 8 月 7 日第 1 版（要闻），作者杨国伟为中国科学院力学研究所研究员。

▶ 探索阶段

罗马不是一天建成的。1990 年，铁道部①完成了《京沪高速铁路线路构想方案报告》。1994 年，国务院批准开展京沪高铁可行性研究。1999 年，唐山轨道客车有限公司（简称"唐车"）、长春客车厂和株电联合研制了 200 公里/小时"大白鲨"动车组。2001 年，长客、株电联合研制了 200 公里/小时"蓝箭"动车组，同时南京浦镇车辆厂研制了 200 公里/小时"先锋"动车组。2002 年，四方、长客、株电、大同联合研制了 270 公里/小时"中华之星"动车组，这其中除了"先锋"号动车组为动力分散型外，其他都为集中动力型。此阶段，我国探索了高速列车研制过程和流程，但要为高速铁路网提供数量庞大、批量化、安全可靠的高速列车产品，仍有很大的距离。

▶ 引进消化吸收阶段

2004 年，国务院召开专题会议研究铁路机车车辆装备有关问题，提出"引进先进技术、联合设计生产、打造中国品牌"的总体要求。我国分别从庞巴迪、川崎重工、西门子、阿尔斯通引进了 CRH1、CRH2、CRH3、CRH5 型分散动力型动车组。其中，只有源于西门子 CRH3 型动车组是按运营速度 300 公里/小时设计的，其他都是 200 公里/小时。通过京津城际和武广高铁的联调联试试验和运营，我国进一步掌握了高速动车组的设计原理，掌握了运营维护和故障处理技术，初步建立了运维技术体系。

▶ 再创新阶段

2008 年，京沪高速铁路全线开工。为支撑中国高速列车技术自主创新的国家

---

① 2013 年 3 月 16 日拆分更名为国家铁路局、中国铁路总公司。

重大战略需求，科技部与铁道部于 2008 年 2 月 26 日共同签署《中国高速列车自主创新联合行动计划》，推动我国高速铁路技术发展创新进入新阶段。当时面向京沪高速铁路需求，通过开展高速列车核心技术研究和再创新，研制了我国新一代高速列车。例如，以源于日本技术的 CRH2 和德国技术的 CRH3 平台为基础，研制了设计速度 380 公里/小时、运营速度 350 公里/小时的 CRH380A/AL、CRH380B/BG/BL、CRH380CL 型动车组，同时还研制了 250 公里/小时的 CRH5-000 号、380 公里/小时的 CRH380A-001 号、400 公里/小时的 CRH380B-002 号综合检测列车。通过这一阶段的追赶，可以说我国完全掌握了高速列车设计技术，虽然一些关键部件仍在不同程度上依赖于进口或国内受让方生产，但需按我国提出的设计性能要求设计生产。有些人以此否定中国高铁的成就，我认为是不对的。

▶ 自主创新阶段

在这一阶段，针对已研制的 CRH380AL、CRH380BL 和 CRH380CL，我国开展了智能化高速列车研制，研制出更高速度试验列车和长途卧铺动车组。针对我国复杂多变的气候条件和地区区域，还开展了谱系化高速列车技术研究，研制出高寒动车组、耐风沙动车组和城际动车组。为健全中国标准体系，研制了中国标准动车组，即"复兴号"动车组，实现了不同厂家动车组重联运行，统一了乘客界面、运用界面和易损易耗件及主要备件的关联，进一步实现我国高速列车的自主化、标准化、简统化、系列化。

▶ 持续创新阶段

"十三五"期间，我国高速铁路系统的可持续性、系统互操作性、系统安全保障和系统综合效能继续提升。国家重点研发计划"先进轨道交通"重点专项布局了 400 公里/小时国际互联互通动车组、250 公里/小时高速货运动车组、160 公里/小时快捷货运动机车和 120 公里/小时驮背运输车辆的研制。同时，还布局了

600 公里/小时高速磁悬浮列车和 200 公里/小时中速磁悬浮列车的研制。科技部、国务院国有资产监督管理委员会批复以青岛为中心建设国家高速列车技术创新中心，该中心建成后具备"聚智、协同、转移、辐射、合作"等功能，为国家高铁技术创新、产业发展提供战略支撑。

综上所述，中国高铁之所以成为我国的名片，一个原因是我国有"八纵八横"高速铁路网的蓝图和"一带一路"的倡议，即到 2020 年高速铁路总里程达到 3 万公里，2025 年达到 3.8 万公里。同时，也是因为我国高铁从 20 世纪 90 年代的探索、21 世纪初的引进消化吸收发展到今天的持续创新阶段，是一步一个脚印踏踏实实走过来的。此外，我们还发挥了社会主义集中力量办大事的制度优势，组成了广泛的产、学、研、用自主创新联合体，形成了强大的科技创新团队。我国从过去其他国家高铁的"学生"发展到现在与欧洲、日本同行的技术平行，且在很多地方还有所超越，实现了追赶和反超，彰显了中国高铁人善于学习、勤于攻关，为打造中国高铁品牌而追求卓越的高铁精神。

农业现代化，脚步铿锵奔小康[*]

邓兴旺

党的十八大提出工业化、信息化、城镇化和农业现代化的"四化同步"新战略，这既是新时期社会主义现代化建设的战略任务，也是促进我国经济持续发展的推动力。但当下及未来一段时期，农业还是"四化同步"的短腿，农村还是全面建成小康社会的短板；在经济发展新常态下，农业农村发展面临着一系列新挑战。要破解发展中的难题，农业就必须以科技创新为引领，农村就必须以制度、政策创新为开拓，全面发展高效高值、绿色安全、环境友好的现代农业，使农民成为体面的职业，最终实现"四化同步"和现代化国家建设的宏伟目标。

令人感到欣慰的是，"十二五"以来，我国农业现代化建设取得了显著成效，特别是新农村建设出现了一些革命性的变化。在基础设施方面，随着我国政府对农村基础设施的不断投入，通路、通电、通网为农业现代化带来前所未有的新机遇。2015 年，我国农村社区通路、通电、通电话接近全覆盖，"一站式""一体化"互联网服务迅速向基层延伸，农村生产生活条件得到了很大改善。无论是经济上还是思想意识上，农民与外界的接触交流越来越频繁，使得乡村与城市的差距在逐渐缩小。

在职业化发展方面，这一时期，农村新型职业农民不断涌现，农民的职业化水平和能力得到逐步提高。新型职业农民被视为"增收潜力大、带动能力强"的七大群体之一，也是解决"谁来种地""如何种好地"问题的根本途径。未来农村，新型职业农民将成为农村的主导力量，职业化和专业化将是这一群体的最鲜

---

　* 本文发表于《中国科学报》2017 年 8 月 14 日第 1 版（要闻），作者邓兴旺为美国国家科学院院士、北京大学现代农学院（筹）院长。

明特点。

在新农村发展模式方面，我国一些发达地区新农村建设和乡村现代化发展较快，有些已接近发达国家水平，为我国进一步推进新农村建设和农业现代化提供了很好的实践经验和示范效果。浙江和江苏在新农村建设中形成了两种各具特色的发展模式。其中，浙江以民营经济为主导，主推农业产业化园区建设，全面建设新农村；江苏则以农村集体经济为主导，主推多功能农业开发，全面改善农村的生产、生活条件，推动美丽幸福乡村建设。

在生活方面，农民的物质和文化生活水平也不断提高。随着农民收入逐步增加，农村住房质量和外观、室内装修也大为改善，家用电器种类不断增多、质量不断提升；村庄整体布局逐渐美观，农村生活环境和质量不断提高。随着中央和地方对农村地区文化事业投入的增加，农民的现代化意识也在不断增强，农村地区乡风文明建设取得了很大成效。农村文化基础设施建设不断增多，图书馆、阅览室、科技推广站等设施正在逐渐建立和完善；精神文化活动丰富多彩，各种文化演出不断，不良社会风气逐渐减少，农民精神面貌积极向上，社会和谐程度不断提高。

在看到我国农业现代化取得长足进步的同时，依然不能忽略未来面临的挑战：进一步促进农民增收面临很多困难、科技进步对农业增长的贡献率较发达国家仍有很大差距、农产品质量安全问题比较突出、粮食产量止步十二连增、农业现代化区域发展不平衡、农村教育资源严重缺乏、中小学撤并问题突出等。

如何破解农业发展面临的困境和问题？其关键在于加快转变农业发展方式，依靠科技支撑和创新驱动，提高土地产出率、资源利用率、劳动生产率，努力走出一条农民增收、生产高效、产品安全、资源节约、环境友好的具有中国特色的新型农业现代化道路。

首先要依靠科技发展现代高科技农业。例如，设施农业利用高科技温室或植物工厂，控制植物生长的所有要素，让植物在最优化的环境中生长。又如，将高附加值作物有效成分进行工厂化生产，或珍贵植物有效成分改为常用作物生产等。这样不仅能达到农业生产高效、高质、环保的目的，还能让农民就地就业，成为产业工人，大幅增加收入。

其次要因地制宜发展特色农业。利用区域内独特的农业资源大力发展特有名优产品，进而转化为特色商品的现代农业。以西藏为例，其地理自然环境特殊，导致农业发展相对落后，如果在该地区发展温室农业，则具有得天独厚的优势和广阔前景。

同时要适度借鉴国外发展经验，学习国外先进农业生产技术，引进再消化，实现农业现代化弯道超车。例如，发达国家在涉及农业大数据的精准农业种植方面的探索：通过技术手段收集分析降水、温度、土壤种类和作物生长周期信息，帮助农民及时发现和解决农田存在的问题；采用计算机自动控制、卫星定位、传感、遥感和数据库以及网络技术，实现全自动化播种、施肥、喷药。

总之，农业现代化就是要集成各项最前沿科学技术成果，整合各领域科技资源，以实现农业生产高效、农民增收；同时农业现代化也包括农村教育的现代化，要实现教育公平和可持续发展。这是中国农业现代化的创新发展之路，也是中华民族伟大复兴的必经之路。

超算，"跑出"中国速度*

钱德沛

高性能计算是解决国家发展面临的重大挑战性问题的有效手段，是国家创新体系的重要组成部分。党的十八大以来，习近平总书记提出"四个全面"和"五位一体"等重要发展战略，对科技创新提出更高要求，也为我国在高性能计算方面实现超常发展提供了坚强的后盾。我国自主研制的高性能计算机系统性能世界第一，国家高性能计算环境的资源能力和服务水平居世界领先行列，自主研发的高性能计算应用软件在多个应用领域得到实际使用，取得显著的应用实效。

这些成绩的取得，无不归功于我国科技工作者敢于攀登世界科技高峰的勇气和脚踏实地的实干精神，归功于产学研用的结合和多学科协作，更归功于国家科技计划的前瞻部署和长期支持。"十年磨一剑"在我国高性能计算的发展历程中得到了生动体现。

我国 863 计划在高性能计算方面的努力始于 20 世纪 90 年代初。1990 年，863 计划智能计算机系统主题将研究重点从智能计算机转变为并行计算机，相继研制成功"曙光一号""曙光 1000""曙光 2000""曙光 3000"等高性能计算机。1998 年，该主题又将研究重点从研制单台高性能计算机，转向支持高性能计算基础设施的构建。1999～2000 年，通过重大课题的实施，我国建立起国家高性能计算环境的雏形。

进入 21 世纪，科技部在高性能计算方向连续部署实施了三个"863 计划"重大专项。这些项目始终坚持高效能计算机、高性能计算服务环境和高性能计算应

---

* 本文发表于《中国科学报》2017 年 8 月 22 日第 1 版（要闻），作者钱德沛为北京航空航天大学教授、"十三五"国家重点研发计划"高性能计算"重点专项、总体组组长。

用三位一体、均衡发展的战略，以高效能计算机提供基础计算资源，以服务环境实现资源共享，降低应用门槛，以应用的发展促进机器和环境的技术进步。

2002～2005 年实施的 863 计划"高性能计算机及其核心软件"重大专项，研制成功峰值性能为每秒 5.3 万亿次浮点运算的"联想深腾 6800"和每秒 11.2 万亿次浮点运算的"曙光 4000A"高性能计算机。该专项自主研发了网格系统软件，形成了国家级高性能计算环境试验床。

2006～2010 年实施的"高效能计算机及网格服务环境"重大项目，突出了计算机的高效能，即在性能以外强调程序开发效率、程序可移植性和系统鲁棒性。同时，研制成功"天河一号""曙光 6000"和"神威蓝光"3 台千万亿次计算机，提前 10 年实现《国家中长期科学技术发展纲要（2006—2020 年）》制定的目标。

"天河一号"峰值速度达到 4700 万亿次，首次在世界超级计算机排行榜上位居第一。"神威蓝光"全部采用国产 16 核处理器实现，成为我国高性能计算机发展史上的里程碑。

2011 年起实施的"高效能计算机及应用服务环境"重大项目，研制成功峰值速度为每秒 12.5 亿亿次的"神威太湖之光"和每秒 5.5 亿亿次的"天河二号"两台高性能计算机。自 2013 年起，这两个系统连续 9 次在世界超级计算机排行榜上排名第一，目前仍然是世界上最快的两台计算机。2015 年年初，美国对我国高性能计算机研制所需的高端处理器实行禁运。在这个背景下，"神威太湖之光"采用自主研发的申威众核处理器实现了性能世界第一，有力回应了美国对我国的封锁。

在上述 863 计划重大项目支持下，我国高性能计算应用也得到了长足的发展：研发了一批大型并行应用软件，支撑了大飞机研发、高速列车设计、石油勘探、新药发现、集合气象预报、汽车研发等众多领域的应用，推动了科技创新，产生了显著的经济效益。

从 21 世纪初的数十处理器核并行发展到今天的千万处理器核并行，我国形成了一批可有效利用百万处理器核进行数值模拟的应用实例。我国成功研制了世界首个具备千万核扩展能力的全隐式模拟软件，部署于"神威太湖之光"超级计算机，应用于非静力大气动力学模拟。该成果获 2016 年度国际高性能计算应用最高奖——"戈登·贝尔奖"，实现了 29 年来我国在该奖项上零的突破。

党的十八大以来，科技部启动了"十三五"国家重点研发计划"高性能计算"重点专项，设置了 E 级高性能计算机系统研制、高性能计算应用软件研发和高性能计算环境研发等 3 项研发任务。除了研制世界领先的百亿亿次级高性能计算机外，还要研发一批关键领域/行业的高性能计算应用软件，建立国家级高性能计算应用软件研发中心，形成面向国产处理器的高性能计算应用生态环境。同时，通过建立具有世界一流资源能力和服务水平的国家高性能计算环境，不断推进我国计算服务业的发展。

追梦北极，进入科学大探索时代[*]

赵进平

　　古往今来，北极是远在天边的冰雪荒漠，那里发生的事情似乎与我国无关。20 世纪初的北极地理大探险也没有国人的踪影。但在科学界，一个梦想一直萦绕着几代科学家，那就是去探索北极、认识北极。

　　过去 5 年，科技部和国家自然科学基金委员会加大了对北极科学研究领域的资助力度。中国科学家在北极科学领域逐渐占据一席之地，成为国际北极科学组织中的重要成员，并加入了一些最前沿的科学计划。

　　随着国力日渐强盛，我国从 1999 年至今共开展了 7 次大规模北极科学考察，最近 5 年极地科学的发展更是有了大幅进步。

　　北极科学研究最大的困难是数据严重缺乏。以前，我们每四五年去一次北极。而且这次去了，还不知道下次什么时候再去，因此无法部署长期观测。由财政部支持的"南北极环境综合考察与评估"专项，为北极科学家提供了固定的资金来源。从 2012 年开始，我们每两年进行一次北极考察，我国的北极考察由此正式进入常态化。该专项不仅支持船舶费用，还提供大量资金开发和购买新型仪器装备，使我国的北极考察有了能与国外相媲美的装备水平，我国成为国际北极科学考察中的重要成员。

　　国家真正重视北极科学是从"十二五"规划开始的，并持续至"十三五"规划，这得我国的北极科学从多年的低谷中大踏步走出。中国科学院院士孙鸿烈早就说过，极地科学没有国内水平，只有国际水平。只有科学家在国际前沿上努力

＊　本文发表于《中国科学报》2017 年 8 月 28 日第 1 版（要闻），作者赵进平为中国海洋大学教授、国家 973 计划项目首席科学家。

拼搏，形成高水平的研究成果，北极科学的春天才能真正到来。而且，面对他国百余年的研究积淀，中国科学家的起点低、积累不足、考察机会有限，需要奋起直追。

为满足北极科学发展的需求，我国科学家与美国、加拿大、俄罗斯、挪威、冰岛、丹麦、芬兰、德国、韩国、日本等国的北极科学界有着广泛合作，通过参加国际合作的北极科学考察航次，大大增加了北极数据的获取能力。我国在北极冰雪遥感方面正在取得突破，并即将发射针对冰雪探测的小卫星，形成对北极的长期连续观测能力。我国的北极海—冰—气耦合数值模拟与预报正在形成国际同等水平的能力，并加入国际计划。我国正在开展北极海洋和海冰的数据同化系统研究，为更精确地提供北极数据创造条件。

通过在这些科学领域取得的长足进步，我们终于对北极对我国气候的影响机理有了较为丰富的认识，并有可能依据相应的科学研究成果，改进我国的气候预测能力，提高应对气候变化的科学基础，为未来的减灾防灾提供重要的科学认识。这些成果的问世也引起国家相关领域的高度重视，将北极变化研究列为全球变化研究中的最重要领域，并给予持续支持。

不仅北极变暖影响我国气候，北极自身的改变也在影响我国日益增长的权益。夏季海冰减少导致北极航道开通，使其成为我国到欧美最近的航道，有望成为对我国经济有重大作用的资源。北极航道的开通还将带动北极国家资源的开发，有望取代一些远在万里之外的资源并进入我国的经济体系。所有这些国家权益的争取，都需要科学上的进步和支撑，反过来形成对北极科学发展的更大需求。

科学研究进一步表明，北极对我国气候的影响会产生重大的社会效应。首先是一些气候灾害对主要产粮区的影响，将直接威胁到我国的粮食安全。其次是强烈灾害性天气事件的发生会导致多种可能的灾害。气候变化也将改变我国社会资源保障体现，包括城市供水、燃油供给、电力配置等。因此，需要全面认识这些影响，提出切实的措施，支撑国家采取必要的对策。需要强调的是，不会有外国科学家来解决我国面临的重大科学问题，我们必须依靠自身的力量和长期的努力满足国家的需求。

　　北极对我们的"小小寰球"影响之大、影响范围之广让人目不暇接。我国科学家大踏步地跨越了北极艰难的探险时代和早期的科学摸索阶段，已加入全球最大规模的北极探索与研究中。相信未来我国北极科学将迎来蓬勃发展的时代，在认识全球变化的过程中走在国际前列。

深空探测，不断创造"中国距离"*

崔平远

中华民族是最早仰望星空的民族之一，"嫦娥奔月"的美丽传说代表了人类对浩瀚宇宙的无限遐想。2000年11月发布的《中国的航天》白皮书正式提出"开展以月球探测为主的深空探测的预先研究"和"开展有特色的深空探测和研究"，自此，中华民族的"奔月"梦想逐步变为现实。党的十八大以来，中国进入由航天大国向航天强国发展的关键时期，"嫦娥一号""嫦娥二号""嫦娥三号"相继发射成功，火星"绕落巡"任务正式启动，标志着我国深空探测技术进入世界前列。

月球是人类迈向深空的第一站。月球探测分为"探、登、驻（住）"三阶段，中国的探月工程正在按"绕、落、回"三步实施。2007年10月，我国首颗月球探测卫星"嫦娥一号"发射成功，从此拉开了中国深空探测活动的帷幕，也标志着我国成为具有深空探测能力的国家。"嫦娥二号"作为"嫦娥一号"的姊妹星和月球探测二期工程的先导星，于2010年10月成功发射。此任务实施过程中，解决了"复杂约束、敏感摄动、低能量转移"这一世界性轨道设计难题，使我国成为世界上第三个实现日地拉格朗日L2点探测、第四个实现小天体探测的国家，在我国深空探测史上写下了浓墨重彩的一笔。承载着国人的登月梦想，"嫦娥三号"于2013年12月成功发射。担负着我国航天领域迄今最复杂、难度最大的深空探测任务，"嫦娥三号"完美实现了从动力下降到两器分离的一系列高难度动作，生动诠释了我国深空探测自主创新、锐意进取的精神。

作为"嫦娥"家族的六姐妹，"一、二、三"号任务的顺利实施，为"四、

* 本文发表于《中国科学报》2017年9月4日第1版（要闻），作者崔平远为北京理工大学教授、国家973计划项目首席科学家。

五、六"号任务的再创新奠定了坚实基础。承载返回任务的"嫦娥五号",作为我国月球探测工程第三阶段的首发星,实施"绕、落、回"计划的第三步,将在月面采集 2 千克的月球样品带回地球。

计划于 2018 年发射的"嫦娥四号"中继星和探测器,将实施世界首次月球背面探测任务;2020 年左右发射的"嫦娥六号"探测器,将实施月球背面采样返回任务。月球背面地形更复杂,陨石坑更多。要找到既有研究价值又适合着陆的地点,进行区域性详查和精查十分重要。月球背面对研究月球的起源和演变、调查月球地质和资源情况有重要作用,同时不受来自地球的无线电波干扰,是建造科研基地的理想圣地。

"嫦娥工程"作为中国航天事业的里程碑之一,既是中国航天技术发展的必然结果,也为人类探索宇宙奥秘增添了新的活力。

火星这颗令人玩味的红色星球,一直牵动着人类探测的目光和发现的夙愿。或许在多年后,火星会成为人类的"第二家园"。

2016 年,我国正式实施火星探测计划。火星探测将分为"绕落巡"和"采样回"两个阶段。计划于 2020 年择机发射的首颗火星探测器,将实现"绕落巡"一期工程目标。从人类火星探测的历史看,环绕探测是着陆和巡视的先期工程,环绕探测和着陆巡视任务一次性实施的难度极大,我国首次任务以"绕、落、巡"为目标,将成为世界火星探测史上的先例。

火星虽是距离地球最近的外行星,相比月球,探测火星仍有许多新的技术难点,包括大时延测量与控制技术、全自主管理与导航技术、高速大气进入技术等。为实施中国的火星探测计划,863 计划在"十一五"期间设立了重大项目,开展火星探测器总体技术、自主导航技术、机构结构技术、大气进入技术等专项研究;973 计划于"十二五"期间支持了两个深空探测领域的综合交叉项目,重点开展"火星精确着陆自主导航与制导控制","探测器巡航飞行高精度自主导航"等关键技术研究。

在 863 计划和 973 计划的支持下,我国突破了火星表面复杂形貌时空表征与识别、多尺度信息优化自主导航等前沿技术,研制了火星精确着陆导航与制导控制综合仿真系统,为火星探测工程立项提供了技术支撑。

2016 年 4 月，习近平总书记为首个"中国航天日"作出重要指示："探索浩瀚宇宙，发展航天事业，建设航天强国，是我们不懈追求的航天梦。"伴随着"深空探测"列入国家"科技创新 2030——重大项目"和火星探测"绕落巡"工程任务的实施，中国深空探测事业迎来了新的历史机遇。

面对祖国的召唤、人民的期盼，中国航天人将在十年探月工程实践的基础上，创造一个又一个深空探测的"中国距离"，为向更远深空迈进、为建设航天强国、为实现中华民族伟大复兴的中国梦与航天梦作出新的重大贡献。

百年机器人　扬帆中国梦[*]

段星光

随着中国机器人的发展，人们开始意识到机器人离自己越来越近。它们进入工厂、跻身物流业、走进医院、成为家政服务的一大帮手，甚至慢慢变得会思考、能听懂人说话，帮助人们实现一直以来期待的生活。

自 2013 年开始，中国工业机器人连续 5 年成为全球第一大应用市场，服务机器人需求潜力巨大，特种机器人应用场景拓展显著。据预测，2017 年，中国机器人市场规模将达到 62.8 亿美元，2012～2017 年平均增长率达到 28%。

"要把我国机器人水平提高上去，而且要尽可能多地占领市场。"这是习近平总书记在 2014 年两院院士大会上提出的。而处于高速增长期的中国机器人市场正在积极"回应"这一期许。

机器人诞生至今已有百年。我国于 1972 年正式开始机器人研究，近些年，"机器人""人工智能""智能制造"等技术上升为国家战略，中国机器人研发与制造已颇具实力。

在机器人市场需求方面，工业机器人市场需求稳步增长，亚洲市场依然最具潜力。纵观过去 5 年工业机器人的发展，机器人产业已被列为国家大力发展的战略新兴产业，不仅要避免出现"空心化"、低端盲目扩张的局面，更要加快推进机器人向中高端发展，这是实现增长方式转变的必由之路。发展高端机器人是一个长期的过程，尤其是在一些关键技术、核心零部件上取得突破，才能在国际上占有一席之地，让行走的脚步更加坚实。对企业而言，花大力气进行产业研发、

---

　　*　本文发表于《中国科学报》2017 年 9 月 11 日第 1 版（要闻），作者段星光为北京理工大学智能机器人研究所教授。

技术攻关，才能打牢基础，把工业机器人产业真正做大做强。令人欣喜的是，国内已涌现出新松机器人自动化股份有限公司、广州数控设备有限公司、南京埃斯顿自动化股份有限公司、埃夫特智能装备股份有限公司等一批企业。龙头企业新松机器人自动化股份有限公司市值已达 354 亿元，进入全球机器人行业前三甲，仅次于 ABB 公司和 FANUC 公司。

智能公共服务机器人应用场景和服务模式不断拓展，进一步带动了服务机器人市场规模高速增长。如人机共融、认知智能等智能技术的发展将支撑服务机器人实现创新突破，将成为服务机器人下一阶段获得实质性发展的重要引擎。目前，人工智能正在从感知智能向认知智能加速迈进，并在深度学习、抗干扰感知识别、听觉视觉语义理解与认知推理、情感识别等方面取得明显进步。国内应用领域广阔的服务机器人正在进一步向各个应用场景渗透，科大讯飞、百度、阿里巴巴等龙头型企业已开始智能服务机器人的研发。智能服务机器人加速向家庭渗透也为该产业的发展注入了无限活力。

随着环境感知与适应技术、仿生与生物模型技术、生机电信息处理与识别技术的不断发展，特种机器人已逐步实现了"感知—决策—行为—反馈"的闭环工作流程，并具备了初步的智能。特种机器人的应用领域不断扩展，环境更加复杂和极端化，仿生材料与刚柔耦合结构也进一步打破了传统的机械模式，提升了特种机器人的环境适应性。我国已在特种无人机、深海机器人等领域研发了固定翼无人机智能集群系统、世界上最大吨位深海挖沟机、无人潜水器与自制式水下机器人等一批具备核心竞争力的自主创新产品。大疆创新科技有限公司以入局早、产品硬的优势成为无人机行业领军品牌，占据 70% 的市场份额。

从新兴产业上看，在人工智能、语音识别、图像识别等方面，中国与其他国家基本处于同一起跑线，有些技术已达到国际先进水平。科技部对"十三五"期间国家智能机器人领域做出重大布局，涵盖从当前前沿技术到未来的创新、从人机交互到人工智能、从民生科技到产业化应用各个方面。过去 5 年中，"世界机器人大会"等大型会议的举办，以及各种传播媒介正在潜移默化地向百姓渗透着机器人黑科技时代的到来。

机器人在带来生活便捷的同时，也带来了一些民众对失业的担忧。但我们相信，机器人在取代低端劳动的同时也在创造着更多新兴工作岗位。AlphaGo 的胜利并不意味着人工智能已达到高智能水平。事实上，人工智能还难以处理蕴含大量不可预期性的工作。近日，国务院印发《新一代人工智能发展规划》，提出面向 2030 年我国新一代人工智能的发展目标，部署构筑我国人工智能发展的先发优势，这必将为加快建设创新型国家和世界科技强国提供有力支撑。

面对未来不可抗拒的"机器人时代"的到来，让我们期待更多优秀人才参与到机器人的发展战略中来，从根本上助力中国在新一轮科技革命中反超世界先进国家。

从 4G 到 5G：信息所至　万物触及*

王慧明

"面对信息化潮流，只有积极抢占制高点，才能赢得发展先机。"习近平总书记曾多次强调，抓住新一轮科技革命和产业变革的重大机遇，就是要在新赛场建设之初就加入其中，甚至主导一些赛场建设，从而使我们成为新竞赛规则的制定者、新竞赛场地的主导者。

党的十八大以来，我国在移动通信领域的竞争，恰恰沿着这样的路径一路向前：从参与者到规则制定者，从一招鲜到几招鲜，从跟踪模仿到并行领跑。

国际移动通信产业发展保持着这样的规律：每十年更新一代，每一代系统都采用更加先进的技术，提供更高速的数据传输和更加多样化的服务。然而，每一代移动通信系统国际标准的制定，都是各国科研实力和产业技术水平之间激烈竞争和博弈的结果。在 3G 时代，我国提出的 TD-SCDMA 标准成为被国际电信联盟 ITU 批准的三大标准之一，这是我国电信史上一个重要的里程碑。我国充分利用 TD-SCDMA 在帧结构、智能天线、系统设计等方面形成的关键技术和自主知识产权，并与国际主流标准 LTE 积极融合，最终在 2007 年促成国际标准化组织 3GPP 形成由中国主导的 TD-LTE 标准。至 2010 年 9 月，TD-LTE 的增强版本与 FDD LTE 一道，被 ITU 正式确定为 4G 国际标准，标志着我国在移动通信领域的研发技术实力与产业发展迈上一个新台阶。

我国在 4G 标准上取得的成功得益于国家层面积极推动，并采取了同步发展、融合创新的国际化开放路线。在政府主管部门组织下搭建的"政产学研用"联合

＊　本文发表于《中国科学报》2017 年 9 月 18 日第 1 版（要闻），作者王慧明为西安交通大学电子与信息工程学院教授。

平台，由几十所高等学校、研究院所、芯片设备与终端制造商、运营商等紧密合作，并积极吸引国外产业界和厂商参与。在这一过程中，我国移动通信领域的基础研究能力大幅提高，关键元器件和集成电路芯片实现重大突破，涌现出一批具有世界影响力的设备制造企业，并培养和锻炼了一大批相关领域的创新人才。这些成果使得我国在相关国际标准化组织中的话语权不断提升，在国际产业联盟中的地位也显著提高。

2013 年 12 月，工信部同时为中国移动、中国联通和中国电信发放了三张 TD-LTE 牌照，揭开了我国 4G 商用阶段的序幕。以中国移动为例，截至 2016 年 11 月底，中国移动已建成 146 万个 4G 基站，覆盖人口超过 13 亿，实现全国乡镇以上连续覆盖和行政村热点覆盖。三大运营商总的 4G 用户达到 7.3 亿，预计 2017 年将突破 10 亿大关，将占全球用户总数的 47.6%，成为全球最大的 4G 网络和最大的 4G 市场。

随着 4G 网络的大规模商用，人们对更高性能移动通信的追求并未停止。为了应对未来爆炸性的移动数据流量增长、海量的设备连接、不断涌现的各类新业务和应用场景，第五代移动通信网络（5G）的研究已在学术界和产业界加速推进。相比 4G LTE，5G 不但要应对移动互联网的进一步发展带来的未来移动流量超千倍增长，以应对人工智能和 AR/VR 的需求，还新增了对具有低功耗、低成本、广覆盖特点的物联网应用的支持。

物联网将人与人的通信延伸到物与物、人与物的智能互联。面向 2020 年及未来，移动医疗、车联网等将会推动物联网应用爆发式增长，数以千亿的设备将接入网络，达到百万/平方公里连接数密度，实现真正的"万物互联"。这些应用对 5G 网络的频谱分配、峰值速率、传输延时等指标提出了更高的挑战。

我国 5G 技术发展仍然坚持政府推动、产学研用协同创新、积极深度参与国际合作的发展路线，制定了 5G 总体及关键技术研究（2013～2016 年）、5G 国际标准研制（2016～2018 年）和 5G 产品研发（2018～2020 年）三步走的路线图。目前，5G 已经被"中国制造 2025"战略和国家"十三五规划"列为重要研发内容。2017 年 2 月，工业和信息化部、国家发展和改革委员会发布了《2017—2020 年 5G 发展规划》，明确提出到 2020 年使我国成为 5G 标准和技术的全球引领者这一发展目标。

目前，我国的 5G 发展已经进入研发试验阶段。在北京怀柔建设的全球最大的 5G 试验外场，试验网由国内外行业龙头企业参与，可提供端到端的测试环境，将有助于促进 5G 标准的形成和产业发展。

信息时代，伴随高速信息与数据传输需求的爆发式增长，全球范围内掀起一波又一波移动通信与网络技术研究的热潮。我国移动通信技术的研究经历了 20 世纪 1G、2G 时代的学习模仿，以及 21 世纪初 3G 时代的奋起直追，终于迎来了 4G 时代的并驾齐驱和 5G 的超越引领。

万米时代，逐梦海斗深渊*

吴时国

我是生在汉江边上的内陆人，但人生轨迹却与大海有缘，一生重要的转折源自我的多次下海经历。

我第一次下海是在 20 世纪 90 年代末。那时我国的深海探索才刚刚开始，与国外的差距很大，中国学者实现探索海洋的梦想大多是赴海外求学。1998 年，我受聘于日本海洋研究开发机构（JAMSTEC）的流动研究员，主要开展日本南海海槽俯冲带构造和天然气水合物的研究。1999 年 8 月和 2000 年 6 月，我有幸获得两次下潜机会。两次潜航（每次海底观测 6 个多小时）中，我在钱洲海岭发现了活动断裂构造和冷泉生物群落，并推断这是一个新生的俯冲带。后来，我申请的第一个国家自然科学基金正是基于这两次潜航的资料开展新生俯冲带的构造研究。

第三次下海是在 2016 年 6 月 2 日，我随"向阳红 09"船在马里亚纳海沟执行中国大洋第 37 航次第二航段调查任务。该航次是在中国科学院深海科学与工程研究所所长丁抗承担的"海斗深渊前沿科技问题研究与攻关"（简称"海斗深渊"）战略性先导科技专项（B 类）资助下，利用载人潜水器开展马里亚纳海沟的生物、环境和地质科学问题研究。当日 6 点 20 分开始进舱，随着总指挥一声令下，下潜开始，潜水器吊起、入水、脱钩。10 点 40 分，我们到达 5980 米海底，看到在海底沉积物中散落着很多大大小小的石头。因为这里经常发生地震，这些石头就是海底泥石流的产物。随着继续向西观测，我们突破了 6000 米的深度，看到了深海海葵、海星、深海虾、鱼等动物。更为惊奇的是，我们看到大量地幔

---

* 本文发表于《中国科学报》2017 年 9 月 25 日第 1 版（要闻），作者吴时国为中国科学院深海科学与工程研究所研究员、中国科学院大学教授。

蛇纹石化橄榄岩以及地球圈层中的地幔露头。这里简直就是了解地球的一个天窗。随着继续观测，我们又见到了下地壳的辉长岩。13 点 26 分，潜水器开始上浮，16 点 30 分浮出了水面。带着宝贵的地质、生物标本和深海画像，这次潜航画上了完美的句号。晚上，丁抗与船上的科学家为这次潜航庆祝。进入 6000 米，实现了从事深渊探测研究的科学家们期盼已久的一个愿望，大家都很兴奋。我们在船头席地而坐，头顶着满天星辰，脚踏着海斗深渊，畅谈未来，畅谈深海人最美好的梦想。

"可上九天揽月，可下五洋捉鳖"是中华民族的梦想，烟波浩渺的深海大洋笼罩着神奇的科学奥秘，吸引着我们不断探索。回顾个人经历，仿佛也在回看整个国家的深海探测历程，令人无限感慨。

"十一五"前，我国的深海探测几乎是一片空白。从"十二五"开始，党中央国务院推出一系列重要举措，开启了我国建设海洋强国的征程。自此，我国深海探测技术实现了快速发展。党的十八大作出了建设海洋强国的重大部署，进一步加快了我们关心海洋、认识海洋、经略海洋的步伐，激励着我国深海科技不断向前发展，取得一项又一项技术突破，开始步入万米深渊的行列。

7000 米级"蛟龙号"载人潜水器的成功研制与应用，使我国成为世界上少数几个掌握深潜核心技术的国家之一，从此大洋 7000 米水深范围内的深海观测、作业、取样、深海工程等不再望洋兴叹。4500 米级无人遥控潜水器"海马号"、"海燕号"深海滑翔机、海洋石油 981 深水半潜式钻井平台（简称"海洋石油 981"）和海洋石油 201 深水辅管起重船（简称"海洋石油 201"）等一批重大成果的涌现，极大促进了深海科学与深海探测技术的发展，标志着中国人已经有能力亲临海斗深渊，探测世界大洋 90% 的深海区域。

中国最新研制的 7000 米级水下滑翔机、"天涯号"深渊着陆器、万米级海底地震仪（OBS）、"海斗号"全海深自主遥控水下机器人等深海装备，于 2016 年 8 月和 2017 年 3 月在马里亚纳海沟"挑战者深渊"海域试验成功，打破了多项世界纪录。中国深海探测装备的日新月异、深海科技取得的诸多成果，深海探测技术由集成创新向自主创新的历史性转变，无不令世界瞩目。

2017 年 9 月，最新研制的新一代 4500 米载人潜水器"深海勇士"号，在我国南海海域如火如荼地开展试验工作。4500 米载人潜水器的研制与海试，是继"蛟龙号"载人深潜试验后我国深海技术发展史上又一个里程碑，预示着我国深海技术装备由集成创新向自主创新的历史性转变已经到来。

"十三五"期间，我国设立了"深海关键技术与装备"重点专项，开展深海空间站、全海深潜水器的研制以及深海前沿关键技术、深海通用配套技术、深远海核动力平台关键技术等的研究工作。特别是在深海探测技术与装备领域，从"蛟龙号"实现点的跨越，到 4500 米载人潜水器的全面国产化、掌握核心技术，再到全海深载人潜水器，我们正在实现深海探测技术的三步走目标，我国深海科技也将进入国际"领跑"的新阶段。

目前，丁抗等科学家正在研制全海深载人潜器，我也期待着 5 年后再次下海，再赴"挑战者深渊"，成为一名征服全海深的深渊科学家。在我国海洋大发展的时代，沐浴着海风，追逐着梦想，每个海洋科学家都在努力实现着自己的海洋梦，努力实现我们的海洋强国梦。

电动汽车　中国领航*

林　程

　　汽车行业技术含量高、管理精细化程度高、市场庞大，发展新能源汽车是我国从汽车大国迈向汽车强国的必由之路。2014 年 5 月，习近平总书记在上海考察期间对我国新能源汽车提出的期望和发展方向，如今正一步步变为现实图景。

　　党的十八大以来，我国新能源汽车研发力度不断增强，产业政策日趋完善高效，市场规模继续稳步增长，适应各种需求的产品开发呈现一片欣荣。中国既是世界电动汽车的市场高地，也是技术竞技的主要赛场，按照中国标准开发的电动汽车整车和零部件已开始出口欧美，走向世界。新能源汽车正在成为汽车制造业乃至经济新常态下一个强劲的增长点。

　　近 5 年，纯电动汽车在全国快速推广，很多城市提出了公交和出租车电动化的目标。在北京、上海、广州、深圳、杭州等重点城市，已有数十万辆私家电动轿车上路行驶。2016 年，我国纯电动客车产销量超过 12 万辆，纯电动轿车产销量超过 26 万辆。2017 年，上述指标继续保持增长，产业规模稳居世界第一，其作为国民经济新引擎的态势日趋明显。

　　我国在纯电动汽车技术领域起步较早。1994 年，北京理工大学团队就研发出我国第一台纯电动客车"远望号"；2000 年，两台具有完全自主知识产权的纯电动客车开始在北京 121 路公交线试验运营；2005 年，约 40 辆电动客车在北京 121 路公交线和密云开发区开展了当时世界上最大规模的纯电动公交车示范运营工作，加上后续北京奥运会、上海世博会、广州亚运会、部分城市示范运营等重大应用的

---

　　* 本文发表于《中国科学报》2017 年 10 月 9 日第 1 版（要闻），作者林程为北京理工大学机械与车辆学院教授。

推动，为我国纯电动汽车技术进步积累了数千万公里的宝贵运行经验和数据。

2006年，比亚迪公司的第一款搭载磷酸铁电池的F3e电动轿车研发成功，后续又陆续推出e6、k9等纯电动汽车，取得了不凡的市场业绩。除整车外，我国新能源汽车部件技术也发展迅速。以行业最为关注的动力电池为例，与2008年奥运会期间使用的电动汽车相比，锂离子动力电池系统的比能量由不足100瓦·时/千克提升到现在的超过150瓦·时/千克，承诺寿命由3年5万公里提升到8年12万公里甚至更高，价格却从4~5元/（瓦·时）降至1.5元/（瓦·时）左右。2017年我国动力电池规划产能已达170千兆瓦·时。我国的动力电池及其他三电产品（动力电池、驱动电机、整车电控），已经拥有和世界高水平产品比肩的性能，价格更具有竞争性。

现阶段，我国电动汽车产业的快速发展多得益于政府补贴，很多企业依然没有把技术创新作为产品突破市场、挖掘利润的着力点。要保持中国在电动汽车领域的先发优势，必须寻找新的技术突破口。

"高性能全气候纯电动汽车"正是在这种背景下提出的。目前国内主流的电动汽车多集中在东部、中部和南部平原、沿海城市运行，动力性能一般，气候环境温和，运行工况条件好。而在北部、西部地区和严寒地区、山区及高速道路应用较少，电动汽车与具有广泛适用性的燃油汽车相比有很大的差距，这极大地限制了电动汽车市场的开拓。

例如，2022年北京-张家口冬奥会期间将大规模使用电动汽车，车辆将面临严寒低温环境的考验。另外，冬奥会河北赛区地形主要为山区，进入冬季，道路坡度与冰雪路面等将导致车辆行驶工况十分复杂。现有以电动为主的新能源车辆智能化程度普遍较低，尚无法满足冰雪覆盖等复杂路况对车辆智能化的要求，这也对新能源汽车智能自主决策能力提出较大挑战。

高性能全气候纯电动汽车就是要使电动汽车达到与燃油汽车相当的动力性和环境适应性，使电动汽车能在更广阔的范围内得到应用。由北京理工大学、中信国安盟固利动力科技有限公司和美国EC POWER公司合作开发的锂离子动力电池系统产品，比能量突破了175瓦·时/千克，彻底解决了电动汽车在冬季续驶里程急剧下降、无法启动、衰减、安全隐患等诸多难题，实现了纯电动汽车"全气候"运行模式。技术团队还在冷暖空调、网联整车控制、自动变速系统等方面取得一系列突破，全面提升了电动汽车的技术性能。

预计到 2020 年，这款具备高性能和全天候工作模式的电动汽车将问世，并有望成为北京-张家口冬奥会上的一道亮丽风景。这也意味着由我国自主研发的纯电动汽车不再有禁区，并且持续领航世界。

装备"巨舰"破浪前行[*]

蒋庄德

"工欲善其事，必先利其器。"装备强则国力强。当今世界，国力强盛的国家无一不是装备制造的强国，美国、日本、德国等发达国家长期以来一直把装备制造作为其强大国力的后盾。高端装备已上升为大国之间博弈的核心和不可或缺的利器。

装备制造作为制造业的核心组成部分，是国民经济发展特别是工业发展的基础。建立起强大的先进装备制造业，既是实施《中国制造 2025》宏伟蓝图的支撑和保障，又是提高中国综合国力、推进制造强国建设的根本保证。党的十八大以来，我国以创新驱动发展为引领，实施制造强国战略，着力推动高端装备制造业走出国门、走向世界。经过不断追赶与发展，我国经济重点领域的装备制造取得重大进步，已形成一批具有核心技术的装备产品，一些产品的技术水平已接近或达到国际先进水平。载人航天、探月工程、载人深潜、新支线飞机、高速轨道交通等领域取得突破性进展，百万吨乙烯成套装备、特高压输变电设备、千万亿次超级计算机等已跃居世界前列。

我国成功自主研制了以全套特高压交、直流输变电设备为代表的各类输变电新材料、新设备，全面掌握了特高压输电成套技术，实现该领域"中国制造"向"中国创造"转变，占领了国际高压输电技术的制高点。2016 年 1 月 11 日，准东—皖南（新疆昌吉—安徽宣城）±1100 千伏特高压直流输电工程开工建设。这是目前世界上电压等级最高、输送容量最大、输送距离最远、技术水平最先进的特

---

[*] 本文发表于《中国科学报》2017 年 10 月 16 日第 1 版（要闻），作者蒋庄德为中国工程院院士、西安交通大学机械工程学院教授。

高压输电工程。百万吨乙烯成套装备的研制成功，使我国成为世界上继日本、美国、德国后第四个具有百万吨级乙烯"三机"（裂解气压缩机、丙烯压缩机、乙烯压缩机）设计制造能力的国家，彻底结束了长期依赖进口的历史，在我国先进装备制造业发展史上写下了浓重一笔。

作为制造机器的母机，机床与制造业的关系最为密切，更是其他装备发展的基础。近年来，我国高档数控机床在多项关键技术和装备方面实现了突破，行业技术水平明显提升，与国际先进水平的差距明显缩小，部分产品达到国际先进水平，先后为核电、大飞机等国家重大专项和新型战机、运载火箭等一批国家重点工程提供了关键制造装备，有力支撑和保障了国家安全。例如，25 米立柱移动立式铣车床的技术参数、技术等级均处于世界领先水平；8 万吨大型模锻压力机和万吨级铝板张力拉伸机等重型设备的成功研制，填补了国内航空领域大型关键重要件整体成型的技术空白；1500 毫米非球面超精密车磨复合加工机床的成功研制，填补了国内高精度大口径光学非球面元件加工装备的空白，打破了国外发达国家对我国实行的技术封锁和设备禁运；在汽车制造装备领域，数控锻压成型设备的产业化成效最为显著，其中汽车大型覆盖件冲压设备达到世界先进水平，具备了国际市场竞争能力，已成功出口福特汽车美国工厂 9 条生产线。

装备制造的发展与进步，不仅仅是装备制造能力的提升，还伴随着思维和模式的转变。3D 打印技术的出现，颠覆了以往通过切割或模具塑造制造物品的模式，为装备制造的发展提供了新方式。该技术已在航空航天、生物和医疗产业等领域得到有效应用。如我国自主研制并已经成功试飞的 C919 大型客机机头主风挡的窗框便是 3D 打印而成的。

信息技术和制造技术的深度融合是"中国制造 2025"的核心主线，数字化、网络化、智能化是制造业也是装备制造行业发展的重要趋势。工业化与信息化融合发展（"两化融合"）最突出的体现就是智能制造，下一阶段"中国制造 2025"发展过程中的主要载体亦为智能制造。智能制造创新性地融合了新兴的制造、智能、信息等科学技术，使得工业互联网、先进传感、大数据、云计算、人工智能等技术在装备制造中得到有效应用。它不仅仅是单一的先进技术和设备的应用，更是新模式的转变，将加速推进我国装备制造业的转型升级。

中国，用几十年的时间走过了发达国家两百多年的工业历程。在发展过程中，我们建成了庞大的生产体系和工业体系，形成了具有自己特色的装备制造体系，我们距离自己的制造强国梦越来越近并终将实现超越。中国装备制造产业的"巨舰"已经试水前行。

第七篇　科观中国：对标十九大　畅谈新变化

★ ★ ★ ★ ★

　　胜利闭幕的党的十九大，是党在决胜全面建成小康社会、夺取新时代中国特色社会主义伟大胜利的关键历史时期召开的一次十分重要的会议。习近平总书记所作的大会报告，系统阐述了新时代中国特色社会主义思想和基本方略，特别是从战略高度强调创新是引领发展的第一动力，是建设现代化经济体系的战略支撑，为新时代加快建设创新型国家和世界科技强国指明了方向。

　　进入伟大新时代，科技界需要不断强化职责担当，矢志创新引领。为此，本篇邀请院士、专家，在系统梳理我国创新型国家建设的阶段性成果的基础上，进一步凸显广大科技工作者的使命感和责任感，以此激发为科技界不断取得新突破新成就的强烈信心。

共享开启美好生活*

魏 玮

39 年前，共享经济的概念由国外教授首次提出时，没有人能想到它对我们未来生活带来的巨大影响。如今，上至国家方略，下至百姓生活，共享理念已深入人心，共享经济几乎无处不在。

刚刚闭幕的党的十九大，"共享"一词被频频提及：坚定不移贯彻五大发展理念，"保证全体人民在共建共享发展中有更多获得感""在中高端消费、创新引领、绿色低碳、共享经济、现代供应链、人力资本服务等领域培育新增长点、形成新动能"……"共享"成为新时代新发展的一个鲜明特征，亦成为中国特色社会主义基本方略的重要内涵之一。

党的十八届五中全会首次提出"发展分享经济"，希望凭借其互联网基因，加速对传统行业的升级改造。面对经济急剧转型的中国，共享经济的出现对于加速新旧动能转换具有重要意义。

党的十八大以来，我国共享经济发展势头良好，共享的产品和服务领域不断扩展，在带动经济发展、推动就业增加、方便和改善人们的生活方面发挥了不可替代的作用。与此同时，以共享单车为代表的共享经济还跨出国门、走向世界，被誉为中国的"新四大发明之一"，展示了中国全球化发展的新形象。

共享经济的雏形是分享经济，其历史也相当久远。丝绸之路的开拓促进了信息和物品的交流与分享，但受条件所限，这是一种交流自由度和社会协作程度都很低的分享经济。现代科学技术的发展为解决社会协作的规模化发展提供了可行

---

* 本文发表于《中国科学报》2017 年 10 月 30 日第 1 版（要闻），作者魏玮为西安交通大学经济与金融学院教授。

的解决方案，从而推动了分享经济向共享经济转变。以共享单车为例，通过加装定位芯片、通信 SIM 卡，可以对共享单车进行定位；通过移动互联网技术和智能锁具控制技术，可以控制单车的个人使用；通过云计算和人工智能技术，能够合理调配单车的分布，增加使用的便捷性和效率。随着互联网技术的迅猛发展，共享经济日益体现为一种以信息化技术手段和渠道为基础，通过第三方的产品和服务共享平台，使公众能够平等、有偿地共享一切社会资源的新经济形态。

当今，共享经济已经向我们日常生活的各个方面拓展。交通出行是共享经济目前影响最大的领域，主要有共享租车、共享驾乘、共享自行车和共享停车位等。共享空间也是共享经济最为重要的一个领域，主要包括共享住宿空间、共享宠物空间以及共享办公场所空间。金融与互联网模式的相互渗透，推动了金融领域共享经济需求的诞生。P2P 网贷模式与众筹模式是互联网金融的主要形式，它们通过互联网平台快速高效搜寻和撮合资金的供需方，加快资金的周转速度，最大限度地发挥了资金的使用价值，让更多人享受到金融服务。共享物品借助于移动互联网的支持也得到了快速的发展，物品共享、书籍共享、服装共享等不断涌现，共享雨伞、共享充电宝已经进入我们的日常生活。此外，共享美食、共享公共资源、共享知识教育、共享医疗健康、共享任务等越来越多的共享经济领域会日益进入我们的日常生活。以合作性消费为特征的共享经济对资源的节约性使用，提高了人类的可持续发展，促进人与自然的和谐相处。

当下，共享经济在我国的产业升级、经济转型过程中发挥着十分重要的作用。虽然共享经济在我国起步较晚，但我们有发展共享经济的三个独特优势：世界规模最大的移动互联网，移动互联网普及程度和数据开放程度较高；服务业快速发展，未来增长潜力巨大；城市化不断推进，大城市人口继续增加，对共享产品和服务需求增大。中国电子商务研究中心发布的《2016 年度中国共享经济发展报告》显示，2016 年中国共享经济的市场规模达到 39 450 亿元，增长率为 76.4%，与共享经济有关的服务提供者达到 5000 万人，占我国劳动人口总数的 5.5%。据国家信息中心分享经济研究中心预测，未来几年，我国共享经济将以年均 40%左右的增长速度，到 2020 年交易规模将占 GDP 比重的 10%以上。

目前，我国共享经济在发展过程中还受到新旧经济规则的冲突、可共享对象的规范性不够明晰以及文化理念和消费习惯亟待转变等因素的制约。随着我国共享经济发展环境的不断完善，互联网与各行业加速融合发展，"分享、协作"的理念持续普及，未来我国共享经济的发展空间会越来越大，共享经济将把每个人都串联起来，让人们通过共享平台分享更多的产品和服务，分享更美好的新生活。

让科技资源在"共享"中实现倍增*

包献华

科技资源配置和管理不顺，是科技体制改革的"硬骨头"之一。科技基础条件资源则是科技资源最核心的物质基础。习近平总书记曾强调，要注意发挥科技资源的外溢效应，通过政府规划推动、市场运行，整合配置科技资源，起到"四两拨千斤"的作用，从而产生倍增效应。

党的十八大以来，我国科技基础条件资源管理机制不断完善，规模质量、共享水平和服务效益不断提升，对创新发展的支撑保障作用越发显著。

我国先后出台了一系列指导科技资源建设管理的文件，全社会资源共享的政策环境进一步优化。其中，《中共中央　国务院关于深化体制机制改革加快实施创新驱动发展战略的若干意见》《国家重大科技基础设施建设中长期规划（2012—2030 年）》《国务院关于国家重大科研基础设施和大型科研仪器向社会开放的意见》等政策颁布实施，28 个省份出台相关政策文件 93 个，1560 余家高等学校、科研院所制定了 1900 多项开放制度，科技资源开放共享的政策环境日益完善。

科学技术部、财政部对近千家单位的科研仪器设施、科学数据、科技文献、自然科技资源等进行优化整合，打造了 28 大类国家科技资源共享服务平台，形成了一批具有国际影响力的研究设施和观测网络、科学数据中心、文献中心和科技资源库馆，进一步夯实了国家科技创新基础能力。

建设中国科技资源共享网和科研设施与仪器国家网络管理平台，初步实现对科研设施与仪器开放服务的全链条管理。组建全国科技平台标准化技术委员会，

---

　* 本文发表于《中国科学报》2017 年 11 月 6 日第 1 版（要闻），作者包献华为国家科技基础条件平台中心主任。

在科技资源管理方面发布了 14 项国家标准，初步构建了跨部门、跨地方、多层次的科技资源网络服务体系。

持续对公益性的共享服务平台开展绩效考核，累计发放后补助经费近 17 亿元。全国 20 多个省份为企业和创业团队发放了科技创新券，累计超过 13 亿元，引导科技资源服务创新创业，为企业节约仪器购置等数十亿元研发成本。

近 5 年来，我国科技基础条件资源建设持续增强，科技创新的物质基础不断夯实。在重大科研基础设施体系建设方面，先后建成 500 米口径球面射电望远镜、中国散裂中子源等一批具有国际先进水平的重大科研基础设施，覆盖了物理、地球、生物、材料、水利等 20 多个一级学科。

同时，科研仪器设备规模翻番，高水平院校的科研装备水平处于国际前列。科研仪器设备以年均 16% 的速度增长；到 2017 年年底，高等学校、科研院所原值 50 万元以上的大型科研仪器设备总量预计近 10 万台套，原值总和将超过 1400 亿元，是党的十八大前的 2 倍多。

科研基础设施和科研仪器设备的建设与创新水平的快速提升，带来科学数据总量的快速增长，其中生物种质和实验材料保藏数量增长显著。汤森路透发布的数字引文索引数据库中，中国数据资源年均增长率居世界第一位。

通过建立与国际接轨的开放运行机制，我国重大科研基础设施有效支撑了前沿科学探索和技术突破。许多重大科研基础设施建立了国内外专家参与的理事会制度，执行开放透明的预约收费制度，与全球一流团队合作开展前沿研究，成为重大创新的策源地。依托设施开展了量子通信、蛋白质研究、磁约束核聚变、宇宙结构起源、个性化药物研制等国际顶尖水平科研工作，支撑了载人航天、探月工程、大型客机研制等国家重大科技任务，推动我国高能物理、等离子体物理、结构生物学等领域进入了国际先进行列。

过去，大型科研仪器开放共享水平有限，重复购置等现象较为突出。通过深化改革促进开放共享，全国 3800 多家单位共计 5.8 万台套大型科研仪器纳入国家科研设施仪器网络管理平台。70% 以上的高等学校、科研院所建成了仪器管理服务平台。大型科研仪器开放数量由 3.3 万台套增长至 6.3 万台套。

在国家重点实验室建设、国家科技重大专项实施中持续开展大型科研仪器购置必要性评议，累计核减重复购置经费达 140 多亿元，从源头避免了资源重复配置。

28 大类国家科技资源共享服务平台整合了海量的科学数据和种质、标本资源，形成国内最具影响力的科学数据中心和科技资源库馆。例如，国家材料环境腐蚀野外科学观测研究平台为"天宫二号"、未来空间站以及"大飞机"的选材、设计与服役安全提供了大量的材料腐蚀环境数据。国家人口与健康科学数据共享服务平台通过农村三级医疗卫生服务网，将人口健康科学数据、科技成果、医疗技术推送到 27 个省份的 1620 个医院、乡镇村卫生院以及社区医学服务站，缓解了看病贵、看病难问题。

与此同时，我国科技资源共享服务业蓬勃发展，科技资源对创新创业的支持保障能力进一步增强。上海"牵翼网"整合了 1400 家实验室 2 万台套科研仪器，打造"互联网+创新服务"的电商平台，实现了"检索、咨询、物流、评价、创新券补贴"全流程在线交易，收入突破 2 亿元。

党的十九大提出加快建设创新型国家的目标，强调创新是引领发展的第一动力，是建设现代化经济体系的战略支撑。未来，我国将通过更多科技资源的统筹整合、合理配置、开放共享，不断健全国家创新体系，不断提升全社会创新能力。

北斗导航：顶天立地的中国精度[*]

杨宜康

2017 年 11 月 5 日，以"一箭双星"方式成功发射的第 24、25 颗"北斗"导航卫星，开启了"北斗"卫星导航系统全球组网的新时代。此次任务也将揭开我国新一轮"北斗"组网卫星高密度发射的序幕。预计到 2020 年，我国将完成 30 多颗"北斗"卫星发射任务，具有全球服务能力。

习近平总书记曾强调，要把关键技术掌握在自己手里，要从国家主权政治高度来理解、从国家发展战略来部署、从国家经济建设落实北斗卫星导航系统。党的十九大报告也提出，突出关键共性技术、前沿引领技术、现代工程技术、颠覆性技术创新，为建设科技强国、质量强国、航天强国、网络强国、交通强国、数字中国、智慧社会提供有力支撑。

目前，全球有四大卫星导航定位与授时系统：美国的 GPS（1967 年启动，1994 年建成）、俄罗斯的 GLONASS（1976 年启动，2011 年建成）、欧盟的 GALILEO（1999 年启动，预计 2020 年建成）、中国的"北斗"导航系统（2006 年启动，计划 2020 年建成）。"北斗"导航系统是中国完全独立自主掌控的全球卫星导航定位与授时系统，星座由 MEO、GEO、IGSO 三种轨道拓扑构型、共 35 颗卫星组成，提供全球覆盖、全天候、全时段、实时连续的高精度导航定位与授时服务。2007 年 4 月～2016 年 6 月，我国已部署 23 颗卫星，建成 32 个地面运控/测控站，完成"北斗二号"卫星导航系统建设。系统覆盖整个东半球，达到同期国际先进水平，正式为亚太地区特别是"一带一路"沿线国家提供导航定位授时服务。

---

[*] 本文发表于《中国科学报》2017 年 11 月 13 日第 1 版（要闻），作者杨宜康为西安交通大学电子与信息工程学院宇航动力学国家重点实验室教授。

"十三五"以来，中国进入由航天大国向航天强国发展的关键时期，"北斗"导航系统的发展与建设也进入了新的历史阶段。"北斗"导航系统作为我国规模最大的航天系统，将在 2020 年建成"北斗"全球系统，性能与升级后的 GPS 系统相当。要实现这一目标，最关键的要素在于自主创新、军民融合。一直以来，中国"北斗"导航系统研制团队坚持关键技术自主创新的原则，独立自主攻关完成两类"北斗"导航星载精密原子钟的研制，于 2014 年完成在轨验证并服役，至今工作正常。而 2017 年 1 月，欧盟 GALILEO 系统 18 颗卫星上的 9 台原子钟几乎同时发生大面积故障，至今原因不明，给该系统的发展蒙上了阴影。

军民融合是党的十八大以来确立的未来国家发展战略，关乎国家安全和发展全局，既是兴国之举，又是强军之策。"北斗"导航系统是中国独立自主建设并掌控的天地一体化基础设施，是体现军民融合的重要舞台。从陆地到太空，北斗导航的广泛应用正在改变人们的思维模式、工作模式、生活方式。同时，目前"北斗"导航系统相关产业产值已突破千亿元，成为推动国家经济增长、科技进步、军事现代化的重要引擎。

在国家倡导的全面建设创新型国家战略指导下，在大力弘扬创新文化氛围中，"北斗"导航系统进入快速发展阶段。广大科研人员秉承自主创新、军民融合两个理念，一路披荆斩棘，解决了"北斗"导航系统与欧盟 GALILEO 系统的下行频率冲突的问题，突破了"北斗"导航系统与欧盟 GALILEO 系统的下行信号体制知识产权保护障碍，完成了国产星载原子钟与国产星载核心处理器的研制及在轨验证并服役。同时，实现了与其他卫星导航系统的信号兼容与互操作，发展了多星系统星间链路组网协同技术及在轨验证，形成了"北斗"导航定位芯片的大规模产业化。这一系列重大创新和巨大成就，为 2017～2020 年部署"北斗三号"卫星导航系统提供了强有力的技术保障。"北斗二号"卫星导航系统也因此获得 2017 年度国家科学技术进步奖特等奖。

将于 2020 年建成的"北斗三号"全球卫星导航定位与授时系统，将提供全球覆盖、全天候、全时段、实时连续的高精度导航定位与授时服务，提供更优越的导航定位授时精度以及更高的完好性、连续性和可用性等技术性能。"北斗三号"卫星导航系统的成功建设，将见证中国全球卫星导航定位与授时系统从追赶到超越的历史步伐。

全民"健康"奔小康*

李红良

党的十九大为决胜全面建成小康社会，夺取新时代中国特色社会主义伟大胜利指明了前进方向、描绘了宏伟蓝图。没有全民健康，就没有全面小康。中国距离全面建成小康社会的目标越近，全民健康这一课题也就越重要和越紧迫。

"十二五"期间特别是党的十八大以来，我国卫生与健康事业取得了巨大成就。2015 年我国人均预期寿命已达 76.34 岁，婴儿死亡率、5 岁以下儿童死亡率、孕产妇死亡率分别下降到 8.1‰、10.7‰和 20.1/10 万，提前实现了"十二五"规划和联合国千年发展目标；医保覆盖 95%以上人口，看病难、看病贵问题得到有效缓解。此外，重大疾病防控工作取得了较大进展，5 岁以下儿童乙型肝炎病毒（HBV）感染率降至 1%以下，获得性免疫缺陷综合征（艾滋病）疫情总体控制在低流行水平；慢性病防治工作取得显著成绩，建成的 265 个示范区管理着高血压患者 8600 多万人、糖尿病患者 2400 多万人；医疗卫生应急工作更加有效，成功应对了食品安全、SARS、禽流感等各类公共卫生突发事件；科技创新能力取得突破性进展。这些成就为全面建成小康社会奠定了重要基础。

但是，医疗卫生与健康事业的发展仍然不平衡不充分，与人民的期待仍然存在较大差距。目前，冠心病等重大慢性疾病依然高发多发，癌症、艾滋病等世界医学难题没有取得重大突破，埃博拉、禽流感等公共卫生安全事件依然存在较大隐患。如我国心血管病现患人数约 2.9 亿，占城乡居民总死亡原因的首位。以非酒精性脂肪肝病为代表，其发生发展将大大增加肝硬化、肝癌以及心脑血管疾病

---

* 本文发表于《中国科学报》2017 年 11 月 20 日第 1 版（要闻），作者李红良为武汉大学基础医学院院长、模式动物研究所所长。

的患病风险，但这一问题长期以来一直被忽视。因此，坚持"防慢病""治未病"，重视并加强我国心血管疾病、代谢性疾病的防治研究就显得十分必要和紧迫。同时，工业化、人口老龄化、生态环境以及人民生活方式的变化等，也给维护和促进健康带来一系列新的挑战，健康服务供给总体不足与需求不断增长之间的矛盾依然突出，健康领域发展与经济社会发展的协调性有待增强，需要从国家战略层面统筹解决关系健康的重大和长远问题。

新时代开启新征程、提出新战略。为进一步推动医疗卫生事业发展，更好地服务和保障人民健康，党和国家从实际出发，做出了一系列重大部署：2015 年 10 月，党的十八届五中全会首次提出推进健康中国建设；2016 年 10 月，中共中央、国务院印发《"健康中国 2030"规划纲要》，对健康中国建设作出全面部署；2017 年 10 月，党的十九人提出实施健康中国战略。这一系列重大决策和部署为医疗卫生事业的发展带来了前所未有的机遇。

新战略明确新任务、呼唤新使命。党的十九大报告指出，创新是引领发展的第一动力，是建设现代化经济体系的战略支撑。医学基础研究和科技创新是提升医疗水平、推动健康事业的重要支撑和源头活水。未来 5～10 年，我国将加快医学研究及生物产业创新步伐，围绕心血管代谢性疾病等重大慢性疾病，加强疾病预防管理及智慧医疗发展等；同时，大力推进生物样本资源、健康医疗大数据等资源平台建设；发展组学技术，促进医疗向精准医疗和个性化医疗发展；开发新型疫苗，提升应对突发传染病的防控能力；推进再生医学、新型药物制剂及高端医疗器械的发展。

在科学技术飞速发展、医疗水平快速提升、"健康中国"全面推进的新时代，广大医学科技工作者要不忘初心、牢记使命，矢志献身科学研究和健康事业。既要瞄准世界科技前沿，努力实现前瞻性基础研究重大突破，把论文发表在国际高水平杂志上；又要心系人民群众健康，致力于研究成果的临床应用和转化，切实解决人民群众的健康问题，为推动健康中国建设、实现"两个一百年"奋斗目标、实现中华民族伟大复兴的中国梦贡献自己的智慧和力量。

让脱贫攻坚成果经得起历史检验*

张思锋

习近平总书记在党的十九大报告中指出，"要继续深入开展脱贫攻坚，在确保 2020 年现行标准下农村贫困人口全部脱贫的同时，增强全体人民在共建共享发展中的获得感，不断促进共同富裕，让脱贫攻坚的成果得到人民认可、经得起历史检验"。

党的十八大以来，我国精准脱贫取得了决定性进展，实现了 6000 多万贫困人口的稳定脱贫，贫困发生率从 10.2%下降到 4%以下。但是，脱贫攻坚任务依然艰巨，仍然面临不少困难和挑战。

"脱贫攻坚"决战阶段，面对的是生态环境脆弱、生存条件恶劣、处于集中连片特困地区的深度贫困人口，致贫因素错综复杂。因此，要在 2020 年前解决剩余 4335 万贫困人口的脱贫问题，仍然面临诸多困难，更需要未雨绸缪。

调查发现，贫困农村因病致贫的疾病种类依次为心脑血管疾病、糖尿病、腰椎间盘突出、肺结核、胃肠病等慢性病，长年从事繁重体力劳动的 50 岁左右的农村居民普遍患有腰腿疼、关节病症，因病返贫致贫几率很大。大学生人均年学费 5000～18 000 元，生活费 1 万元左右，贫困地区农民家庭供养一个大学生，就可陷全家于贫困。农村撤点并校后，家长进城陪读现象也很普遍，耽误就业，增加支出。男方娶媳妇礼金 6 万～20 万元不等；因 "婚丧嫁娶乔迁升学"等名目的人情送礼陷入贫困者也为数不少。在低保、五保等特困群体的认定上，还不同程度存在着人情保、关系保和错保、漏保等问题。

---

* 本文发表于《中国科学报》2017 年 11 月 27 日第 1 版（要闻），作者张思锋为西安交通大学公共政策与管理学院教授。

　　针对复杂、顽固、难以根除的致贫因素，在 2020 年之前的脱贫攻坚决战阶段，必须坚持"扶真贫，真扶贫"，从根本上消除致贫因素。为农村培养更多的全能型医生，拓宽新农合报销范围，简化农村医疗费用报销程序，改善农村基层医疗机构"常慢多"疾病的基本诊断、基本治疗装备和条件，化解因病致贫因素。改善农村基本教学条件，提高乡村教师待遇，建设高素质教师队伍，改善"撤点并校"后农村中小学生寄宿条件；提高大中专贫困学生的学费生活费补贴标准，化解因学致贫因素。加强农村精神文明建设，制定乡规民约，摒弃旧的婚姻习俗；遏制攀比婚姻彩礼和人情送礼之风，化解因婚、因送礼等致贫因素。精准实施农村低保、五保帮扶措施，实行低保据实发放；全面建设农村社会化养老服务体系，强化社会保障兜底功能。

　　让脱贫攻坚的成果得到人民认可、经得起历史检验，关键是通过发展构建脱贫攻坚的长效机制。2017 年全国"两会"上，习近平总书记再次部署精准脱贫，"防止返贫和继续攻坚同样重要，已经摘帽的贫困县、贫困村、贫困户，要继续巩固，增强'造血'功能，建立健全稳定脱贫长效机制，坚决制止扶贫工作中的形式主义"。发展是甩掉贫困帽子的总办法，要脱贫也要致富，产业扶贫至关重要。同时，"扶贫"要同"扶志""扶智"结合起来，注重激发贫困地区和群众脱贫致富的内在活力，注重提高贫困地区和群众自我发展能力。

　　构建脱贫攻坚的长效机制，就是在充分尊重脱贫规律的基础上，改变贫困地区生产发展的根本条件，培育贫困人口勤劳致富的物质基础和精神动力，使贫困户脱贫后能够通过自身努力，走向共同富裕。对于"一方水土养活不了一方人"的连片贫困地区，在给予放弃耕地、宅基地的农民合理补偿的基础上，应进行整村整群生态移民搬迁，直接在城镇落户，完整享受城市居民待遇；对其中的劳动年龄人口给予实质性的专业职业培训，使其成为专业化的职业劳动者。解决缺水问题，是构建诸如陕西渭北"旱腰带"这样的连片贫困地区脱贫攻坚长效机制的根本措施。解决洪涝灾害问题，是构建诸如丹江流域这样的洪水灾害高发连片贫困地区脱贫攻坚长效机制的根本措施。解决交通闭塞问题，打造具有世界顶级水平的黄河大峡谷旅游带，是构建诸如黄河沿岸土石山区这样的连片贫困地区脱贫攻坚长效机制的根本措施。此外，发展新型农业经营组织，推广"龙头企业/基地+农户"的产业发展模式，通过完善农村承包地"三权"分置制度，使脱贫后的贫困人口在获得劳动工资收入、家庭经营收入的同时，还能获得土地经营权转让的入股分红、租金收入，分享土地增值收益。

医疗器械，从"高端"走向"普惠"[*]

李红良

　　人民健康是民族昌盛和国家富强的重要标志。党的十九大作出了实施"健康中国"战略的重大部署，明确了建立优质高效医疗卫生服务体系、为人民群众提供全方位全周期健康服务的目标。先进医疗器械是医疗卫生服务体系建设的重要技术支撑和基础保障，是优化医疗服务供给的核心引擎，其发展水平直接影响到医疗卫生体系的服务能力，关系着健康中国战略的顺利实施。

　　我国历来重视先进医疗器械产业的发展。在宏观政策层面，"十二五"以来，科学技术部会同相关部门先后发布了《医疗器械科技产业"十二五"专项规划》和《"十三五"医疗器械科技创新专项规划》。科学技术部、国家卫生和计划生育委员会还会同地方政府联合启动实施了创新医疗器械产品应用示范工程，推进优秀国产医疗器械的普及应用。在具体科研投入方面，2012 年科学技术部会同国家食品药品监督管理总局等共同启动了"医疗器械重点专项"，按照医学影像、体外诊断、先进治疗、医用材料、基层医疗、专科医疗六项任务，重点布局了 20 个重大战略性产品、10 项前沿技术及 10 项基层应用解决方案的研究开发。目前，共投入研发经费约 40 亿元。"十三五"期间，国家重点研发计划中优先启动了"数字诊疗装备研发"重点专项，以早期诊断、精确诊断、微创治疗、精准治疗等十个重大战略性产品为重点，系统加强核心部件和关键技术攻关，重点突破一批引领性前沿技术，协同推进检测技术提升、标准体系建设、应用解决方案、示范应用评价研究等工作，加快推进我国医疗器械领域创新链与产业链的整合。

---

　　* 本文发表于《中国科学报》2017 年 12 月 4 日第 1 版（要闻），作者李红良为武汉大学基础医学院院长、模式动物研究所所长。

在党和国家重大战略部署的大力推进与指引下，在科学技术部等相关专项的持续支持与引导下，我国医疗器械领域的重大产品不断取得新进展，创新成果密集涌现，取得了一系列重要突破。同时，我们也要清醒地看到，虽然我国医疗器械行业在"十二五"期间取得了跨越式发展，但是与发达国家相比还存在很大差距。总的来看，我国医疗器械领域的创新整体上仍以跟踪仿制为主，相关科技基础仍需进一步加强，共性关键技术和重要核心部件亟待进一步突破，面向跨学科、跨领域、跨产业的技术融合仍需加强，"产—学—研—医—检"结合还不够紧密，医研企协同创新机制尚待健全，医疗器械科技产业创新模式亟待进一步优化。

2014年5月24日，习近平在上海考察时说，"医疗设备是现代医疗业发展的必备手段，现在一些高端医疗设备基层买不起、老百姓用不起"①。党的十九大报告指出，创新是引领发展的第一动力，要瞄准世界科技前沿，强化基础研究，实现前瞻性基础研究、引领性原创成果重大突破。因此，要推动我国医疗器械科技产业跨越式发展，打造医疗器械民族品牌，必须围绕国家重大战略需求，着力攻破关键核心技术，抢占事关长远和全局的科技战略制高点；以国产化、高端化、品牌化、国际化为方向，以临床及健康需求为导向，以核心技术突破为驱动，以重大产品研发为重点，提高国产医疗器械的核心竞争力。

要抓住健康领域新一轮科技革命的契机，促进医疗器械产业"数字化、智能化"发展，以多模态分子成像、新型磁共振成像、手术机器人治疗、医用有源植入式治疗等若干类重大战略性产品为重点，突破一批引领性前沿技术，加快推进我国医疗器械领域的国产化和创新转型。

要以临床需求为导向，以产品开发为主线，以企业创新为主体，由企业牵头联合研究机构和临床机构，围绕重大装备研发开展核心部件开发、关键技术攻关、系统集成、产业化平台建设、临床解决方案和应用示范评价，促进技术、人才、资源等向企业聚集，使企业真正成为研发投入、技术创新和成果转化的主体。

---

① 习近平：加快高端医疗设备国产化进程　推动民族品牌企业不断发展. 2014年5月24日，新华网.

第八篇　科技界热议党的十九大报告

　　党的十九大报告提出，中国特色社会主义进入新时代，我国社会主要矛盾已经转化为人民日益增长的美好生活需要和不平衡不充分发展之间的矛盾，这是关系全局的历史性变化。在凝心聚力共谋伟大事业的征途中，广大科技工作者肩负着神圣使命。同时，在十九大报告中，"科技"被提到17次，"天宫""蛟龙""天眼""悟空""墨子""大飞机"6项科技成果被"点名"，报告在两院院士和广大科技工作者群体中引发热烈反响，聆听报告的中国科学家为之振奋。

　　党的十九大为国家的未来绘就了蓝图，科技创新将为新时代的国家发展提供强劲动力。本篇分别从新时代赋予科技界的光荣使命、以饱满热情建设美丽中国等方面展现科技界热议和学习十九大报告的饱满热情。

以奋发有为迎接新时代到来*

陆 琦 黄 辛 高雅丽

2017 年 10 月 18 日上午 9 时,中国共产党第十九次全国代表大会在人民大会堂开幕。习近平总书记代表十八届中央委员会向大会作报告。报告在两院院士和广大科技工作者群体中引发热烈反响。

▶ 新时代赋予科技界光荣使命

中国科学院院士、中国疾病预防控制中心主任高福是党的十九大代表,在开幕会现场聆听党的十九大报告令他印象深刻:"每当总书记讲到重要的地方,大家都会自发鼓掌,这说明十九大报告与人民心心相连,与大家对美好生活的需求一致。"

报告开宗明义就提出,党的十九大"是在全面建成小康社会决胜阶段、中国特色社会主义进入新时代的关键时期召开的一次十分重要的大会"。

列席开幕会的上海市人大常委会副主任、上海交通大学党委书记姜斯宪表示,中国社会已经全面进入了一个社会主义建设的新时代,这意味着高等教育工作者的责任更重。

同样作为列席代表的北京理工大学校党委书记赵长禄告诉《中国科学报》记者,现场聆听总书记作报告,很受感染、倍感振奋。要勇敢地肩负起时代赋予中国教育事业前所未有的光荣使命,扎根中国大地,建设好中国特色世界一

---

* 本文发表于《中国科学报》2017 年 10 月 19 日第 1 版(要闻),作者陆琦、黄辛为《中国科学报》记者,高雅丽为《中国科学报》见习记者。

流大学。

对于这个"新时代"，中国科学院心理研究所学位委员会主任韩布新研究员感受颇深："个人收入提高了，生活质量提升了，国家为每个公民提供的发展机会越来越全面，国际社会对中国发展的正面期望是主流，对于中国同行的参与和贡献也有较高的预期。"

其实，"新时代"包括的内容非常丰富，其中的关键词是：中国特色社会主义、现代化强国、共同富裕、民族复兴、世界舞台。这五个关键词，回答了这样五个问题：我们要走什么样的道路？我们要建设什么样的国家？我们要实现什么样的发展？我们要达到什么样的目标？我们要作出什么样的贡献？

正如中国科学院院士、中国科学院上海有机化学研究所所长丁奎岭所说，习总书记的报告为我们党和全国人民指明了中国发展的历史方位和努力方向。

▶ 用创新引领解决新矛盾

中国工程院院士、中国中医科学院院长张伯礼上午赶着去出差，在单位看了开幕会的上半部分，又在车上用手机接着看。

他深切感到报告中"为民"的情结非常浓厚，"强调让老百姓有获得感，强调社会重大需求，强调用科技创新驱动来推动整个国家的发展"。中国特色社会主义进入新时代，我国社会主要矛盾已经转化为人民日益增长的美好生活需要和不平衡不充分发展之间的矛盾，这是关系全局的历史性变化。在凝心聚力共谋伟大事业的征途中，广大科技工作者肩负着神圣使命。

"'美好生活'不仅是吃饱穿暖，还有更高的需求。"张伯礼感觉自己肩上的担子更重了，"中医药应为人人享有健康幸福的生活作贡献，要用科技推动生产力的发展、推动健康中国的建设。"

丁奎岭表示，发展是推动人类社会进步的永恒主题，创新始终是引领发展的第一动力。满足人民日益增长的美好生活需要，科技界责无旁贷。

报告把优先发展教育事业摆在改善和保障民生的首要位置，并提出要加快一流大学和一流学科建设，实现高等教育内涵式发展。

对此，中国科学院院士、北京理工大学校长胡海岩表示，高等教育工作者应更加明确自身肩负的重大使命与责任。

"百年大计，教育为先。"中国科学院院士、复旦大学校长许宁生对《中国科学报》记者说，"生逢这一伟大的时代，能够为推进'双一流'建设、提高我国教育水平贡献自己的力量，是当代高等教育工作者的光荣和使命。"

▶ 让新目标注入时代新内涵

"在国外听取党的十九大报告，我真正感觉到中华民族实现了'站起来、富起来到强起来'的三次伟大飞跃。"在美国巴尔的摩观看十九大开幕会的中国科学院苏州生物医学工程技术研究所研究员董文飞非常兴奋。

党的十八大以来，我们提出的是要在中华人民共和国成立 100 年时，建成富强民主文明和谐的社会主义现代化国家。现在，这一目标变得更加深刻，我们要建成的是"社会主义现代化强国"；这一目标也变得更加丰富，在"富强、民主、文明、和谐"之外又增加了"美丽"。

"科技是国之利器，国家赖之以强，人民生活赖之以好。"中国科学院院士、中国科学院上海生命科学研究院院长李林认为，进入新阶段、面对新使命、实现新目标，科技界的"奋发有为"也需要注入时代新内涵。

李林表示，要坚定创新自信，瞄准世界科技前沿，加强原始创新，在从"跟踪并行"向"领跑转变"的过程中不断提升科技创新能力，把握战略机遇，充分发挥科技创新主力军作用。

报告将"社会主义现代化强国"的奋斗目标，又分解成"两个十五年"，即从 2020 年到 2035 年基本实现社会主义现代化，从 2035 年到 21 世纪中叶建成社会主义现代化强国。

"国家强大，乃吾辈之责。"丁奎岭表示，作为全面建成小康社会这一历史性时刻的见证者和参与者，深感责任重大、使命光荣。他表示，将秉承老一辈科学家的爱国奉献精神，在科技强国的道路上不忘初心，行稳致远，不断作出应有的贡献。

"每一步目标都非常清楚，未来蓝图描绘得非常清晰。"张伯礼相信，中华民族必将以更加昂扬的姿态屹立于世界民族之林，"中华民族的伟大复兴在我们这代人的手上能够实现，让我们的后人能够享受到，真是太美了"。

逐梦新征程迈上新台阶　奋发有为创造更加美好生活 *

倪思洁　陈欢欢　刘晓倩　张行勇

2017 年 10 月 18 日，党的十九大开幕会上，习近平总书记代表十八届中央委员会向大会作报告。在 3 个多小时的报告中，"科技"出现了 17 次，6 项科技成果被"点名"。瞬间，科技界沸腾了。

▶▶ "没有辜负国家的信任"

在回顾过去五年的工作和历史性变革时，报告指出，创新驱动发展战略大力实施，创新型国家建设成果丰硕，"天宫""蛟龙""天眼""悟空""墨子""大飞机"等重大科技成果相继问世。习总书记的"点名"让在场内场外聆听报告的中国科学家精神一振。

"习近平总书记提到的 6 项重大科技成果，每一项都有中国科学院的身影，这体现了国家对中国科学院这么多年工作的认可，作为中国科学院的一员，我觉得特别欣慰。"党的十九大代表、中国科学院理化技术研究所所长、党委书记张丽萍向记者感慨道。

"作为中国科学院的一员，我倍感骄傲。"十九大代表、中国科学院遗传与发育生物学研究所研究员王秀杰告诉《中国科学报》记者，报告明确提出要加快建设创新型国家，对基础研究、应用基础研究、科技体制改革、创新文化、人才培养等方面的发展目标都提出了明确要求，这体现了国家对科技发展的高度重视。

---

　　* 本文发表于《中国科学报》2017 年 10 月 23 日第 1 版（要闻），作者倪思洁、陈欢欢、刘晓倩、张行勇为《中国科学报》记者。

在现场聆听报告的中国科学院人里，还有党的十九大代表、中国科学院院士刘维民。"好几项重大科技成果里都有我们团队的心血。能为国家大工程作出自己的努力和贡献，我感到非常自豪。"刘维民告诉记者，中国科学院兰州化学物理研究所固体润滑国家重点实验室研制的具有特殊功能的润滑油、润滑脂和固体润滑材料，除了用在"天宫"和"大飞机"上，还用在了我国神舟飞船、长征火箭和气象卫星等重大工程上。

在 6 项重大科技成果中，"天眼""悟空号""墨子号"3 项成果由中国科学院独立牵头完成，同时，中国科学院还是"天宫二号"的主要承担单位，并在"蛟龙号"载人潜水器研制中发挥了关键作用。

"我们很受鼓舞。"中国科学院国家空间科学中心主任吴季第一时间收看了党的十九大开幕会。"十二五"期间，中国科学院实施的战略性先导科技专项"空间科学"，成功孕育出"悟空号"暗物质粒子探测卫星和"墨子号"量子科学实验卫星两项重大科技成果，让中国的空间科学研究迈上新台阶。

2017 年 10 月 18 日，中国科学院院士周忠和作为特邀人员列席了开幕会。"近年来国家科研投入增加，中国科学院用实践证明自己没有辜负国家的信任。除了这些科研成果之外，中国科学院还有不少好成果，广大科研人员也在默默地努力着。"周忠和说。

▶ "这下目标更明确了"

关于如何加快建设创新性国家，党的十九大报告提出，"创新是引领发展的第一动力，是建设现代化经济体系的战略支撑"，并指出了未来发展的明确方向。

"这次报告将科技创新提到很高位置。" 中国科学院院士褚君浩说，"总书记的报告对科技发展提出了更高的目标和更清晰的实现路线，首先要瞄准国家重大需求和世界科技前沿，发展领先的颠覆性技术，从跟跑向并行和引领迈进；其次，在具体路线上，既要加强基础研究、推动重大原创性成果的出现，同时，又强调应用基础研究，在发现科学规律、发明核心技术的基础上，将其应用于社会经济，推动产业发展。"

在褚君浩看来，这将鼓励科技工作者更努力地为实现"两个一百年"的奋斗目标，建设富强、民主、文明、和谐、美丽的社会主义现代化强国，实现中华民族伟大复兴的中国梦，让人民生活更加美好而贡献力量。

"此次报告体现出了发展定位的延续性。"周忠和告诉记者，"党和国家对发展和科技创新定位的把脉很准。建设创新性国家，要靠创新、靠科技。党和国家对科技和科技工作者一如既往的支持，也让科技工作者坚定信念，更加努力。"

他表示，中国科技界在取得成绩的同时，也应当认识到自身与国际仍然存在的差距及产生差距的根源，营造更加良好的创新文化氛围，孕育更多原创的、颠覆性的科研成果。

做基础研究的中国科学院成都生物研究所研究员李家堂听完报告豁然开朗："这下目标更明确了。"

"报告强调研究要有所用，加强技术转化和产学研结合，这让我们做基础研究的人找到了方向。"李家堂表示，应用研究需要基础研究的累积，而应用基础研究是基础研究和应用研究之间的桥梁，没有前期大量的基础研究不可能产生重大的颠覆性创新。

多年来，我国基础研究始终处于跟踪国际领先水平的状态，李家堂认为，报告对"应用基础研究"的强调为一大批科研工作者确定了更明确的目标，有了这一明确的目标，就能瞄准世界科技前沿努力奋进。

▶▶ "深感肩上责任重大"

面向未来，党和国家明确了任务目标：从 2020 年到 2035 年，在全面建成小康社会的基础上，再奋斗 15 年，基本实现社会主义现代化。到那时，我国经济实力、科技实力将大幅跃升，跻身创新型国家前列。从 2035 年到 21 世纪中叶，在基本实现现代化的基础上，再奋斗 15 年，把我国建成富强民主文明和谐美丽的社会主义现代化强国。

在吴季看来，国家更长远的规划为科技界创造了更大的发展空间，也对科学发展战略规划和科技部署提出了新要求，"现在我们就要布局好 15 年、20 年以后的事情，项目的遴选、布局、规划，以及科技人才储备，都应该瞄准更高的目标"。

"作为国立研究所，我们肩负的使命更重了。未来，我们必须围绕习总书记描绘的中国梦和规划，脚踏实地练内功，踏踏实实做工作，同时登高望远，围绕创新驱动，面向世界科技前沿、面向国家重大战略需求、面向国民经济主战场，做好科研工作、做好原始创新，不愧对国家的期望。"张丽萍说。

中国科学院西安光学精密机械研究所高级工程师张志军表示，作为一名共产党员、一名科研项目管理人员，今后要更加不忘初心、砥砺担当，要胸怀高远、心系国防，要立足岗位、脚踏实地，为科研管理创新、为研究所跨越发展贡献自己的一份力量，努力书写实现伟大中国梦的西部篇章。

"科技发展对实现人民美好生活的向往和国家强军强国目标都有重要的支撑和推动作用。作为科研人员，我们深感肩上责任重大。"王秀杰说。她表示，广大科研人员要积极响应党的号召，以国家和人民的需要为己任，志存高远，发扬"两弹一星"精神，努力攻克重大科学问题，勇于承担与重大发展需求相关的研究任务，在为人民利益的不懈奋斗中书写人生华章。

以饱满热情建设美丽中国*

王佳雯　张　楠　张行勇　刘晓倩

12 次提及"生态文明"，15 次提及"绿色"，十九大报告对建设美丽中国浓墨重彩的阐述，将天蓝地绿水净、人与自然和谐共生的美好蓝图绘制得更加清晰。

"建设生态文明是中华民族永续发展的千年大计""像对待生命一样对待生态环境"……党的十九大报告中有关生态文明建设的"新提法"直击人心，在为建设美丽中国指明方向的同时，更让科技界代表、专家心中涌起奋进的暖流。

▶ 新提法，远见卓识令人振奋

党的十九大代表、中国科学院遥感与数字地球研究所研究员邵芸在聆听习近平总书记的报告时，不觉联想到了自己的工作。

她工作的罗布泊在汉朝曾是号称方圆 300 里的大湖泊，如今却是一片荒漠。穿越千年，人们能看到当初的一次干旱事件对今天的影响。而在党的十九大报告中，"千年大计"这一关键词让她认识到了党中央的远见卓识。

"党中央、习总书记真的是非常有远见——我们今天的行为也会对千年以后的子孙后代产生影响，为了中华民族的永续发展，我们需要保护好环境。"她告诉《中国科学报》记者。

中国农业科学院农业经济与发展研究所研究员孙炜琳认为："十九大报告对于发展目标的表述增加了'美丽'二字，让人眼前一亮。可以想见，党中央对于

---

* 本文发表于《中国科学报》2017 年 10 月 24 日第 1 版（要闻），作者王佳雯、张楠、张行勇、刘晓倩为《中国科学报》记者。

生态文明的重视程度前所未有，生态文明作为一种发展理念贯穿经济、社会、文化的各个方面和国民经济各个行业。"

中国科学院遗传与发育生物学研究所农业资源研究中心研究员张正斌也有同样的感觉。他对十九大报告中"乡村提升计划"的提法十分关注。"原来都提城镇化，现在这是一个彻底的观念改变。""农业、农村永远不能被忘记"，而这将激发我国发展的新活力。

自党的十八大以来，生态文明建设被纳入"五位一体"总体布局。这一开创性举措，使得我国生态文明建设取得了前所未有的进步。

对此，张正斌深有体会。"坐车从郑州到陕西地段，以前黄土高原是真正的黄、荒、秃高原，而如今却能看到郁郁葱葱的绿色。"他说。

然而，取得的成绩并未让我国生态文明建设脚步放缓，科技界也从十九大报告中听到了更加催人奋进的号角。

"十九大报告中，对生态文明内涵的认识更加深刻透彻，对生态文明建设的目标定位更加清晰，推动生态文明建设的意志决心更加坚定不移。"孙炜琳说。

党的十九大代表、甘肃省陇南市委书记孙雪涛也深有感悟："十九大报告关于生态文明的重要决策和重大部署非常符合陇南实际，为我们发展绿色经济指明了方向。"

听完报告，他已经为陇南未来的发展做起了打算。"今后我们将深入贯彻落实十九大精神，认真呵护山青水绿天蓝的良好生态，积极推进美丽乡村建设，大力发展生态效益和经济效益双赢的农业特色富民产业、乡村生态旅游业，力求把生态优势转化为经济优势，努力建设宁静、和谐、美丽的新陇南。"

▶ 新举措，让生态观深入人心

专家从党的十九大报告对生态文明建设的论述中读出了决心，更读出了党中央将用更科学、可持续的方法推进生态文明建设的睿智。

"从十九大报告中能看出，生态文明的核心内涵是人与自然的和谐共生，这是人类的一种文明。"孙炜琳说，这意味着社会主义现代化是人与自然共生的，这也指明了生态文明和国家经济发展之间的关系，"生态文明建设是能够推动经济社会发展，满足人民对美好生活需求的"。

"习近平总书记提出了'绿水青山就是金山银山'的理念，绿水青山就是生态美好，金山银山就是要经济效益，国家生态文明的落实，既让你搞生态也让你赚钱，实现生态和经济效益的双赢。"张正斌表示。这也是党的十九大报告中提到的"生态产品"的内涵所在。

张正斌说："生态文明建设的长远发展需要设计更巧妙、更符合生态经济的路子。"他举例道，南方竹子生长区域进行竹子深加工产品开发、北京周边农庄发展生态旅游、黄土高原开发果树经济等都实现了生态与经济效益的双赢。

说到生态与经济的双赢，孙雪涛已然从十九大报告中看到了生态文明建设为自己所处的陇南市未来发展带来的潜力。"陇南虽然发展滞后，但许多地方都没有被过度开发。随着人们对'原生态'生活方式需求的增长，陇南'原生态'的现状成了我们加快发展的最大潜在优势。"

在生态文明建设中，让生态带来价值的观念深入人心也是其推进的重要一环。

"我们的中国梦是美丽的梦，人对生活的总体向往是美好的，美好的生活必须是生态环境健康良好的，要让人们牢牢树立这样的概念，把这个概念根植到人心里面，成为人们的自觉行动。"邵芸说。

党的十九大报告中提到"必须树立和践行绿水青山就是金山银山的理念"，在邵芸看来，就需要强调生态环境的保护、建设生态文明、建设美丽中国与每个人息息相关，每个人都应该践行绿色低碳的生活方式，每个公民都对生态文明的发展负有责任。

▶ 新目标，科技界大有可为

到 21 世纪中叶把我国建成富强民主文明和谐美丽的社会主义现代化强国——十九大报告中对于发展目标的表述，相较以往增加了"美丽"二字。

而这个"美丽"的中国梦，让科技界感到大有可为。

"此次报告对我们的工作很有触动。"中国科学院遗传与发育生物学研究所农业资源研究中心研究员孙宏勇期待在生态文明建设中，看到农业持续发展的美好前景。

同样从事农业领域研究的孙炜琳关心的也是在农业领域如何推进生态文明建设的问题。"十九大报告为我们将来的研究指明了方向。"孙炜琳指出，相关研究"大有可为"。

党的十九大报告中提到的"生态保护任重道远"让邵芸深有同感。"我们遥感人一定要做好蓝天绿水青山净土的守护者，我们的工作对生态环境保护很重要，我们也感到任重道远。"她说。

对于未来在工作中进一步落实党中央对生态文明建设的要求，党的十九大代表、陕西省委科技工委书记、科技厅厅长卢建军也有自己的思考。

"我们科技创新工作也要紧紧围绕国家和省的生态文明建设的新形势、新需求，进一步增强责任感和使命感，整合科技资源、凝聚创新力量，把生态文明科技创新作为科技工作的重要内容。"

他表示，要加强高新技术，如新材料、新能源、新工艺的开发与利用，实现从高能耗、高污染、低产出的传统产业到低能耗、低污染、效益高的新兴产业。通过不断坚持科技创新，实现能源与资源的节约，提高资源的利用价值。

尽管任务繁重，但在谈到百姓什么时候可以真正生活在天蓝地绿水净的美丽中国画卷中时，专家都表现得十分乐观、有信心。

邵芸告诉记者，随着科技发展，生产过程本身也会更加趋于环保，会有更环保的技术提供给大家使用。此外，党中央提出了伟大的事业、伟大的梦想，随着理念越来越深入人心，大众也会变得更自觉。而从她所从事的遥感领域来说，监测的手段本身就是对排放行为的约束，监测技术也会越来越好。

孙炜琳也表示："经过十八大以来的五年，生态文明建设效果显著。随着科技发展、生态文明理念的日益深入人心，特别是十九大报告中一系列举措的实施，人与自然和谐的美丽中国就在不远的将来。"

新时代奏响科技创新最强音[*]

甘 晓 黄 辛 倪思洁 陈欢欢 崔雪芹 刘晓倩 高雅丽 韩扬眉

2017年10月24日，党的十九大胜利闭幕。"格外激动与振奋！"党的十九大代表、中国科学院遗传与发育生物学研究所研究员王秀杰这样概括参会感受。

和王秀杰一样，参加这次盛会也给来自中国科学院一线科研岗位的多位代表留下了深刻的印象。作为科技国家队的排头兵，他们向《中国科学报》记者表示，党的十九大为国家的未来绘就了蓝图，科技创新将为新时代的国家发展提供强劲动力。

▶ 硕果累累 为中国科学院点赞

"正如总书记所说，这次会议是一个不忘初心、牢记使命、高举旗帜、团结奋进的大会。"作为党的十九大代表并亲耳聆听总书记的报告，中国科学院院士、中国疾病预防控制中心主任高福感到十分荣幸。

党的十九大报告指出，创新驱动发展战略大力实施，创新型国家建设成果丰硕，"天宫""蛟龙""天眼""悟空""墨子""大飞机"等重大科技成果相继问世。这几项重大科技成果的背后，都有中国科学院人的努力。

例如，中国科学院兰州化学物理研究所固体润滑国家重点实验室研制的特殊功能润滑油、润滑脂和固体润滑材料等便应用在这几项成果中。当听到这几项重大科技成果被习总书记在十九大报告中"点赞"时，该实验室主任、党的十九大

---

* 本文发表于《中国科学报》2017年10月25日第1版（要闻），作者甘晓、黄辛、倪思洁、陈欢欢、崔雪芹、刘晓倩为《中国科学报》记者，高雅丽为见习记者，韩扬眉为实习生。

代表、中国科学院院士刘维民表示："能为国家大工程做出自己的努力和贡献，我非常欣慰。"

党的十九大代表、中国科学院理化技术研究所所长、党委书记张丽萍也注意到，党的十九大报告中，围绕科技创新和创新驱动发展的内容有一大段。其中，在回顾过去五年的成就时，报告着重强调了创新型国家建设取得的成果。"这表明党和国家对五年来科技创新的成绩非常认可，作为中国科学院的一员，我也感到十分欣慰。"张丽萍表示。

"十九大胜利召开鼓舞了我们的干劲！"党的十九大代表、中国科学院电子学所研究所长吴一戎则表示，电子所将整合资源，聚焦新时期国家对空天信息领域科学技术重大战略需求，建设空天信息研究院，主动积极投入国家实验室建设，为创新型国家建设以及国防和军队现代化建设作出新的更大的贡献。"科技工作者要积极解决新时期中国面临的新问题，加强原创性的基础研究和技术研发，努力把我国建设成科技强国。"他说。

党的十八大以来，中国科学院齐心协力向"四个率先"的目标迈进。代表们为中国科学院感到自豪："我们中国科学院已经以卓越的成果向党的十九大交出了一份靓丽的成绩单！"

▶ 率先行动　无愧人民期望

"加快建设创新型国家"是党的十九大报告中的重要目标。"突出关键共性技术、前沿引领技术、现代工程技术、颠覆性技术创新"，在张丽萍看来，这些都有非常重要的内涵。"作为国立研究所的一名科研人员，我感到肩负的使命更加艰巨。"

她告诉《中国科学报》记者，他们将围绕党和国家描绘的"中国梦"的具体要求和未来规划，脚踏实地练内功，踏踏实实做工作，登高望远，围绕创新驱动做原创，坚持"三个面向""四个率先"，无愧于党和国家的期望。

党的十九大代表、中国科学院计算技术研究所研究员胡伟武对新时代的主要矛盾进行了思考。他指出，在信息产业领域，目前存在利润与数量、应用和基础平台两大不平衡。"习总书记在去年曾提到互联网核心技术是我们的核心'命门',而此次的主要矛盾更是阐述得非常准确,也对我们提出了很高的要求。"胡伟武说。如何实现从不平衡到平衡,他认为,最重要的是牢记追求质量第一、效益优先的要求,促进我们的产业迈向中高端化。"希望在十九大之后,能把龙芯的产业化做大做强,把短板补齐,使我们的信息产业既有'面子'又有'里子'。"

在党的十九大代表、中国科学院遥感与数字地球研究所研究员邵芸看来,新时代中国特色社会主义思想阐释了"中国梦"的内涵。"中国梦并不仅仅是我们要成为一个富裕的国家,我们还要拥有一个美丽的国家。"她表示。

邵芸认为,把生态环境保护这件事情提到千年大计这样一个历史高度,充分说明党的高瞻远瞩、远见卓识,对历史负责,对子孙后代负责。

党的十九大代表、中国科学院心理研究所所长傅小兰注意到,十九大报告中所提到的加强社会心理服务体系建设,要培育自尊、自信、理性、平和、积极向上的社会心态。"这为心理学工作者提出了新的目标和要求。"她表示,"我们要加强预测、引导和改善民众的情感和行为,为提高国民的心理素质、促进国民心理健康,以及提升国家凝聚力,提供心理学的科学依据和政策建议。在新时代下,心理所会更加努力,争取做出更多引领性和基础性的工作。"

"我国社会主要矛盾已经转化为人民日益增长的美好生活需要和不平衡不充分的发展之间的矛盾"是十九大报告中的新思想。王秀杰表示,其中很重要的就是与百姓的福祉密切相关的粮食和健康需求。"作为生命科学领域的研究人员,我今后要积极投身到解决健康相关重要问题的研究中,力争为实现健康中国的目标作出贡献。"她说。

刘维民则对建设国家创新体系中"强化战略科技力量"感受颇深。他表示:"我们的团队就是要打造国家的战略润滑力量,也就是国家需要我们时,我们能做得出来、用得上。希望我们的团队能成为国家战略意义的一部分。"

高福则表示,总书记提到实施健康中国战略,特别提到坚持预防为主,开展爱国卫生运动,倡导健康文明生活方式,预防控制重大疾病。"过去五年我们在四川、西藏的包虫病防控方面取得了突出成果。"他说,"目前,我们正在积极开展四川凉山艾滋病防控与健康扶贫攻坚战，相信在党的十九大精神鼓舞下，一定能够打赢这场攻坚战。"同时，高福认为，随着中国特色社会主义进入新时代，我们还应为国际社会发展尤其是发展中国家发展，贡献中国智慧、中国方案、中国力量。

▶ 顶天立地　实现创新发展

对如何实现创新发展，身在科研一线的中国科学院代表们也有深入思考。

"创新是引领发展的第一动力，是建设现代化经济体系的战略支撑。"党的十九大代表、中国科学院院士、中国科学院上海高等研究院院长、中国科学院上海微系统与信息技术研究所所长、张江实验室主任王曦说，报告在讲贯彻新发展理念时，强调"加快建设创新型国家"，将创新放在了引领发展"第一动力"的高度。

王曦认为，实现创新发展，需要"顶天立地"。"顶天"就是要开展前沿科学技术研究，建立战略科技力量；"立地"就是打通科技成果从实验室到市场的通道，并实现"大众创业、万众创新"。正在打造的国家实验室就是国家创新体系的龙头。2017 年 9 月，上海市和中国科学院联合成立了张江实验室。王曦表示，作为建设国家实验室的重要基础，张江实验室集合了中国科学院学科基础、人才团队及上海市改革、国际化优势，以占据战略制高点。

而在"立地"一边，形成"大众创业、万众创新"的氛围。王曦认为，这需要从深化科技体制改革、加强对中小企业创新的支持、促进科技成果转化等方面入手，探索产业技术创新体系。据悉，2013 年，由他推动中国科学院与上海市合作建立的上海微技术工业研究院，集研发、工程、孵化于一体，实现创新成果的高效率产业化。

在刘维民看来，创新文化对实现创新发展也非常重要。此前国家也强调保护知识产权和运用，这次强调知识产权的创造。"希望通过创新，能够创造更多的知识产权，也倡导我们有全民创新的文化。"他说，"如果国家仅仅靠科技投入的增加来提升我们的创新能力，而不注重文化，创新效率、创新效果就会大打折扣。"

新时代下，砥砺奋进再出发，中国科学院人已经准备好。代表们指出，在科研工作中，将继续以一个合格共产党员的饱满热情，脚踏实地、勇于创新、敢于担当、不辱使命，为新时代中国特色社会主义伟大征程贡献智慧和力量。

"科学大院" 里的新时代党课[*]

丁 佳

最近一个月来，一股学习之风"刮遍"中国科学技术国家队——中国科学院。不管是行走在中国科学院机关各部门，还是各研究所、各实验室，都能感受到浓浓的学习氛围。

2017 年 10 月 18 日～24 日，党的十九大在北京胜利召开。中共中国科学院党组高度重视十九大精神的学习宣传和贯彻落实，将其作为当前和今后一个时期中国科学院各级党组织和广大党员、干部职工的首要政治任务，组织了一系列颇具中国科学院特色的学习活动。

"要坚持学以致用，联系实际。"正如中国科学院院长、党组书记白春礼强调的那样，中国科学院正在将学习贯彻落实党的十九大精神和推动中国科学院科技创新工作紧密结合起来，切实发挥着国家战略科技力量的示范和带动作用。

▶▶ 第一时间 率先垂范

党的十九大闭幕后，中共中国科学院党组第一时间作出一系列安排和部署，周密安排、精心组织，在全院迅速兴起了学习宣传贯彻党的十九大精神的热潮，号召大家把思想和行动统一到党的十九大精神上来。

中共中国科学院党组率先垂范。2017 年 10 月 26 日上午，中共中国科学院党组中心组举行学习会议，白春礼传达了党的十九大会议精神，并提出明确要求。他强调，要坚持以身作则，以上率下发挥领导干部在学习贯彻党的十九大精神中

＊ 本文发表于《中国科学报》2017 年 11 月 27 日第 1 版（要闻），作者丁佳为《中国科学报》记者。

的示范带动作用；要坚持点面结合、创新形式，迅速在全院范围兴起学习贯彻党的十九大精神的热潮；要坚持学以致用，联系实际，以习近平新时代中国特色社会主义思想为引领，推动中国科学院创新改革发展取得新突破。

中共中国科学院党组副书记刘伟平希望广大党员干部在推进深入学习领会和贯彻落实习近平新时代中国特色社会主义思想上下功夫，在引导全院广大职工深刻认识新时代我国社会主要矛盾方面下功夫，在全面建设社会主义现代化国家方面下功夫，在贯彻落实新时代党的建设总要求上下功夫。

中国科学院人确实下足了功夫。中共中国科学院党组不但连续三次召开中心组学习会，聚焦党的十九大主题，交流学习体会，党组成员还分专题参加学习研讨，作重点宣讲，以上率下，示范带头，发挥了先行引领的作用。

2017 年 10 月 26 日下午，中国科学院召开学习贯彻党的十九大精神传达会，院长白春礼就学习贯彻落实党的十九大精神作出部署，要求全院"不忘科技报国为民的初心，牢记国家战略科技力量的使命"，以习近平新时代中国特色社会主义思想为指引，按照"三个面向""四个率先"要求，全力打造"率先行动"计划升级版，为加快建设创新型国家和世界科技强国，为决胜全面建成小康社会、夺取新时代中国特色社会主义伟大胜利、实现中华民族伟大复兴的中国梦，不断作出重大创新贡献。

2017 年 10 月 30 日，中共中国科学院党组下发《关于学习宣传贯彻党的十九大精神的通知》，从五个方面对全院结合实际学习贯彻落实党的十九大精神提出了要求，并制定下发了《关于学习宣传贯彻党的十九大精神工作方案》，作出具体安排、动员与部署。

号角吹响，催人奋进。一股"联学""比学"的浓厚学习之风，刮到了中国科学院的每一个角落。

▶ 集中研讨　分头宣讲

根据不同人员特点，中国科学院分别组织了中国科学院院士、所局级领导干部、纪检干部、统战人士、青年科技人才、中国科学院大学师生代表、离退休干部和院投资企业负责人代表等不同类型的人员就学习领会党的十九大精神进行交流研讨，让十九大精神在中国科学院各条战线的贯彻落实更富有针对性，也更加接地气。

在这一系列学习中，全体院党组成员分别参加了座谈，带头谈学习体会，带头谈落实举措。

2017 年 11 月 5 日，在中国科学院院士学习贯彻党的十九大精神座谈会上，白春礼说，院士是最高学术称号，是国家和人民赋予科学家的终身荣誉。他希望广大院士按照总书记的要求，在学懂、弄通、做实十九大精神上为科技工作者作出表率，紧密联系实际，为建设创新型国家和世界科技强国做出创新性贡献。

八个不同类型的学习研讨活动，涵盖了中国科学院各方面代表，做到多形式、分层次、全覆盖、无死角。而与会代表不但在会上积极参与交流研讨，回到所在单位和部门后，更要把会上的收获带回去，做好党的十九大精神的"宣讲员"。

分层次的学习模式，对各领域的人员都起到极大的激励作用。

中国科学院数学与系统研究院袁亚湘院士说，他永远牢记自己 30 多年前在英国剑桥大学地下室的入党誓言，将继续以老一辈科学家为榜样，为祖国科学事业贡献自己的一生。

中国科学院化学研究所所长张德清研究员表示，要认真学习宣传贯彻落实党的十九大精神，牢固树立"四个意识"，始终牢记国家战略科技力量的使命，按照总书记对中国科学院提出的"三个面向""四个率先"要求，加快实施"率先行动"计划，带领全所职工努力工作，紧密结合分子科学科教融合卓越中心建设，建设世界一流的化学研究所。

"新时代的中国强起来了，在发展创新型国家的大环境下，青年学者大有可为。感激这个时代，让我和我的同学有机会在最好的年纪做最伟大的事业。" 中国科学院大学化学科学学院硕士研究生钟颖林说。

▶▶ 先学一步　学深一步

一段时间以来，在中国科学院机关，人事局、直属机关党委、监督与审计局、离退休干部工作局四个部门的党支部"走在前面、做好表率",以"比学习领会精神、比思考贯彻落实措施"的学习方式,聚焦"学懂、弄通、对标、做实"迅速开展了主题联学活动。

"四个部门每位党员必须要做到政治上过硬,要带头自觉行动起来,'先学一步、学深一步'。"刘伟平提出要求。

这一独具创造性的特色联学活动很快收到了实效。刘伟平认为,四个部门的联学产生了积极效果,他希望下一步几个部门在继续认真组织学习的同时,结合工作实际研讨落实措施。

各支部也一致认为,联学活动提高了大家对十九大精神的思想认识,奠定了新形势下做好相关工作的思想基础,进一步明晰了自身需落实的工作任务,增强了推动全院党建工作和科技创新工作的责任感与使命担当。

除此之外,中国科学院开展了所局级领导干部专题培训,白春礼、刘伟平同志作专题报告,对贯彻落实党的十九大精神、增强"八个本领"提出了具体要求;分三讲开展了处级以上领导干部和党支部书记学习党的十九大精神、增强战略思维能力集中培训,后续还将利用半年左右时间分期分批开展轮训。

▶▶ 结合实践　学懂做实

在中共中国科学院党组看来,学习贯彻十九大精神,并非"一锤子买卖",而是要作为中国科学院新时代的党课、政治必修课,长期坚持学习,不但要把十九大精神学懂弄通,更要落到实处。

一系列活动,让党的十九大精神在中国科学院各个岗位的贯彻落实,更富有针对性,也更加接地气,更加深入人心。

中国科学院北京分院开展了党的十九大代表送宣讲到基层活动。王秀杰、吴一戎、张丽萍、邵芸、胡伟武、袁亚湘、傅小兰等党的十九大代表不仅在本单位宣讲,还把党的十九大精神送到了院属单位。

中国科学院遗传与发育生物学研究所党委认真组织了一系列学习贯彻活动,从党委中心组、党支部、工青妇、民主党派等不同层面,开展了形式丰富的学习与贯彻活动。

中国科学院上海硅酸盐研究所党委要求各支部结合实际开展"五个一"和推进"四个计划"活动，即制订一个学习计划，开展一次全体党员学习，参加一次主题活动，聆听一次专题党课，组织一次专题研讨，努力在全员学懂、弄通、做实上下功夫；从战略发展计划、人才集聚计划、管理提升计划、文化凝聚计划等入手，切实提升党建促进创新的实效性。

中国科学院大学经管学院党委充分结合学院学科特点，尝试采取"战略管理"要素学习法和模型构建，把学习内容系统化、视觉化，便于大家从整体上把握与理解党的十九大精神，使学习内容科学、高效地入脑入心，真正做到学有成效。

中国科学院新疆分院组织"访惠聚"驻村工作队、分院系统"民族团结一家亲"结亲干部、"访惠聚"工作下沉干部和志愿者集中传达学习贯彻党的十九大精神，要求认真抓好学习，要结合入户走访，向广大村民传达学习，做到家喻户晓。

学习化作动力，信念引领科研。毫无疑问，"科学大院"里的这堂大党课，将带领中国的这艘"科研航母"继续扬帆远航，加快实现"四个率先"目标的进程，为建设社会主义现代化强国提供有力的科技支撑。

第九篇　凝心聚力　践行新时代新使命

　　党的十九大精神内涵丰富、思想深邃、博大精深，涵盖改革发展稳定、内政外交国防、治党治国治军等各领域。

　　本篇主要由中国科学院机关领导、分院领导、各所所长及党委书记撰写。文章作者认为，科研院所的基层党组织要突出重点、抓住关键，深入学习贯彻党的十九大对全面从严治党的新部署，为履行好新时代的职责使命提供坚强保证。同时，认真学习贯彻党的十九大精神还需要紧密结合习近平总书记2013年7月视察中国科学院提出的"四个率先"要求，在院党组率先行动升级版指导下，推进研究所深化改革，结合所在区域经济社会发展的新需求，加大力度集聚创新资源，不断加大提供创新发展的科技支撑。

坚定实施人才强国战略*

林　慧　赵兰香

党的十九大报告强调"人才是实现民族振兴、赢得国际竞争主动的战略资源"，明确要求"加快建设人才强国……努力形成人人渴望成才、人人努力成才、人人皆可成才、人人尽展其才的良好局面，让各类人才的创造活力竞相迸发、聪明才智充分涌流"。人才强国战略是建设创新型国家和世界科技强国的基础支撑。

随着经济全球化深入发展，科技人才的跨国流动更加频繁，各国对科技人才的争夺更加激烈。党的十八大以来，我国创新人才引进机制，实行了更加规范、更具竞争力的人才引进政策，坚持以用为本，对引进人才充分信任、放手任用，支持他们参与国家重点计划和工程，专门立法增设人才签证，调整永久居留申请条件、简化手续、落实资格待遇，在上海、广东、北京、福建等地实施出入境政策试点，使得外籍高层次人才来华和留学人员回国之路更通畅、更便利。在科技创新人才成为全球创新竞争的核心资源背景下，中国要抓住发达国家移民政策调整机遇，为各类优秀人才创造平等、稳定和优厚的工作及生活条件，广纳天下英才，在全球范围内集聚使用科技创新资源。

创新是一个系统工程，创新链与产业链、资金链、政策链相互交织、相互支撑，人才的培养和使用贯穿于创新链的各环节之中。要发挥好大学、企业和科研院所的创新主体责任，在创新实践中培养和使用人才，建立以企业为主体、市场为导向、产学研深度融合的人才培养和使用机制，缩短学校教育、科学研究与工业生产实践之间的距离。教学、科研人员直接参与到生产实践中，便于熟悉生产

---

* 本文发表于《中国科学报》2017 年 10 月 23 日第 7 版（观点），作者工作单位为中国科学院科技战略咨询研究院。

过程，摸清实际的创新需求，有利于实现基础与实用、理论与实践紧密结合，促进产学研用深度融合，加速科技成果的产出和推广应用。要鼓励大学、企业和研究机构在海外设立分支机构和研发中心，利用海外的优秀科技人才和当地优秀的人力资源为中国创新发展服务。

建立健全人才激励机制，鼓励引导人才向边远贫困地区、边疆民族地区、革命老区和基础一线流动。近年来，我国在引进和培养人才方面投入巨大，一些部委和地区相继推出了一系列人才项目，形成了较为完备的高层次人才支持体系。然而，我国各省份高层次人才分布不均衡，东部发达地区对高端人才的吸引力远远领先于中西部地区。这在一定程度上反映了我国在经济发展以及科研和教育资源分配方面的不均衡。在我国坚持精准扶贫、精准脱贫，逐步实现全体人民共同富裕的新时代，科学和教育的发展也要逐步缩小地区间发展的不均衡性，破除妨碍劳动力、人才横向和纵向社会性流动的体制机制弊端，引导人才向二、三线城市移动，保障中西部地区人才队伍的稳定性。要提供多层次、广覆盖、全方位的公共就业培训和创新创业服务，促进高校毕业生、转业军人、青年农民等群体多渠道就业创业。

制造业是国民经济的支柱，由"中国制造"向"中国创造""中国智造"转变，离不开大量一流技术工人和发达的职业技术教育。党的十九大报告提出要"加快建设制造强国，加快发展先进制造业……建设知识型、技能型、创新型劳动者大军，弘扬劳模精神和工匠精神，营造劳动光荣的社会风尚和精益求精的敬业风气"。我国的高铁建设、C919大飞机的生产制造、"天宫二号"、超级计算机、量子卫星等一系列重大突破，都离不开技术人才对精湛技艺的不懈追求。因此，在培养造就大批科技研发人才的同时，必须通过系统科学的职业技术教育造就一支数量充足、结构合理、素质优良、充满活力、富有工匠精神的高技能人才队伍，提升高技能人才社会地位，打通上升通道，助力制造强国建设。

培养创新人才教育要先行。科技人才队伍建设离不开科学的教育，建设教育强国是中华民族伟大复兴的基础工程，必须把教育事业放在优先位置。十九大报告强调，"要加快一流大学和一流学科建设，实现高等教育内涵式发展"。传统的应试教育难以满足经济社会创新发展对人才素质的综合性要求，科技人才的培养要打破传统的标准化培养模式，加强基础科学教育，重视对科学精神和思维方法的引导和训练，通过个性化教育实现跨学科知识的交叉融合和交叉学科问题的突破，满足科学、技术、产业在关键节点上对人才所需能力的不同需求。立足新时代，面向未来，要建立完善更加积极、开放、有效的人才政策体系，加快培育集聚一大批创新人才队伍，支撑科技强国建设。

习近平总书记在"科技三会"上提出，科学普及与科技创新是创新发展的两翼，要把科学普及放在与科技创新同等重要的位置。科学普及是增强公众创新能力，建设创新型国家的重要基础，科技成果只有通过科普的方式被公众广泛了解，才能发挥出推动社会发展进步的最大效用。科学素质是国家软实力和竞争力的重要因素，从根本上制约着创新能力的提高和经济社会的发展。我国公民的科学素质已与科技大国地位和未来科技强国的战略布局不相适应，应加强科学普及人才培养和使用，加强科学普及和创新文化建设，厚植创新创业沃土。

党的十九大报告在压轴部分对青年寄予厚望，强调"青年兴则国家兴，青年强则国家强。青年一代有理想、有本领、有担当，国家就有前途，民族就有希望"。拳拳期望，殷殷嘱托，将激励一代代有理想有抱负的青年才俊到条件艰苦的基层、国家建设的一线、项目攻关的前沿，培养锻炼，增长才干，建功立业。各部门、地方和机构要坚持人才优先，源源不断地选拔、储备、使用经过实践考验的优秀青年人才。"中华民族伟大复兴的中国梦终将在一代代青年的接力奋斗中变为现实。"

须臾不忘以人民为中心　始终坚持科技创新为民*

聂晓伟

习近平总书记在党的十九大报告中强调:"不忘初心,方得始终。中国共产党人的初心和使命,就是为中国人民谋幸福,为中华民族谋复兴。"在报告中,"人民"一词被反复提及,共出现了 200 余次。习近平新时代中国特色社会主义思想,集中体现了中国共产党以人民为中心、为人民谋幸福,实现中华民族伟大复兴的奋斗目标和执政理念。这为广大科技工作者牢固树立"创新科技、服务国家、造福人民"的奋斗宗旨,投身创新型国家和世界科技强国建设指明了方向。

习近平总书记作为第一位出生和成长在中华人民共和国的伟大领袖,以人民为中心的根本思想始终贯穿在他的人生奋斗历程中。近日,我们在陕西省延安市延川县文安驿镇梁家河村,学习参观了习近平总书记知青下乡时住过的窑洞,当年和知青们打坝淤地造就的良田,修建的水井,兴办的铁业社、代销点和带领乡亲们修建的陕西省第一口沼气池。通过走访当年的亲历者,我们重温了习近平总书记带领乡亲们发展生产、共同致富的生动场景。梁家河是习近平总书记与人民同甘共苦、水乳交融的地方。这里见证了习近平总书记经受知青岁月的艰苦磨炼,乐观向上、创业实干,为人民办好事的生动故事。这一切都发人深省,催人奋进。

习近平总书记在党的十九大报告中强调,我国社会主要矛盾已经转化为人民日益增长的美好生活需要和不平衡不充分的发展之间的矛盾。这其中所体现出的"以人民为中心,为人民谋幸福"的基本思想和执政方略,对于科技创新事业具有重大的指导意义。科技创新要聚焦新矛盾,坚持以人民日益增长的美好生活需要为导向,针对发展不平衡不充分的问题,提出科研命题、解决科研问题、产出

---

* 本文发表于《中国科学报》2017 年 11 月 6 日第 7 版(观点),作者工作单位为中国科学院办公厅。

科研成果，最终落脚点就是造福人民，一切以人民实际需要和工作实践作为检验和评价的唯一标准。

习近平总书记扎实的实践基础、深厚的经验积累和由此产生的深邃的理论思考，对于树立科技创新为民价值观具有十分重要的指导意义。

梁家河这个小山村，是习近平总书记领导全党治理国家的起点和开端。1974年，时任梁家河大队书记的习近平同志，看到《人民日报》报道的四川省推广沼气的做法后，不辞辛苦带队赴四川学习取经，扎根基层调研 40 余天，虚心请教、认真钻研，获取了第一手宝贵经验，带领大家克服困难，成功建成陕西省第一口沼气池，切实解决了人民群众的实际问题。这个鲜活事例值得广大科研人员深入思考。

2013 年 7 月 17 日，习近平总书记在中国科学院考察工作时强调，具有强烈的爱国情怀，是对我国科技人员第一位的要求。习近平总书记的亲身示范和重要指示，对于"科研创新是为了什么"和"我们要进行怎样的科研创新"这两个关乎科研价值观的基本问题给出了坚定答案：科研工作要从人民群众对美好生活的向往需求中发现和提出问题，切实通过科技创新，回答人民群众之急需，将论文写在祖国大地上，真正让有影响、用得上的科技创新成果造福百姓，为国家和社会经济发展作出实实在在的贡献。

科技创新为民的理想信念需要不断坚定，理想之路需要充满自信地坚持走下去。

习近平总书记指出，要坚定中国特色社会主义道路，这是共产党员的共同理想。理想信念是共产党人精神上的"钙"。战争年代，共产党人抛头颅、洒热血、视死如归，就是因为他们有着崇高的理想信念。在社会主义建设和改革中，许许多多共产党员为党和人民的事业鞠躬尽瘁、死而后已，也是因为他们有着崇高理想和坚定信念为激励。夺取新时代中国特色社会主义的伟大胜利，理想信念需要更加坚定。科技创新为民，就是要牢固树立共产主义理想信念，坚持走中国特色社会主义道路，坚持为人民谋幸福，为中华民族谋复兴的理想信念，要时刻牢记：我们所从事的科技创新工作，是新时代中国特色社会主义的科技创新工作，是要为新时代社会主义现代化建设服务的科技创新工作，是要真正支撑中华民族"站起来、富起来到强起来"的科技创新工作。科技创新为民的理想信念一旦确立，就要扎根在心中，落实到行动中去，同时要以强烈的创新自信坚定不移地走下去，扎扎实实做好每件事，真正让科技创新在新时代社会主义现代化国家建设发展中起到应有作用。

自觉在以习近平同志为核心的党中央集中统一领导下开展各项工作，始终以习近平新时代中国特色社会主义思想为指引，这是科技创新为民事业取得胜利的根本保证。

习近平总书记在十九大报告中强调，"党政军民学，东西南北中，党是领导一切的"。始终坚持党的领导，是社会主义革命和建设不断取得胜利的根本所在。五年来，我国各项事业取得了辉煌的创新发展成就，最重要、最关键的就是以习近平同志为核心的党中央的坚强领导。伟大的时代呼唤伟大的精神，伟大的精神引领伟大的时代。习近平总书记在知青岁月和治国理政实践中，锤炼出的坚忍不拔的意志品质、坚定不移的理想信念、质真质朴的为民情怀、无私无畏的历史担当，为广大党员干部提供了源源不断的精神给养，成为中国共产党的宝贵精神财富，是我们建设党的伟大工程、进行伟大斗争、推进伟大事业、实现伟大梦想的重要法宝，我们要更加珍惜，更要继承光大。

以习近平同志为核心的党中央的集中统一领导，是科技创新为民的事业确保始终沿着正确方向前进的根本保证；是集中科研优势力量，聚焦重大任务组织、取得重大科技成果的根本保证；是激发广大科研人员创新热情，投身建设创新型国家和世界科技强国的根本保证。我们要牢固树立政治意识、大局意识、核心意识、看齐意识"四个意识"，用习近平新时代中国特色社会主义思想武装头脑、指导创新实践，不忘科技报国为民的初心，牢记科技创新的战略使命，用更多、更大、更好的创新成果造福人民，将科技创新为民的事业推向深入，取得实效。

迸发"初心"的蓬勃力量*

——学习十九大精神体会

彭　颖

32 000 多字的党的十九大报告，不断地、强烈地向我们传递着一个声音：不忘初心，牢记使命。

中国共产党人的初心，就是为中国人民谋幸福，为中华民族谋复兴。这个初心爆发出强大的激励力量，让我们每一位中华儿女汲取"初心"的能量，为人民的幸福、为民族的复兴而奋斗。

党的十九大报告提出，我国社会主要矛盾"已经转化为人民日益增长的美好生活需要和不平衡不充分的发展之间的矛盾"。我国社会矛盾的转化客观反映了我国社会发展的巨大进步，反映了发展的阶段性要求；这个变化事关全局，对社会各个领域各项事业提出了新的要求。

我们可以看到，当下人民群众的需求更加多元化，需求的广度、深度和跨度都在不断加大，这也是党中央在 2015 年提出供给侧结构性改革的原因所在，这说明党和党的领导层保持着对宏观的强大掌控力、对微观的敏锐洞察力和在新形势下的活力与魄力。

中国共产党从诞生到 21 世纪中叶的发展方略——以人民为中心，仍然是各项事业的出发点和落脚点。党的十九大报告，对事关人民利益的教育、医疗、住房、养老、生态环境等领域的发展和改善提出了一系列新要求和新举措；在经济、文化、民主法治、科技创新、反腐、国家安全等方面的部署，踏石留印，抓铁有

---

* 本文发表于《中国科学报》2017 年 11 月 13 日第 7 版（观点），作者工作单位为中国科学院国际合作局。

痕，同样是在回应百姓的关切。

从十九大报告中，我们读出了中国共产党为人民创造美好生活的强烈使命感和责任感，读出了党引领中华民族实现伟大复兴的非凡智慧和谋略。

科技改变生活，创新引领未来。党的十九大报告中 10 余次提到"科技"、50 余次强调"创新"。到 2035 年，我国跻身创新型国家前列的目标将激励全社会积极实施创新驱动发展战略，擦亮"中国创造""中国智造"的闪亮名片。中国的广大科技工作者，时刻牢记使命，与科学共进，与祖国同行，以国家富强、人民幸福为己任，为我国科技进步、经济社会发展和国家安全作出过不可替代的重要贡献。

前不久，我们都在学习中国科学院国家天文台研究员南仁东同志的事迹，他倾尽 22 年心血为国家创建了世界领先的科研利器、为世界天文界创造了独一无二的 500 米口径球面射电望远镜（FAST）！"天眼"建好了，他却走了。在他的身后，留下了 FAST 超越国际惯例的指向、跟踪、漂移扫描等多种观测模式的实现技术方案，留下了继续催生天文发现的科研队伍，留下了面向国内外学者开放的"国之重器"，留下了"淡泊名利、甘于奉献"的人生态度！通过 FAST，中国科学院国家天文台首次发现了脉冲星，探测到数十个优质脉冲星候选体，其中两颗通过国际认证。未来，中外科学家将通过它获得更多天文发现。由此可见，中国科学家的"初心"，是实现中华民族伟大复兴、把中国建成世界强国、推进全人类文明进步的重要战略力量。

习近平总书记强调，党的十八大以来的五年，"创新驱动发展战略大力实施，创新型国家建设成果丰硕，天宫、蛟龙、天眼、悟空、墨子、大飞机等重大科技成果相继问世。"科技创新发展更需要每一位科技工作者永怀初心，只有如此，才能潜心研究，创造奇迹。

"初心"让 8900 万中国共产党党员的奋斗目标更加明确，让 13 亿多人民在党中央周围团结得更加紧密，让中国特色社会主义的优势发挥得更加淋漓尽致。

"初心"让我们的党面对复杂国际形势和前所未有的发展挑战时，向全世界彰显了博大的胸襟、勇毅的担当和坚定的自信。

踏遍青山人未老。不忘初心，方得始终！

以党的十九大精神为指引
推进中国科学院党建工作取得新成效*

李和风

党的十九大精神内涵丰富、思想深邃、博大精深，涵盖改革发展稳定、内政外交国防、治党治国治军等各领域。科研院所的基层党组织要突出重点、抓住关键，深入学习贯彻党的十九大对全面从严治党的新部署，为履行好新时代的职责使命提供坚强保证。

▶ 读原著、学原文、悟原理，在学通上下功夫

学习宣传贯彻党的十九大精神是当前和今后一个时期的首要政治任务，我们一定要原原本本、原汁原味学习十九大报告和党章的内容，精准把握其思想精髓和核心要义。

认真学习习近平总书记新时代中国特色社会主义思想。深刻领会其历史地位、丰富内涵、科学体系、精神实质、实践要求，领悟蕴含其中的新理念、新论断、新观点、新要求，切实把思想和行动统一到习近平新时代中国特色社会主义思想上来。

深刻把握"两步走"的新目标。党的十九大站在"两个一百年"历史交汇点上，对决胜全面建成小康社会、实现第一个百年奋斗目标作出了系统安排，提出了"两步走"的发展战略。这个奋斗目标中，前一阶段是后一阶段的基础，后一个阶段是前一阶段的跃升，两者既紧密衔接又环环相扣，既明确任务又指明路径，

---

* 本文发表于《中国科学报》2017年11月20日第7版（观点），作者工作单位为中国科学院直属机关党委。

体现了科学缜密的战略谋划。

充分认识新时代我国社会主要矛盾。对社会主要矛盾的认识是党和国家制定正确路线方针政策的基础，是中国共产党确立发展理念、制定发展战略的关键，是深刻总结历史经验教训、顺应中国社会发展大势的重大决策，具有深远的历史意义。实践表明，能否正确地认识和把握社会主义社会的主要矛盾，并以此来确定工作重心和根本任务，事关社会主义的前途和命运。

深入理解创新是引领发展的第一动力。"创新是引领发展的第一动力"这一重要论断是"科学技术是第一生产力"重要思想的创造性发展，是新时期新阶段必须坚持的重要发展理念。只有坚持创新引领发展，我们才能够有效应对经济新常态的各种挑战，才能实现经济持续健康发展，并真正成为经济强国、创新大国。

▶ 联系学、系统学、全面学，在弄懂上下功夫

党的十九大用了很大篇幅对加强党的建设和全面从严治党进行阐述和部署，报告中 16 次提到"党的领导"、13 次提到"党的建设"、7 次提到"全面从严治党"，我们要认真学习这些新时代党建工作的新理念、新思想、新战略。

充分认识"不忘初心，牢记使命"主题。党的十九大报告指出，中国共产党人的初心和使命，就是为中国人民谋幸福，为中华民族谋复兴。中国共产党为了实现这个初心，在中国革命、建设和改革的各个历史阶段，成功地把人民群众组织起来，扎扎实实地为人民做实事，认认真真地把事情办好。当前，全党在思想理论建设方面最重大的任务，就是深刻领会习近平新时代中国特色社会主义思想的精神实质和丰富内涵，把这一指导思想贯彻到社会主义现代化建设全过程、体现到党的建设各方面。

准确把握新时代党的建设总要求。进入新时代，解决新矛盾、完成新任务，关键在于坚持党要管党、全面从严治党，把党建设得更加坚强有力。党的十九大在明确党的建设总基调即"全面从严治党永远在路上"的基础上，提出了新时代党的建设的总要求。明确了一个根本原则、一条指导方针、一条工作主线、一个总体布局、一个基本要求和一个基本目标。这为新时代党的建设提供了一个立体

"坐标系"和精准"定位仪"。

深刻领会坚持党对一切工作的领导。中国共产党的领导，是历史的选择、人民的选择。坚持党的领导，是中国特色社会主义最本质的特征，是中国特色社会主义制度的最大优势。中国共产党坚定捍卫国家民族利益，克服重重阻碍，团结带领人民迎来了从站起来、富起来到强起来的伟大飞跃。新时代，我们要进行伟大斗争，建设伟大工程，推进伟大事业，实现伟大梦想，回应人民群众的期待，更离不开党的领导。

深入学习理解党章内容。党的十九大把习近平新时代中国特色社会主义思想同马克思列宁主义、毛泽东思想、邓小平理论、"三个代表"重要思想、科学发展观一同确立为党的行动指南并写入党章，是我们党指导思想一次重大的"与时俱进"。把推进党的建设和事业发展、解决问题所需采取的重大路线方针政策写入党章，展现了党的十八大以来以习近平同志为核心的党中央治国理政最新成果，体现了新时代发展要求。

▶ 重实际、办实事、求实效，在做实上下功夫

中国科学院直属机关党委将紧密结合工作实际，不断深化对十九大关于坚定不移全面从严治党的认识，理出贯彻落实的思路、拿出贯彻落实的实招，不断提高中国科学院党的建设质量。

以政治建设为统领，为建设世界科技强国提供坚强政治保证。谋划实施"率先行动"计划升级版，突出发挥各级党组织的政治引领作用，引导广大党员干部和科技人员开展"对标要求、强化责任"活动，与习近平总书记重要指示批示和党中央国务院有关要求对标，强化为建设社会主义现代化强国和世界科技强国发挥不可替代作用的责任。

加强思想建设，以习近平新时代中国特色社会主义思想武装头脑。开展"不忘初心，牢记使命"主题教育，以习近平新时代中国特色社会主义思想统一思想、武装头脑，进一步坚定理想信念，深入推进创新文化建设，引导全院干部职工牢固树立"创新科技、服务国家、造福人民"的科技价值观。

强化全面从严治党责任，进一步完善全院党建工作体制机制。落实党章关于党组任务新要求，结合中国科学院垂管系统特点，对新时代国立科研机构党建工作体制机制进行探索，优化党组与分党组，系统垂管与属地化管理等不同层级组织之间的关系，明确各自责任主体的责任，不断提升党建工作质量。

充分发挥战斗堡垒作用，提升基层党组织的组织力。开展"提升组织力，推进'升级版'"活动，通过加强能力培养和队伍建设，提高基层党组织的凝聚力、号召力、战斗力和宣传动员党员群众的能力，调动广大科技人员的积极性、主动性、创造性，为谋划和实施"率先行动"计划升级版提供组织保证。

开展党建工作督查，层层压实党建与党风廉政建设主体责任。加强巡视工作，同时建立党建工作督查机制，建立党建工作责任清单，加强党建工作督查，督促党委和纪委加强纪律建设和作风建设，充分运用监督执纪"四种形态"，以责任追究倒逼党建主体责任和监督责任的落实。

在推进"率先行动"计划升级版中
发挥好基层党组织战斗堡垒作用[*]

马 扬

党的十九大是在我国进入全面建成小康社会决胜阶段、中国特色社会主义进入新时代的关键时期召开的一次十分重要的大会。大会高举中国特色社会主义伟大旗帜，就新时代坚持和发展中国特色社会主义的一系列重大理论和实践问题阐明了大政方针，就推进党和国家各方面工作制定了战略部署，是我们党在新时代开启新征程、续写新篇章的政治宣言和行动纲领。大会在政治上、理论上、实践上取得的一系列重大成果，必将对我们党不忘初心、牢记使命，团结带领人民全面建设社会主义现代化强国产生重大而深远的影响。

党的十九大精神内涵丰富、思想深邃、博大精深，涵盖改革发展稳定、内政外交国防、治党治国治军等各领域，我们要切实结合科技创新实际，在学懂弄通做实上下功夫。学习了习近平总书记的报告，我有三个突出的感受。

一是强烈的责任使命和担当。习近平总书记指出，中国共产党人的初心和使命，就是为中国人民谋幸福，为中华民族谋复兴。在过去 96 年的历史进程中，对这一初心和使命的坚守，使我们党成为中国人民谋求民族独立、人民解放和国家富强、人民幸福的"主心骨"。当前，中国特色社会主义进入了新时代，我们党要不忘初心坚守使命，贯彻落实习近平新时代中国特色社会主义思想，进行伟大斗争，建设伟大工程，推进伟大事业，实现伟大梦想，确保党在世界形势深刻变化的历史进程中始终走在时代前列，在应对国内外各种风险和考验的历史进程

---

[*] 本文发表于《中国科学报》2017 年 11 月 27 日第 7 版（观点），作者马扬为中国科学院北京分院党组书记。

中始终成为全国人民的"主心骨"，在坚持和发展中国特色社会主义的历史进程中始终成为坚强领导核心。作为科技工作者，我们要坚守"创新为民"的使命，摆正自身位置，在时代进步中作出应有的创新贡献。

二是全面创新的时代强音。创新是引领发展的第一动力，创新是包括理论创新、制度创新、文化创新、科技创新等在内的全面创新。报告中，"创新"的提法有 59 次之多，"科技"有 17 次之多。报告作出了"创新是引领发展的第一动力，是建设现代化经济体系的战略支撑"的重要判断；发出了"加快建设创新型国家"的号召；提出了"加强国家创新体系建设，强化战略科技力量"和"瞄准世界科技前沿，强化基础研究，实现前瞻性基础研究、引领性原创成果重大突破……加强国家创新体系建设，强化战略科技力量"的战略任务；明确了建设"科技强国、质量强国、航天强国、网络强国、交通强国" 5 个强国和"数字中国、智慧社会"的目标。在报告中，科教兴国战略、人才强国战略和创新驱动发展战略成为未来七大战略的重要组成部分。这些表述催人奋进、鼓舞人心，归结起来就是"创新强国"。创新是新时代的重要主题，也是科技工作者的第一要务，我们要自觉聆听时代强音，推动科技进步。

三是全面从严治党的战略定力。在新时代坚持和发展中国特色社会主义基本方略的 14 项内容中，列在第一位的是"坚持党对一切工作的领导"。提出要必须坚定不移推进全面从严治党，不断增强党的政治领导力、思想引领力、群众组织力、社会号召力，确保我们党永葆旺盛生命力和强大战斗力；要坚持以党的政治建设为统领，以坚定理想信念宗旨为根基，以提升组织力为重点，突出基层党组织政治功能。这些新判断、新论述、新要求，对科研院所党建工作具有重要指导意义。我们要按照中央部署，不断提高把方向、谋大局、定政策、促改革的能力和定力，不断提高围绕创新目标集中力量"办大事"的能力，增强针对科技工作者需求"办小事"的能力，进一步强化政治功能，发挥好方向引领、价值塑造、管理协调、服务保障的作用。

学习贯彻十九大精神，要在学懂、弄通、做实上下功夫，关键在于学习把握习近平新时代中国特色社会主义思想的丰富内涵，牢固树立"四个意识"，坚定"四个自信"，把习近平新时代中国特色社会主义思想，作为推进科技创新工作的根本遵循和行动指南。作为科技战线的基层党组织，我们要按照十九大和新修订党章的要求，以提升基层党组织的组织力为重点，推进全面从严治党向基层延伸，努力提高党的建设质量，在推进"率先行动"计划升级版中发挥好战斗堡垒作用。就基层党支部建设而言，要在驱动科技创新中努力做到"六有"，即有职能、有组织、有活动、有规范、有激励、有实效。

（1）有职能，形成驱动科技创新的自觉。基层党支部要成为教育党员的学校、团结群众的核心、攻坚克难的堡垒；既要做好教育、管理、党员的工作，也要做好组织、宣传、凝聚、服务群众的工作，更要在科技创新中发挥好战斗堡垒作用。

（2）有组织，形成驱动科技创新的依托。按照全面从严、分类管理的思路，推进"科研一线、院所机关、支撑服务、青年学生、企业和离退休"等6个领域党组织和"外场重大科研任务、异地大科学工程和分支机构、野外台站"等3个领域新型党组织的党建工作。

（3）有活动，形成驱动科技创新的载体。要坚持以党支部为基本单位，以"三会一课"为基本制度，以"两学一做"为基本内容，严格党内政治生活，推动组织生活经常、认真、严肃。及时总结和推广立得住、叫得响、可复制的科研院所"支部工作法"。

（4）有规范，形成驱动科技创新的遵循。要根据党章程和党内法规，推进科研院所基层党支部工作的组织化、制度化、具体化、标准化，推动党支部用好《基层党支部工作手册》，不断增强党内政治生活的政治性、时代性、原则性、战斗性。

（5）有激励，形成驱动科技创新的动力。要定期开展优秀党支部和优秀党支部书记的评选表彰工作，不断提高党支部工作的自发活力和内生动力，推动支部工作从"要我干"到"我要干"的转型；优化专兼职党务干部的职业生涯设计，做好党支部书记的培养使用。

（6）有实效，形成驱动科技创新的质量。要鼓励基层党支部结合实际开展自主探索，推动思想教育从"漫灌"到"滴灌"的转型，推动主题党课从"灌输"到"启发"的转型，推动党建活动从"空转"到"驱动"的转型，体现党支部工作促进科技创新的实际成效。

　　新时代蕴含新机遇，新征程提出新挑战。面对"两个一百年"的奋斗目标，面对世界科技创新强国"三步走"的战略目标，作为基层党组织，我们要在院党组的指导和院直属机关党委的领导下，组织京区广大党员干部和科技工作者认真学习报告精神，深刻领会报告精神实质，准确把握报告丰富内涵，切实把思想和行动统一到报告精神上来，努力提高党建质量、扎实推进科技创新，在推进"率先行动"计划升级版、加快建设世界科技强国的征程上发挥好战斗堡垒作用。

学思践悟　励精图治[*]

王学定

认真学习贯彻党的十九大精神，要紧密结合习近平总书记 2013 年 7 月视察中国科学院时提出的"四个率先"要求，在中共中国科学院党组"率先行动"升级版的指导下，分院的举措之首是推进研究所深化改革；同时，结合所在区域经济社会发展的新需求，加大力度集聚创新资源，不断加大提供创新发展的科技支撑。

▶ 学深悟透十九大精神

通过观看十九大会议实况和媒体资料，中共中国科学院党组、四川省委领导专家辅导报告，分院组织的专题辅导报告和中心组学习等活动，结合工作实际，初步有三个方面的最深体会。

一是在 14 个坚持中，从第一个坚持"党政军民学，东西南北中，党是领导一切的"统领论述开始，到坚持以人民为中心、坚持全面深化改革等 12 个方面全面论述了坚持的原则，到第 14 个坚持全面从严治党，构成新时代坚持和发展中国特色社会主义的基本方略。14 个坚持从党领导一切出发，到最后坚持的保证措施是全面从严治党，逻辑推理严密、形成一个闭环。并对新时代全面推进党的政治建设、思想建设、组织建设、作风建设、纪律建设，把制度建设贯穿其中，是将政治建设摆在首位，也是党的根本性建设；从 5 个方面论述了政治建设的内涵。

---

[*] 本文发表于《中国科学报》2017 年 12 月 4 日第 7 版（观点），作者王学定为中国科学院成都分院党组书记，常务副院长。

二是提出加快建设创新型国家，特别是从要瞄准世界科技前沿、强化基础研究，加强应用基础研究等六个方面论述如何建设现代化经济体系的战略支撑，明确提出到 2035 年科技实力将大幅跃升，跻身创新型国家前列；在中华人民共和国成立 100 年时，建设成为富强民主文明和谐美丽的社会主义现代化强国。我国经济实力的提升，更加重视基础研究、原创性重大突破、颠覆性技术创新等，为建设科技强国等提供有力支撑。

三是打铁还需自身硬，全面增强政治领导本领，要不断提高战略思维、辩证思维、法治思维、系统思维、底线思维和创新思维，科学制定和坚决执行党的路线方针政策，把党总揽全局、协调各方落到实处等八项本领。这就要求我们各级党员干部，必须提高自身能力；带头学习贯彻十九大会议精神，关键要在学懂、弄通、做实上下功夫。

▶ "率先行动"续写新篇章

在中国科学院"三个面向、四个率先"的新时期办院方针指引下，按照国家、中国科学院、区域发展重大战略部署，中国科学院成都分院紧紧围绕"一带一路"倡议、长江经济带战略、四川全面创新改革试验区、天府新区建设等重大历史机遇，谋划未来发展。坚持以"优化机构、分类管理、分类评价、创新文化"为原则指导研究所改革创新和转制单位的创业发展；坚持以"产出导向、抓大育小、三链融合、政策激励"为原则推进科技成果转化；坚持以"需求牵引、资源聚集、营造环境、完善网络"为原则夯实创新平台建设。结合党的十九大会议精神学习，在以下五个方面重点抓落实、见实效。

在加强国家创新体系建设、强化战略科技力量方面，从分院层面积极配合院党组和有关部门，进一步加强顶层设计、宏观规划、有效组织，以特色研究所——中国科学院水利部成都山地灾害与环境研究所为主体，聚合相关科技力量，积极谋划筹建中国科学院防灾减灾创新研究院；加强我国地震带山地灾害减灾防灾关键技术研发及应用示范，为川藏铁路康定—林芝段建设的预可研提供有力的技术支撑等；积极推进建设"中国-巴基斯坦地球科学中心"等。另外，以防灾减灾创新研究院为先导，积极推进分院其他单位进一步在"率先行动"中分类改革和特色建设。

在拓展实施国家重大科技项目方面，持续推动中国科学院成都分院作为法人单位承担的"十二五"国家重大科技基础设施"高海拔宇宙线观测站"项目在稻城建设，在完成四川省配套基础设施建设的基础上，抓紧国家支持的观测基地和测控基地建设，争取 2018 年年底建成部分设施并开展观测研究。积极协助推进空间中心承担的"十三五"国家重大科技基础设施"空间环境地基监测网（子午工程二期）"核心观测"圆环阵太阳风射电成像望远镜"项目在稻城落地建设；积极协助云南天文台在稻城开展望远镜选址观测任务等，为争取"十四五"国家重大科技基础项目创造条件；聚集院内一些对天观测重大项目在稻城集聚发展，为宇宙学、粒子物理、空间环境等交叉研究提供综合平台，也将为科技普及和四川藏区脱贫攻坚作出重大贡献。

在产学研深度融合的技术创新体系方面，全面落实中国科学院与四川省、重庆市、西藏自治区政府等签订的"十三五"新一轮科技合作协议内容；认真抓好白春礼院长和其他院领导视察指导中国科学院成都分院创新发展，并与川渝藏等省区市主要领导就深化科技合作、促进区域创新发展进行高层会商时提出的顶层设计和各项任务；特别是在推进四川省全面创新改革试验区建设以及在绵阳科技城、成都科学城建设方面，助力四川实施"三大发展战略"。

在科技服务网络体系提供双创新引擎方面，以中国科学院成都国家技术转移中心为核心在川渝藏构建完善科技服务网络，不断强化服务意识、加强与地方的沟通协调。例如，共建产业技术联盟，助推燃气轮机、石墨烯、钒钛资源、新能源材料等产业创新发展，助力绿色城市、智慧城市跨越发展；共建成都"三权改革"联盟、成都校院地协同创新技术转移联盟，启动科技成果转化基金落地工作，完善并兑现科技成果转移转化政策，引进并加快培育一批成果转化及技术工程化的专业化人才队伍，助推科技成果转化、支撑产业转型升级。

在强化战略科技平台和人才队伍建设方面，抢抓四川全面创新改革试验区、天府新区、成都国家中心城市建设三大机遇，认真抓实成都分院整体入驻成都科学城工作。李克强总理在 2016 年 4 月视察成都科学城时，给予了很高评价。中国科学院成都分院新园区建设是四川省"十三五"100 个重大项目之一,截至目前,主体工程进展顺利。在中国科学院的大力支持下,加快推动新上项目论证进度,高规格、高标准推动新园区信息化、智能化、现代化建设;以此为基础,积极与天府新区政府共同推进科技人员的"3H 工程"建设,为科技人员提供美丽的生活环境,实现承载创新发展新园区的新梦想。

建设战斗堡垒，实现凝心聚力*

杨维才　胥伟华

在中共中国科学院党组、中国科学院直属机关党委的领导下，中国科学院遗传与发育生物学研究所党委（简称所党委）认真学习贯彻落实党的十九大精神，不断解放思想、实事求是、锐意进取、与时俱进。

新党章第三十三条，将实行行政领导人负责制的事业单位中党的基层组织作用，由"发挥政治核心作用"修改为"发挥战斗堡垒作用"。党的十九大报告指出，要"加快建设创新型国家。加强国家创新体系建设，强化战略科技力量。倡导创新文化，强化知识产权创造、保护、运用。"通过学习这些新要求，中国科学院遗传与发育生物学研究所党政领导班子理解研究所党委的新使命为：发挥战斗堡垒作用，为实现科技强国梦凝聚人心、汇聚力量。

党的十八大以来，所党委带领所属 12 个党支部和统战群团组织等不断研究探索，明确了新时期所党建工作的总主题为"凝心建设率先团队，聚力成就创新梦想"，并就如何建设"战斗堡垒"、如何实现"凝心聚力"作了诸多尝试，从思想、制度建党，机制、文化聚人等方面作了一些探索。

▶ 用理想信念教育人，做好思想筑垒的工作

推动科技创新应该回答清楚在科技攻坚战中为谁而战的问题，只有高举"科技报国、科技为民"旗帜，才能建设一支召之即来、来之能战、战之能胜的科技

---

　　* 本文发表于《中国科学报》2017 年 12 月 11 日第 7 版（观点），作者杨维才为中国科学院遗传与发育生物学研究所所长，胥伟华为该所党委书记、副所长。

创新队伍，建设一座坚不可摧的战斗堡垒，最终打赢科技强国之战。所党委针对党委、党支部、党员三个不同层面的性质特点，进行了全方位、多角度、宽领域的理念信念教育。

火车跑得快全靠车头带。所党委狠抓领导班子理想信念"三要素"，筑牢思想关：坚持和完善中心组学习制度；严格执行民主生活会制度，严肃党内政治生活；认真执行民主集中制，时刻检验"科研为谁"。

党支部层面运用好"三会一课"的思想阵地，原汁原味研读原著，坚持不懈、常学常新。支持党支部走出去开展主题党日活动，要求聚焦党史、国情、科技史和最新科技发展态势等等，注重成效。激发支部活力，鼓励支部实事求是、创新性学习，所内、所外多党支部联学联做成为常态，与政府、行业、产业结合成为热点，送学上门全覆盖成为主流。

党员的理想信念教育讲究针对性、持久性、实效性、灵活性。所党委坚持精神引领，从募捐建造研究所创始人之一——童第周先生纪念铜像、弘扬传承科学前辈科学精神，到号召向黄大年同志、南仁东同志"科技报国"事迹学习。从学习李振声院士服务国家、造福人民、一心一意、坚持不懈、克服困难、做实做大的精神，到树立身边众多可学习、可复制的科技工作者先锋模范榜样。借助外脑打造高端智库宣讲品牌——"中科院遗传发育所精神大讲坛"，利用中午碎片时间开办"午间课堂"，开拓学习资源、创新学习形式。

▶ 用机制体制激励人，做好制度固垒的工作

所党委用行之有效的组织管理和科学合理的制度规范，来激发团队和个人的工作活力，探索出了一盘棋工作机制、两个化工作模式和三方面工作激励，保障战斗堡垒的有序组织，达到"制度固垒"的目的。

一盘棋工作机制以科技创新为中心，坚持党委工作和科技创新工作一盘棋的战略设计，秉承"厚积薄发重服务，博观约取促创新"的工作原则，促成"心往一处想，劲往一处使"的工作格局，做到党委领导下的党支部与工青妇组织、与科技创新工作、与创新文化工作有机结合的"三个结合"，形成党政一盘棋与党群

工作相融合、科研和管理双肩挑相融合、老中青经验与活力相融合的人才模式。

两个化工作模式是建立规范化、流程化的党支部工作机制，保障支部工作的高效清晰，为基层党务干部担当履职提供标准，为基层党务工作减负瘦身，为激发基层党建工作活力扫清障碍。规范化是指建立党支部日常运作、培训、交流、考核、表彰、财务工作规范和党员管理、党费收缴工作规范，让党务干部安心。流程化是指组织关系接转、组织发展、失联党员管理等工作流程清晰，让党务干部省心。

做好三方面工作激励，一是以人为本，精准服务，深入一线，关怀关爱，落实经常性、重点性走访慰问。二是开展全方位多层次教育培训，建立科研、管理、支撑全线的经常性的教育培训，解决本领恐慌。三是开展对青年人的重点培养，培养扎根基层、艰苦实践的作风，学习求知、不断进取的精神，形成人才的向心力和凝聚力。

▶ 用创新文化凝聚人，做好文化强垒的工作

文化兴则民族兴，文化强则民族强。所党委从党建品牌创新、文化氛围创新、建立创新文化生态系统着手，打造独特的"文化味道"，形成可传承的"文化基因"。

党的十八大以来，所党委汇聚全所智慧凝练了"厚德、笃志、求索、创新"的遗传发育所精神，根据新时代新要求，提出了"节能、高效、美丽、快乐"的"绿色科研"理念。配合独特的文化价值观，所党委组织了一系列党建创新品牌活动，引领创新文化价值观深入人心。

文化氛围创新方面，所党委制作了《遗传发育所精神采访纪实》《羊年喜洋洋之遗传发育所》《匆匆这年》等反映遗传发育所人科研生活和精神面貌的微视频作品，设计了"遗传发育所科学文化之旅"（IGDB Science & Cultural Tours）参观路线，从智能温室、动物实验中心、研究所展室、基因编辑平台，到职工之家和馨聆小屋，全方位、多角度、立体化展示了研究所的创新文化。

所党委立足于研究所整体的可持续发展、着眼于职工个体的幸福感提升，努力建立创新文化生态系统：创建具有重要影响力的研究所，让职工有自豪感；建

立科学合理的评价激励机制，让职工有满足感；倡导潜心科研、勇于创先争优的研究所氛围，让职工有成就感；建立公平公正公开的制度环境，让职工有公平感；建立全方位多角度的关爱机制，让职工有归属感。

　　"博学之，审问之，慎思之，明辨之，笃行之。"作为国家的战略科技力量，中国科学院人深感责任重大。一个基因，一个产业，一粒种子，就可以改变世界。解决粮食刚性需求任重道远，解决人口健康难题时不我待。中国科学院遗传与发育生物学研究所将在党的十九大精神的鼓舞下，紧紧围绕国家"十三五"规划和"率先行动"计划升级版的要求，朝着建设世界一流研究所的目标而奋斗。希望通过全所人员的共同努力，让我们共同的"家"——中国科学院遗传与发育生物学研究所不断发展壮大，真正让全所的每一颗金子发光，真正让全所的每一位同志都能够由勤奋的"追梦者"，成长为"承梦者"，最后成为"圆梦者"！

学习贯彻党的十九大精神
奋力谱写率先发展新篇章*

蔡 立

金秋十月，硕果盈枝。党的十九大在北京胜利召开。这次大会是在全面建成小康社会决胜阶段、中国特色社会主义进入新时代的关键时期召开的一次十分重要的大会，是党和国家事业发展史上的又一个重大里程碑。党的十九大不仅全面回顾和系统总结了过去 5 年的工作和历史性变革，作出了中国特色社会主义进入了新时代、我国社会主要矛盾已经转化为人民日益增长的美好生活需要和不平衡不充分的发展之间的矛盾等重大政治论断，而且深刻阐述了新时代中国共产党的历史使命，确立了习近平新时代中国特色社会主义思想的历史地位，提出了新时代坚持和发展中国特色社会主义的基本方略，确定了决胜全面建成小康社会、开启全面建设社会主义现代化国家新征程的目标，并对新时代推进中国特色社会主义伟大事业和党的建设新的伟大工程作出了全面部署。党的十九大提出的一系列新思想、新论断、新战略、新举措对于我们党团结带领全国各族人民，决胜全面建成小康社会，加快建设社会主义现代化强国，开创新时代中国特色社会主义事业新局面，必将产生重大而深远的影响。

学习好、宣传好、贯彻好党的十九大精神，是当前和今后一个时期我们的首要政治任务。我们要以习近平新时代中国特色社会主义思想为指引，不忘初心，牢记使命，更加坚定自觉地把思想和行动统一到党中央的要求上来，紧密结合正在全面推进的"率先行动"计划，牢记国家战略科技力量的使命担当，主动对标

---

* 本文发表于《中国科学报》2017 年 12 月 18 日第 7 版（观点），作者蔡立为中国科学院南京土壤研究所党委书记、副所长。

定位，认真寻找差距，积极奋发进取，切实使党的十九大精神在我们的各项工作中落地生根、开花结果，为建设科技强国作出贡献。

习近平总书记在党的十九大报告中提出了新时代坚持和发展中国特色社会主义的 14 条基本方略，并对未来一个时期社会主义经济建设、政治建设、文化建设、社会建设、生态文明建设等方面作出了一系列重大部署，这其中有许多内容都与我们正在推动的科技创新实际工作密切相关，需要我们着重去加以领会把握。在部署加快建设创新型国家相关举措时，习近平总书记进一步强调创新是引领发展的第一动力，是建设现代化经济体系的战略支撑，并明确提出要加强国家创新体系建设，强化战略科技力量，而中国科学院正承载着国家战略科技力量的神圣使命。在提出实施乡村振兴战略时，习近平总书记指出要坚持农业农村优先发展，加快推进农业农村现代化，确保国家粮食安全，把中国人的饭碗牢牢端在自己手中，这对于我们这个农业领域的特色研究所而言，应发挥的作用更加明确。在谈到加快生态文明体制改革建设美丽中国时，习近平总书记强调我们要建设的现代化是人与自然和谐共生的现代化，要坚持绿色发展理念，着力解决包括土壤污染在内的突出环境问题，加大生态系统保护力度，并明确指出要强化土壤污染管控和修复，加强农业面源污染防治，开展农村人居环境整治行动，而这些都与我们正在承担的科研任务息息相关。因此，党的十九大所确立的一系列重大思想、重大论断、重大战略、重大举措不仅为党和国家全面推进新时代中国特色社会主义伟大事业举旗定向，而且对我们结合实际贯彻落实大会精神有着重要的、现实的指导意义，既为我们谋划工作指明了方向，也为我们推动工作增添了信心，更为我们做好工作提出了要求。

学习宣传贯彻党的十九大精神，我们要深刻领会和把握习近平新时代中国特色社会主义思想的历史地位和丰富内涵，并以此作为理论武装和行动指南。我们要提高政治站位，进一步深化对坚持和发展什么样的中国特色社会主义、怎样坚持和发展中国特色社会主义的理解与认识，牢固树立"四个自信"，确保各项工作始终沿着正确的方向前进。

学习宣传贯彻党的十九大精神，我们要深刻领会和把握新时代我国社会主要矛盾发生变化的新特点，认真贯彻新发展理念，大力推动科技创新，更好地满足人民群众日益增长的美好生活需要。我们要结合自身的专业优势，认真分析我国在推进农业农村现代化建设和生态文明建设进程中存在的不平衡、不充分问题，坚持"创新科技、服务国家、造福人民"的科技价值观，聚焦问题，科学施策，为保障国家粮食安全和建设美丽生态环境更好地发挥创新引领作用。

学习宣传贯彻党的十九大精神，我们要深刻领会和把握从决胜全面建成小康社会到全面建成社会主义现代化强国的阶段安排和总体目标，不忘初心、牢记使命，以加快建设创新型国家为己任，以实现"四个率先"为目标，始终牢记国家战略科技力量的使命定位和责任担当，创新和完善实施"率先行动"计划的思路举措，为建设世界科技强国贡献力量。

学习宣传贯彻党的十九大精神，我们要深刻领会和把握新时代党的建设总要求和重点任务，坚持党要管党、全面从严治党，不断增强"四个意识"，积极引导广大党员在科技创新实践中当好锐意进取的先锋表率，充分调动基层党组织在促进研究所改革创新发展中发挥好战斗堡垒作用，大力营造风清气正、奋发有为的文化环境，为全面打造"率先行动"计划升级版提供坚强的政治组织保障。

蓝图已绘就，奋进正当时。我们要将学习领会党的十九大精神的体会收获转化为加快实现"四个率先"目标的强大动力，不忘初心，牢记使命，找准定位，扛起担当，齐心协力推动以科技创新为中心的各项工作更好更快地发展，在逐梦的新征程上奋力谱写不愧于新时代的新篇章。

不忘创新生物医学工程初心
牢记服务人民健康幸福使命*

邓 强 赵 鹏

"中国共产党人的初心和使命，就是为中国人民谋幸福，为中华民族谋复兴。"习近平总书记在党的十九大报告中开宗明义，明确了夺取新时代中国特色社会主义伟大胜利、实现中华民族伟大复兴，就是新时代中国共产党人的历史使命，是8900多万共产党员义不容辞的时代担当。

回顾中国共产党96年的历程，展现在我们面前的是一部从未中断的奋斗史。开天辟地、敢为人先，党带领人民推翻了压在中国人民头上的帝国主义、封建主义、官僚资本主义三座大山，实现了民族独立、人民解放，中华民族站了起来；改革开放、释放活力，党带领人民破除阻碍国家和民族发展的一切思想和体制障碍，开辟了中国特色社会主义道路，实现了中国大踏步赶上时代，中华民族富了起来；登高望远、居安思危，党带领人民勇于变革、勇于创新，解决了许多长期想解决而没有解决的难题，办成了许多过去想办而没有办成的大事，中国特色社会主义进入新时代，中华民族强了起来。96年来，始终保持永不懈怠、永不僵化、永不停滞、一往无前的状态和姿态，与人民同呼吸、共命运、心连心，把人民对美好生活的向往作为奋斗目标，党带领人民攻克了一个又一个看似不可攻克的难关，创造了一个又一个彪炳史册的人间奇迹。当中国特色社会主义进入新时代，全体共产党员更应当以接续奋斗来不负初心、不辱使命，继续朝着实现中华民族伟大复兴的宏伟目标奋勇前进。

---

* 本文发表于《中国科学报》2017年12月25日第7版（观点），作者邓强系中国科学院苏州生物医学工程技术研究所党委书记、副所长，赵鹏系该所综合管理处副处长。

具体到不同行业、不同单位，新时代的历史使命又不尽相同。要搞清这个问题，首先要深刻认识"我国社会主要矛盾已经转化为人民日益增长的美好生活需要和不平衡不充分的发展之间的矛盾"这一重大论断，这种新提法改变了改革开放后近 40 年来一直沿用的"人民日益增长的物质文化需要同落后的社会生产之间的矛盾"这一判断，社会主要矛盾的变化是关系全局的历史性变化，如何解决它是不同行业、不同单位共同的使命与责任。各行业、各单位要结合本行业、本单位实际和特点，进行认真细致的分析研讨、制定措施并落实执行。

习近平总书记在党的十九大报告中指出："要完善国民健康政策，为人民群众提供全方位全周期健康服务。"随着人民生活的显著改善，对美好生活的需求呈多样化、多层次、多方面特点，其中，健康已经成为人民美好生活需求中最为重要的内容。随着科技的长足进步和社会的飞速发展，医疗仪器在检测和治疗各类疾病、保障生命和健康方面作用越来越重要。然而，我国高端医疗仪器技术发展水平还不高，市场几乎被发达国家所垄断，国民的健康幸福被他人掌控，医疗仪器产业的发展任重而道远。

在这种历史背景下，作为引领我国科技创新跨越的"火车头"——中国科学院，和以创新为驱动力创造经济发展奇迹的江苏省苏州市，看准时代机遇，为改变我国医疗仪器产业的现状而走到一起，共同建立了中国科学院苏州生物医学工程技术研究所（简称中科院苏州医工所）。作为中国科学院唯一以生物医学仪器、试剂、材料为主要研发方向的国立科研机构，中科院苏州医工所于 2012 年 11 月正式成立，她肩负的历史使命与责任就是"创新生物医学工程，服务人民健康幸福"。

中科院苏州医工所在体制机制创新方面进行了探索和实践，"科技创新和成果转化机制创新双轮驱动"的发展模式，新型成果转化模式有效地将成果转化所需的资金、医院、企业、项目等要素紧密结合起来；全球化的项目遴选渠道保证了项目的先进性；"医工结合"的开展保证了项目的实用性；设立的投资基金为项目工程化提供资金保障；工程化平台为项目提供技术支撑；所企合作为之后的产业化工作打牢基础；先进医疗器械产业孵化联盟有效地将中国科学院内多家研究所凝聚在一起，形成突破相关核心技术的强大合力；工程化平台、科研及工程化人才团队可为转化项目提供工程化支持，为医疗器械科技成果的放大实验和工程化提供技术保障，有效降低医疗器械产业化风险，高端工程化技术服务特色显著。

经过 5 年的努力，中科院苏州医工所已经发展壮大为 600 多人的一流研究所，建成了半导体照明联合创新国家重点实验室基地、江苏省医用光学重点实验室、中国科学院生物医学检验技术重点实验室以及 6 个苏州市高技术研究重点实验室；在科技创新方面，成功研发出了具有自主知识产权的以双光子医用显微镜、流式细胞仪、超声成像器件等为代表的 60 余项科研成果和产品；在成果转化方面，成功孵化项目公司近 30 家，注册资本 3.3 亿元，吸引社会投资 1.6 亿元，流式细胞仪和血栓弹力图仪项目已顺利转移转化，甲醛测试仪和双光子显微镜已实现销售，深层光谱治疗仪也即将拿到医疗器械产品注册证并转让给企业，近期还将有近 10 项成果完成项目工程化并实现批产或销售。研究所新型成果转化模式已得到初步验证和社会认可，2016 年，《人民日报》头版头条、《新闻联播》和《朝闻天下》等多家国家级媒体都进行了报道。

美好蓝图已经绘就，前行战鼓已经擂响。中科院苏州医工所将继续贯彻学习党的十九大精神，以习近平新时代中国特色社会主义思想为指引，"不忘创新生物医学工程初心，牢记服务人民健康幸福使命"，团结带领全所党员职工，解放思想，改革创新，锐意进取，埋头苦干，为推动我国医疗器械产业创新发展和医疗仪器国产化、实现中国科学院"四个率先"奋斗目标和中华民族伟大复兴的"中国梦"贡献自己的力量。

第十篇　2017，我在现场

★ ★ ★ ★ ★ ★ ★

回首即将过去的 2017 年，日常生活的琐碎、跋涉探索的辛劳、成功路上的见证……情绪总是为祖国前进的步伐所牵绊，力量总是在一次次记录中汇聚。那些在这一年中特定事件、现场中发生的故事、经历与感悟，将被我们集中抽取、呈现，透过这些片段，可以感受到真切而细微的时代变化。

本篇以记者、科学家在一年采访中看到的场景、遇到的故事和人物为主线，以第一人称写作，刻画出 2017 年发生在这个场景中的故事。从人、事、物的变化中反映出在我国科技各个领域的全新面貌。

将热忱献给苦寒之境*

回首即将过去的 2017 年，日常生活的琐碎、跋涉探索的辛劳、成功路上的见证……情绪总是为祖国前进的步伐所牵绊，力量总是在一次次记录中汇聚。那些在这一年中特定事件、现场中发生的故事、经历与感悟，将被我们集中抽取、呈现，透过这些片段，可以感受到真切而细微的时代变化。

"第三极"，常年苦寒之境。

在这里，生命被净化到最原始的本真状态，"生存"占据着长期活动于此的每个生命体的全部思维。在这里，人与自然的关系获得了最庞大而微妙的背景，高原上一朵鲜花的盛开或许意味着一个城市海岸线的上移。

它在变化，它在怎样变化，它将改变什么？好奇与求知把科学家带上了神秘的雪域高原。

▶ 高原上，目送他们出征

讲述人：《中国科学报》记者　倪思洁

这一次，我体会到了人类的渺小。

初次进藏，大多数人和我一样都会感慨："天！"

天，就在头顶上，带着纯净的蓝色，像巨大无边的锅盖罩住触目所及的一切。在这片天底下，每位不熟悉环境的外来客都在大口地呼吸，为了捕捉更多的氧分子。

2017 年 8 月 19 日下午 4 点，阳光依旧刺眼，照到皮肤上有火辣的灼热感。就在炫目的阳光下，我参与见证了中国科学院青藏高原研究所拉萨部举行的一场

---

* 本文发表于《中国科学报》2017 年 12 月 5 日第 1 版（要闻）。

"出征典礼"。

即便是初来此地的人也能一眼看出今天和往常的不同：研究所主楼门口铺上了崭新的红色地毯，崭新的蓝色"门"型背景墙上用中英文书写着"第二次青藏高原综合科学考察研究启动仪式"。

"希望你们发扬老一辈科学家艰苦奋斗、团结奋进、勇攀高峰的精神……"启动仪式上，国务院副总理刘延东宣读了习近平总书记发来的贺信。

约50年前，曾经有50多个专业的2000多名科技人员，用20余年时间，完成了面积达250万平方公里的青藏高原综合科学考察研究。20年，是一个人职业生涯的大半。

为了看清世界，人类就像体育场上的一只蚂蚁，小心翼翼地用触角探索周围的一切。在自然生态不断变化之下，为了再次认识这片广袤的大地，人类再度出征，用生命打量这颗熟悉又神秘的星球。

从掌声和笑容里，我感受到了科学家的兴奋。他们的目光里有青春，他们的头脑里有智慧，他们的肌肉里有力量。他们将接过50年前递来的接力棒，代表全人类，再一次近距离观察"第三极"。

出征！这一次，我看到了传承的力量。

▶ 用生命捍卫自然之美

讲述人：《中国科学报》记者　胡珉琦

雪峰环抱中、江河起源处，群山如此巍峨，大地如此纯净……这是8～9世纪，藏族诗歌里形容青藏高原的诗句。和很多人一样，我从来没有踏足过那片荒野，但却心向往之，对那片土地怀着近似乌托邦式的想象。

然而，随着全球生物多样性的迅速消失，那片仅存的荒野也可能不复存在，我们甚至来不及了解那里曾经存在过和发生过的一切。于是，从2017年6月起，我在《中国科学报》周末版开设了"第三极"专栏，每期介绍一个青藏高原的特有物种，以及研究这个物种的科学家的故事。

我已经和十多位常年在青藏高原考察的科学家聊过天，听他们讲故事。让我感受最深的是，在这个过程中，我对青藏高原的浪漫想象不断被打破。

在那片无人之地，自然的残酷超乎寻常。即使技术发达的今天，冲在科考第一线的科学家仍会面临难以预料的危险，甚至是生死一线。

他们有的遇见过黑熊一家、趟过刺骨的冰河、爬过致命的悬崖，还有的甚至冒险穿越羌塘无人区，经历陷车、断水、断粮的日子。记得有一次，一位古生物学家在看不见道路的情况下驾车前往化石挖掘点，结果车门一侧直接悬空，随时可能跌落。还有一位老科学家感叹说，那些风险比较大的动作，他都会亲自上阵，就为了不让年轻的学生尤其是独生子女有任何闪失。有些故事，直到被报道，他们的家人才第一次听说。

他们最终平安，我们才能有机会听到这些，但我们也永远错过了一些故事。2017 年 9 月，用 16 年在青藏高原收集了上千种植物、4000 万颗种子的植物学家钟扬教授，因为一场车祸，匆匆离开了。

这半年来，尽管我没在青藏高原的现场，但我希望"第三极"是我探究和了解青藏高原的窗口，希望它透着生命的气息，展现科学家最无畏的追求。

▶ 把好设备送上"第三极"

讲述人：青藏高原北麓河冻土工程与环境综合观测研究站站长　陈继

青藏铁路、青藏公路、青藏直流联网是"第三极"的"生命线"，然而这些工程的稳定性受到冻土地基的严重威胁。要确保"生命线"安全运行，就需要在沿线多年冻土区定期开展沉降变形监测，以便对工程稳定性及时预警，并指导现场维护工作。

这就是我和"我们"的工作。我们在海拔 4628 米的地方，在中国科学院位于青藏高原腹地无人区唯一的常年值守站——北麓河站，"盯"住冻土，守住"生命线"。

作为站长，我十分清楚北麓河站所面临的恶劣环境及潜在风险。巨大的日温差和频繁的天气变化，以及仅相当于东部沿海一半的氧含量，严重摧残了大家的身体，导致北麓河站几乎没有长期待得住的工作人员。

为了实现沉降变形监测的自动化，2016年，在中国科学院科研装备研制项目的支持下，我们完成了沉降变形自动化监测仪的原理验证、室内试验和现场样机的组装。2017年，安装调试工作正式开始。

至今，我还记得2017年设备安装测试期间的那次经历。

为了尽快验证该设备在高原的适应性和精度，春节刚过，我们就带着刚刚研制好的设备去北麓河站安装、测试。团队中的一名技术人员初上高原，看到星空灿烂，倍感痴迷，夜里10点多，他穿着军大衣、拿着单反相机对着星空拍了一个多小时，第二天就感冒了。

在高原，感冒是件非常可怕的事。可是，作为团队的核心成员，他知道自己下山将导致整体工作的延后。接下来的三天里，他发着高烧坚持工作。返程中，由于连续三天吃不好、睡不好，他一路昏睡，直到返回南山口才清醒过来。这时，我们才把提到嗓子眼的心放下来。

这是一次危险的经历，但我由衷地为"战友"的拼搏精神感到骄傲！我希望，也坚信，经过2017年的不断改进，设备的关键技术参数在2018年能达到预期目标，大幅提高青藏高原的冻土研究和工程监测水平。

年终手记

守护世界最后一方净土

以青藏高原为核心，"第三极"地区被认为是我国重要的生态安全屏障、战略资源储备基地和中华民族特色文化的重要保护地，也是全人类文明生存和发展的重要基础。

变化，是"第三极"亘古不变的特征。2600万年前，青藏高原有水有鱼有森林，还是一副温暖湿润的模样。如今，这里空气稀薄酷寒干燥，只有最顽强的生命才能生存于此。

近50年来，人类经历了前所未有的全球变暖，"第三极"成为对全球气候变暖反应最强烈的地区，其变暖幅度是全球平均值的2倍。这些变化，需要人类去探索、研究、求解。

于是，一代代科学家踏上高原，用科技力量守护世界最后一方净土。

20 世纪 70 年代起，中国科学院组织国内相关部门 50 多个专业的 2000 多名科技人员开展了第一次青藏高原综合科学考察。除了综合科学考察之外，还有一大批科研人员驻守在"第三极"，为日常科学研究提供第一手的资料、最前沿的平台。

2017 年，第二次青藏高原综合科学考察启动，科研人员集中部署，聚焦水、生态、人类活动，着力解决青藏高原资源环境承载力、灾害风险、绿色发展途径等问题。

优雅来自城市，坚韧来自高原。如今，在"高""冷"的"第三极"，科学家咬紧牙关，兵分四路，对高原珍稀动植物居民"查户口"，为"长大"的高原湖泊"做体检"，破译冰"芯"中的气候、环境"密码"，追寻史前人类的高原足迹……用科技和智慧，在世界最后一方净土上解锁地球生态环境的密码，揭开未解之谜的面纱，让人与自然和谐相处。

星辰大海　怎不令人沉醉*

有人说，如果想最直接地感受祖国的强大，莫过于关注中国航天事业的发展。理想与激情、执着与拼搏，在一枚枚升空的火箭和遨游太空的卫星中得以体现，在浩渺宇宙、星辰大海的美丽图景中愈发清晰。

▶ 那一夜，家人难眠

讲述人：《中国科学报》记者　王佳雯

2017 年 4 月 20 日晚上 7 点 41 分，"长征七号"遥二火箭搭载着中国空间实验室飞行任务的"收官之作"——"天舟一号"，在温润的海南文昌发射场冲向夜空，奔向"天宫二号"空间实验室的怀抱。

那一刻，我正坐在北京航天飞行控制中心（简称飞控中心）的媒体中心，盯着大屏幕上不断闪烁的信号、刷新的数据代码，在不间断的指令声中，感受另一种紧张激动的心情。

两年前第一次参加航天发射任务报道时，我一度被火箭发射的轰鸣声搅得做噩梦。后来，发射场那震耳欲聋的声音、灼人眼球的亮光对我而言已变得不那么新奇。倒是后方那持续的高强度工作吸引了我的注意力。

火箭升空，身处发射场的媒体记者正有序地撤离现场，但对于飞控中心，工作才刚刚开始。入轨判断、轨道计算、发送帆板解锁指令链……

最终，"发射任务圆满成功"的声音传来时，我们也不禁长舒了一口气。大家带着兴奋与焦虑离去，赶着回去发稿。

---

* 本文发表于《中国科学报》2017 年 12 月 6 日第 1 版（要闻）。

晚上 9 点半，我离开时，媒体中心已空空荡荡，但那块大屏幕中的飞控中心工作人员们，仍一丝不苟地关注着飞行器的一举一动。

到家已是深夜，两岁的女儿为了等我还不肯入睡。将她小小的身体揽入怀里，脑海中还不时浮现着飞控中心那闪烁的屏幕。在每一次发射任务中，不知道有多少航天人的家人在期盼、思念中度过这不眠之夜。

▶ 寒风中送别你的"温暖"

讲述人：《中国科学报》见习记者　高雅丽

2017 年 11 月 14 日，为了报道第二天即将在太原卫星发射中心发射的"风云三号"D 星，我有幸第一次来到发射现场。

从太原下高铁，再乘汽车颠簸了 3 个半小时，抵达发射中心时身体已经像散了架一般，而同路过来的工作人员却告诉我："经过修缮硬化，这条路比以前好走多了。"

一下车，刺骨的寒风扑面而来，让我这个北方人也直呼受不了。但"风云三号"D 星的发射时间却是在最冷的凌晨 2 点 35 分，想到难以招架的寒意，我内心是有点拒绝的。

15 日凌晨，出发前，我把穿着羽绒服的自己又塞进一件大衣中，确认了一遍已经把能穿的衣服都穿在身上后，才鼓起勇气走进屋外零下 14℃的环境中。

参观平台上挤满了等待发射的人，不时有人瑟瑟发抖地掏出手机，想在寒风中拍照留念，但会被工作人员阻止："请放下手机，不要拍摄。"这时我才意识到手中这张"摄录证"的重要性。

随着发射窗口的临近，"2 号到位""3 号到位""准备完毕"……一系列现场指挥口令声陆续传来，我的心不由得也紧张起来。"10、9、8……2、1"，点火口令下达，"长征四号丙"运载火箭托举着我国第 16 颗气象卫星直冲苍穹。

在嘈杂的欢呼声中，我似乎听到自己心脏怦怦作响，虽然手和脸冷如刀割，心口却不再冻得发抖。

离开发射中心的那天清晨，寒风依旧凛冽，本想向发射场的科研人员道贺，然而，他们已在默默回顾发射全程，查找问题和隐患，为未来做准备。于他们，我们是过客，而这颠簸、寒冷才是他们的常态，这"星辰大海"梦才是他们的永恒。

▶ 我太了解它的本领了

讲述人：中国科学院高能物理研究所研究员、硬 X 射线卫星首席科学家　张双南

2017 年 6 月 15 日上午 11 点，硬 X 射线调制望远镜卫星"慧眼号"。从 1984 年大学毕业做研究生开始，我就参加研制这台硬 X 射线调制望远镜。发射当天，我在距离火箭最近的位置，看着它在火焰中腾空而起，30 多年坎坷辛酸，在这一刻都化作热泪涌出了眼眶……

就在发射前，作为卫星的首席科学家，我一度因为要为媒体提供更准确的材料而烦恼。准确是卫星发射的关键词，卫星研制如此，发射如此，向社会及时准确地传播也是如此。

然而，这五味杂陈的情绪很快被理智占了上风，我甚至无心去感受现场庆功会的热闹氛围，便开始焦急地等待望远镜发送回来的数据。

卫星发射成功，是运载、发射场和测控系统的成功；卫星入轨之后能够正常工作，表明卫星系统运行良好；望远镜正常工作，也仅仅表明我们多年的仪器研制工作获得了成功。但我心里明白这些都不是终点，而是新的起点。因为这颗卫星承载着我们几代科学家更宏大的心愿。

发射至今几个月过去了，作为中国第一个真正意义上的空间天文台，"慧眼号"已经发送回来大量科学数据。其中携带着它所观测到的黑洞、中子星、伽马射线暴、太阳爆发等天体和现象的大量科学信息。

陪伴这颗卫星的成长，我太了解它有怎样的本领了。它不但对已知天体和现象做出了更高精度的测量，也让我们看到了前所未知的新现象。它向我们展示的宇宙奥妙，终将在人类宇宙探测的历史画卷中，写下属于中国人的关键一笔！

一片痴心，终不会错付

2017 年年初，一份当年的中国航天发射计划曾引起许多人的关注——"中国计划在 2017 年实施近 30 次航天发射"——字里行间透露着中国航天人执着奋进的势头。

彼时，中国航天已顺风顺水走了多年。特别在 2016 年，中国全年完成的发射任务达 22 次，首破"20"大关，与美国并列世界第一。进入 2017 年，人们对于发射纪录迈入"30+"行列也充满了期待。"实践十三号"卫星、"天舟一号"货运飞船、硬 X 射线卫星、"风云三号"卫星……回望 2017 年，中国航天从通信卫星、遥感卫星、科学实验到商业航天，可谓"遍地开花"、成绩斐然。随之而来的，是"北斗"导航全球组网时代的开启，是推进剂在轨补加技术的验证与突破，是对地球气象变幻更强大的观测能力……

然而，依然有一次"失利"，让顺风顺水的中国航天蒙上了阴影。2017 年 7 月 2 日对于中国航天人而言是一个不眠之夜——在文昌航天发射场发射的"长征五号"遥二火箭飞行出现异常，发射失利。我们已经习惯于享受成功，竟然忽略了航天发射是一项高风险的事业。

那一刻，虽未身处现场，仍能想象发射场的凝重气氛。很多人都为中国航天捏了一把汗。然而，预想中的谴责和气馁并没有来。世界似乎为失利的"长征五号"静默了几分钟，片刻惊愕之后，中国航天人收到了来自世界各地的助威声……

据统计，截至 2016 年 9 月，中国"长征"系列运载火箭共有 235 次发射，平均每年十余次，其中完全失败 3 次，部分成功 1 次，成功率高达 98%。偶有失利，换来的是对中国航天未来探索的更大理解与支持！

今天，中国航天已经走过 60 多个年头。伴随着航天事业蒸蒸日上，一同进步的还有国人强大的心脏，以及对祖国航天事业的崇敬与包容、关注与支持。未来，愿中国航空航天事业继续披荆斩棘、斗志昂扬！

为时代呐喊　为科学代言[*]

每年的早春三月，在一年一度的全国两会上，5000 余名代表委员共聚北京，围绕国家未来的方方面面，共商国是、履职尽责。

那些平日里埋头科研的科技界代表委员——中国最顶尖的科学家们也在此吹响了"集结号"，从自身专业出发，把握时代脉搏，聚焦社会热点，反映基层声音，围绕国家经济社会发展的焦点问题积极建言献策。科学家的声音在两会的各个角落不断回响。

▶ 只为不负所托

讲述人：《中国科学报》记者　陆琦

2017 年 3 月 9 日，江苏代表团小组会结束后，一些代表仍没有离去，而是围着一位代表争相提问，有问雾霾对健康影响的，有问我国肺移植情况的，有问脑死亡立法的……其中一位代表还热情地给我介绍起来："他很厉害的，到北京开会，没进会场，先进手术室。"

原来，他叫陈静瑜，是我国著名的肺移植专家。见缝插针，我也向这位"传奇"代表抛出了几个问题。

"我是来人大履职的，完全没想到会做这个肺移植手术。"陈静瑜说，"这中间器官转运绿色通道助力不少，而它正是我两年前在两会上提出的建议。"说到这儿，他露出了欣慰的笑容。器官转运绿色通道建立后，我国肺源的利用率从 5% 增加到 10%，为更多患者带来生的希望。

---

[*] 本文发表于《中国科学报》2017 年 12 月 7 日第 1 版（要闻）。

"接下来脑死亡立法也是必然趋势，去年和今年我连续两次在两会上建议加快脑死亡立法。今年是履职的最后一年，我希望能再推动一些实际的进步。"那一刻，我从他的眼神里看到了为生命呐喊的那份执着。

2017 年两会期间，陈静瑜抽空做了 3 台肺移植手术。可以想象，他的"两会时间"需要以分秒来计算。

其实，科技界代表的两会日程都是相当忙的。既然是代表，就要履职，开会、投票，一个也不能少。在一个个大大小小的会议室里，我耳闻了科技界代表审议讨论时的畅所欲言；而在会外，我也目睹了他们看文献、改论文、做科普，履行科学家的职责。

这一切，只为了不负人民所托。

▶ 总有人在薪火相传

讲述人：《中国科学报》记者　丁佳

在 2017 年两会接近尾声之际，一则《一枚中科院科研人员的自白：我为什么选择离开》微信文章在朋友圈里引起了轩然大波。

2017 年 3 月 12 日傍晚，吉林代表团的团组会议已经结束，全国人大代表、中国科学院院士王家骐收拾起自己的会议材料，准备去用餐。

我快步追了上去，在电梯门口拦住了他："王院士，我们聊聊吧。"

王家骐解释，会议已经结束，接下来还有很多事情要忙。

"我是想跟您聊聊中国科学院科研人员逃离北京的事。"

老先生停下了脚步："走，我们到会议室说。"

我们聊了很久，几乎错过了晚饭时间。他详细地询问了那篇文章主人公的生活、工作状况，并结合自己青年时代求学、工作的亲身经历，提出了很多非常实在的建议。他呼吁公众不必对正常的人才流动过度解读，要留给人才选择的自由；也勉励当下青年科技人员，不论选择去哪里，都要走好自己人生的长征路。

说实话，在此之前，我没有想过王家骐会这么痛快地接受采访；也没有想过，已经是院士的他，会对一个完全不认识的青年科技工作者的"吐槽"如此关心。

这让我想起几天前，61 名新当选的中国科学院院士在"院士承诺书"上郑重签字的场面。从两会上的促膝长谈，到新院士的铮铮誓言，这一幕幕，让我深刻体会到，中国科学院院士举贤荐能、提携后进的优良传统，一直在"科学大院"里薪火相传。

▶ 促成核技术中心成立

讲述人：全国政协委员、中国核动力研究设计院院长　罗琦

2017 年的政府工作报告中，涉及科技创新相关内容的篇幅很大，提出的科技创新目标和措施鼓舞人心。当天午餐的时候，大家纷纷拿出手机，分享各自单位科技创新发展中的亮点。

我当时展示了 2017 年 1 月 11 日四川核技术制造业创新中心在成都揭牌的多张照片，大家对创新中心的成立历程兴趣盎然。

其实，在 2016 年全国两会上，我就呼吁在四川设立国家核技术创新中心。理由是：四川形成包括核动力工程设计、反应堆运行和应用研究、核燃料和材料研究、同位素生产和核技术应用研究等一系列完整的核动力研发体系，拥有核技术研发、核装备制造、核燃料循环三大优势产业，充分具备设立国家核技术创新中心的条件。

令人欣喜的是，我的提案得到了积极响应。一个月后，四川省经济和信息化委员会与中国核工业集团公司共同发起倡议，加快筹建四川核技术制造业创新中心。

该中心是由中国核动力研究设计院牵头，联合 45 家在川涉核企业共同建立的核技术应用和制造业共同体。目前已成立了科技创新联盟和专家委员会，正在积极与多家单位达成合作意向，逐步推动创新中心实体化。

过去 5 年中，我围绕国家核动力事业发展及相关产业的创新，深入基层开展调查研究，先后共提交提案 20 余份。我始终认为：作为科技界政协委员，既要充分履职，积极参政议政，也要建言献策，提出有益于自己所在领域及国家科技创新的新思考、新建议。

年终手记

把家国情怀融入创新实践

作为科技界的代言人，科学家代表委员们就像是一面镜子，集中反映着整个科技界的使命与担当。

当下正是科学研究和科技进步的大好机遇，各国都在抢占前沿先机，每个科技工作者都需要将各自正在进行的工作做到最好。推进供给侧结构性改革，培育发展新动能，促进经济提质增效、转型升级，对科技创新的需求更加紧迫。应对人口老龄化挑战，推动新型城镇化，建设生态文明，实现高质量就业，这些都迫切需要科技创新提供强大支撑，都是科技界肩负的责任与担当。

国家和社会发展对科技的创新发展提出了更高的要求，科技工作者们被寄予了更加深切的期望。

2017年"两会"上，习近平在看望参加政协会议的民进、农工党、九三学社委员时强调，广大知识分子要积极投身创新发展实践，想国家之所想、急国家之所急，"不断增加知识积累，不断强化创新意识，不断提升创新能力，不断攀登创新高峰"。李克强在陕西代表团与科学家代表对话时也表示，如果有科研团队能够把雾霾形成机理和危害性真正研究透，提出更有效的应对良策，"谁攻克，重奖谁"。

无独有偶，2017年6月22日召开的国务院党组理论学习中心组学习讲座，特意邀请了白春礼、潘云鹤、潘建伟、周琪4位院士分别围绕世界新科技革命和产业变革总体态势、人工智能、量子科学和基因编辑作专题讲解。

今天的中华民族，比历史上任何时期都更接近伟大复兴的目标，生逢其时，今天的中国科学家，也比历史上任何时候都更具备实践自己家国情怀的条件。

面向未来，使命日益清晰，挑战与日俱增，道路就在脚下。不能等待、不能观望、不能懈怠，当科技创新已成为这个时代最重要的使命，科技界责无旁贷。国家和人民正期待着更多科学家勇于担当，开启新时代的新征程，出思想、出成果，把论文写在祖国的大地上，把科技成果应用在实现现代化的伟大事业中。

只为"黑金"换新颜[*]

"黑金"，是人们赠予煤炭的又一个名字。"黑"是它的颜色，"金"是它的价值。

3000多年来，它被追捧，也被驱逐；曾铸就繁荣，也曾制造阴霾。它本身并无对错，一切取决于人类。而现在，我们为它注入了新的内涵——安全、高效、绿色。

新时代的中国，煤炭转型正当时。

▶ 大同的天　别样的蓝

讲述人：《中国科学报》记者　唐琳

出发当天，北京的天气不算好，雾蒙蒙的让人倍感压抑。沿着高速公路一路向西，我在心里默默描绘大同的样子。但无论如何勾画，都没想到迎接我们的会是那样一种别样而纯粹的蓝。

这是我第一次到大同，也是第一次深入煤矿矿区。印象里这个"空气中都飘着焦煤味儿"的"中国煤都"，如今却以一副"近三亚"的样貌生生闯入眼帘。而这样的蜕变，却来自大同"经济顶梁柱"煤矿的率先垂范。

在国家"十一五"期间建设的第一个千万吨级矿井塔山矿上，抬头是湛蓝，脚下是翠绿，放眼望去，唯独不见想象中的那抹黑色。如今，以塔山矿为代表的大同煤矿，从原煤生产到煤炭洗选，从精煤储存到外运装车，整个煤流系统早已实现"产煤不见煤"的全部封闭管理。

驱车来到距离煤矿不远处的煤矸石堆放区，原本尘土飞扬的地方已然生出

---

*　本文发表于《中国科学报》2017年12月11日第1版（要闻）。

了点点新绿，稀疏而顽强。赶着羊群的村民徜徉其间，相得益彰。眼前的景象惊呆了一位土生土长的大同同行，配合着口中的连连惊叹，手中的快门声急促而热烈。

我也抬手拍下了"大同蓝"，同时发布在微信"朋友圈"和微博。前者收到了同行们的一致点赞，后者则收获了一条来自陌生大同网友的评论："建设新煤矿，打造新生活，这儿随处可见。"

▶ 一线矿工觉得好才是真的好

讲述人：中国工程院院士、中国煤炭科工集团有限公司首席科学家　康红普

随着控制台发出指令，同忻矿综采放顶煤智能化工作面缓缓启动。轰鸣声打破沉寂，采煤机稳步前行，割煤、推溜、移架、放煤，然后滚滚的"乌金"流水般地从井下奔向地面。这一刻，感动、欣慰、自豪。

20多年来，我几乎走遍了我国各大矿区，深入到几百米、上千米的井下，因而深知安全与高效的重要意义，而"机械化换人，自动化减人，智能化无人"则是兼顾安全与高效的必由之道路。为此，中国的煤炭科研工作者数十年如一日，兢兢业业，不敢有丝毫倦怠。截至2017年年初，我国煤矿已有47个智能化综采工作面，工作初具成效。

但这远远不够。虽然简单条件下的智能化开采已基本实现，但特厚煤层等复杂条件下的智能化开采技术还远未攻克。越是复杂的开采环境，越需要智能化开采，也就越需要我们去为之努力。

同忻矿综采放顶煤智能化工作面的运行是一次飞跃，它的意义不仅仅在于填补了技术空白，提供了经验和借鉴，更重要的是，它让我意识到我们的工作是被矿工期待的。当采煤工人兴高采烈地告诉我们，这项技术"特别好、特别满意"时，一切攻关过程中遇到的困难，都化作了无穷的动力。一线矿工觉得好才是真的好。

为了不负这份期待与信任，我们将在特厚煤层放顶煤智能化开采的道路上不断攻坚克难。希望通过我们的努力，有一天能彻底改变我国井工煤矿采煤模式及

作业环境，实现"采煤不下井"的梦想。

▶ 有变化才有未来

讲述人：陕煤集团神南红柳林矿业公司安全生产调度指挥中心智能化管理中心主任 金鑫

一直以来，煤炭人的梦想就是"采煤不用人，上班如白领"。或许早年间这样说会让人觉得是"痴心妄想"，但随着现代信息技术、工业自动化等各类智能化技术的应用和发展，这一梦想离我们已不太遥远。

我从毕业到现在一直在煤矿从事皮带运输、综采等工作，跑遍了百米井下的角角落落，这里是我的"主战场"，也是我的"第二个家"，煤矿人的梦想也是我的梦想。

煤矿的综采工作面是原煤生产的第一线，也是生产作业环境最恶劣、危害最大的地方。2016 年，公司的 25207 智能化综采工作面正式开工建设，我带领团队在智能化管理中心集结，全面负责矿井智能化综采工作面的建设、运行、维护和管理。作为中心的负责人，我很清楚智能化工作面对生产安全的重要性和日常维护的技术难度，以及维护现场作业人员所需面临的恶劣环境。

还记得 2017 年年初，为解决煤机随机控制通信光缆常被煤块损坏的问题，团队在综采队工友的配合下，前后进行了 5 次通信光缆更换，一干就是 8 小时。2017 年 7 月，井下有一台设备出现故障，导致整个综采系出现运行隐患，但当时厂家没有合适的备件可以替代，为了应急，我们的技术人员积极协调厂家，在公司现有的设备和备件基础上，通过改进、调试、配套，在井下连续奋战 18 个小时后，终于解决了系统的运行隐患。

智能化综采技术在传统煤炭生产上的探索与应用，让我们看到了煤企未来的发展方向。作为推进该技术落地的一名参与者，我感到十分自豪，并对矿山企业未来的发展充满信心。

年终手记

让煤炭"中国梦"照进现实

煤炭，是我国的主要能源，同时我国也是世界上产煤第一大国。作为现阶段最为可靠的基本能源品种，煤炭关系到能源的安全、经济的发展乃至社会的稳定，其早已与中国的发展"血脉相连"。

以 2012 年为节点，我国煤炭行业经历了从"黄金十年"骤然跌入"寒冬时期"的巨变。而煤炭行业长期以来存在的安全状况较差、技术粗放、资源采出率低、生态环境破坏严重等积弊，更使得煤炭企业迅速坠入了发展冰河期。

随着我国进入后工业化时代，能源供给侧结构性改革已成为必然。对困境中的煤炭行业而言，必须要进行自我革命，探索出一条安全、高效、绿色的发展之路。

2016 年年初，《国务院关于煤炭行业化解过剩产能实现脱困发展的意见》明确提出"去产能"是煤炭行业的主要任务。当年年底，国家发展和改革委员会、国家能源局发布了《煤炭工业发展"十三五"规划》，提出要严格控制新增产能，有序退出过剩产能，积极发展先进产能。显然，"去产能"已成为煤炭行业实现转型升级的关键词。

去产能，不是不要产能，而是发展先进产能、淘汰落后产能。我们欣喜地看到，在国家部委出台的一系列去产能相关政策的推动和煤炭科技创新的支撑下，近两三年来，行业化解、淘汰过剩产能成效显著。2016 年、2017 年连续两年发布的我国煤炭企业科学产能排行榜显示，参评矿井中符合科学产能要求的企业呈明显上升趋势。据国家发展和改革委员会预计，到 2017 年年底，全国煤矿数量将从 2015 年的 1.08 万处减少到 7000 处左右。我国煤炭去产能任务有望在 2018 年基本完成，或有可能提前完成。

一直以来，科学家们都在为既能安全高效采煤，又能绿色环保这一目标而努力奋斗。如今，"地上不见煤，地下不见人"的煤炭开采新时代正朝我们阔步走来。我们有理由相信，随着科技的不断发展，一座座现代化煤矿将旧貌换新颜，以安全、高效、绿色的煤炭支撑美丽中国建设。

科学重器　汇聚中国速度与能量[*]

"天眼"（FAST）、中国散裂中子源、稳态强磁场、北京正负电子对撞机、上海光源……对于这些支撑我国科学研究的大科学装置，一般人恐怕难有机会身处其中，观察了解。科技媒体的记者却具有这样的先天优势，不仅能抵近触摸这些庞然大物，更能够知晓操控它们的科技工作者的　些有趣故事。

▶ FAST 让人惊艳的"Fast"

讲述人：《中国科学报》记者　倪思洁

再去"天眼"，是在 2017 年 5 月中旬。路上，轻晃的大巴车像一个安逸的婴儿床，摇得人昏昏欲睡。当车停下来时，我发现，车已经行驶到一个摆脱了山村气息的地方。

"到了？"我心里不禁疑惑，这不是我印象中的路。

大门旁边由首席科学家南仁东先生亲手设计的"FAST"徽标告诉我，我的确到了"天眼"的大门口。夏季温湿的山区，在这个红底蓝字的徽标前面催生出一丛玫红色的野花，由绿叶衬托着，显得格外艳丽。

"第 4 次来这儿了，怎么感觉跟从没来过一样？"车上的我心里纳闷。

回想起来，初次来"天眼"是在 2015 年的夏天。那时，要想来这个大窝凼，屁股先要经得起考验。山路上随处可见的大泥坑，会把人颠到几乎要摆脱地心引力。之后，路越来越好走，几乎每隔半年，"天眼"都要让我惊叹一次："进度真快呀！"

---

* 本文发表于《中国科学报》2017 年 12 月 12 日第 1 版（要闻）。

进了大门后，在我面前的，是一群别致的黄色木质建筑。和"天眼"一样，它们的设计精美而实用。未来，在这些建筑里，不知会有多少科研成果从大窝凼走上世界科学的舞台。

从主楼顺着地势从高往低走，很容易就能找到那口世界著名的"大锅"。

沿途，我凭着记忆找到了那间简易工棚会议室。那是"天眼"工程建设期间，我最熟悉的地方。在那里，科学家曾跟我详细介绍"天眼"馈源舱起吊、主体工程完工等工程细节。也是从那里，我把"天眼"的最新消息发回报社编辑部。如今，科学家终于不用窝在工棚里搞科研了。

再往下，就看见"大锅"了。它还是老样子，静静地躺在窝凼里，默默地守望着外太空。

"早出成果，多出成果，出好成果，出大成果。"我们对"天眼"寄予的希望，已经成了每位"天眼人"的目标。我也期待着"天眼"工程能够不负所托，继续为我们带来更大的惊艳。

▶ 隐藏在地下的"超级显微镜"

讲述人：《中国科学报》记者　沈春蕾

深圳，一座往返无数次的城市；东莞，初次踏入却因为它——中国散裂中子源工程。从深圳宝安机场前往东莞市大朗镇的路上，我一次次在脑子里构想着这个巨大工程的模样。不知不觉，进入散裂中子源工程园区大门，几栋银灰色的建筑物率先映入眼帘。殊不知，这个工程的真正核心却在地下，它神秘的面纱即将被揭开。

沿着楼梯下到有6层楼深处，是一条笔直的隧道。中国科学院高能物理研究所东莞分部副主任、加速器调试负责人王生介绍说，这里是我国自主研发的国内最高能量的负氢直线加速器。直线加速器由4台漂移管加速器构成，2017年4月24日，前3台漂移管加速器的调束工作完成，束流能量达到60兆电子伏（MeV）。

此前，由于国外进口的速调管出现质量问题，导致直线加速器调束计划一再延期。为保证工程进度，在缺少一台速调管的情况下，项目经理部决定采用60MeV

注入的替代方案。"虽然 60MeV 束流给同步加速器调束增加了不少困难，但通过克服困难，为同步加速器调束赢得了宝贵的调束时间，也为整个工程如期验收提供了保证。"王生说。最终，整个工程的设备国产化已经达到 96%以上，并且在调束过程中运行稳定可靠。

直线隧道的尽头有一座小小的天桥跨过同步加速器束线。在天桥上能看到一座环形隧道消失在视野中。在这里，从直线加速器出来的负氢离子通过剥离，变成质子注入到快循环同步加速器。2017 年 7 月 7 日，快循环同步加速器成功将质子束流加速到设计能量 1.6GeV。中国科学院高能物理研究所副所长、东莞分部主任陈延伟说："这是工程建设的又一个重要里程碑。"

重回地面，我见到的是一栋独立的建筑物——靶站设备楼，其中有工程一期建成的 3 台中子谱仪。2017 年 11 月 1 日，加速器首次以 1 赫兹的重复频率打靶运行，并与靶站和谱仪开展了联合调试；11 月 9 日，加速器实现了 25 赫兹打靶运行，平均束流功率超过 10 千瓦，达到国家验收指标要求。

中子科学部探测器组负责人孙志嘉主要从事探测器系统的研制。他说："如果将散裂中子源工程比做一台超级显微镜，谱仪是显微镜的核心部分，探测器则是中子谱仪的'眼睛'，用以发现样品的微观结构。"

2018 年，中国散裂中子源工程将接受国家验收，之后将向世界开放，帮助科学家们用中子散射来研究 DNA、结晶材料、聚合物等物质的微观结构。

▶ 和强磁场"8 年同行"

讲述人：中国科学院强磁场科学中心助理研究员　唐佳丽

我来自磁体科学与技术部水冷系统，主要跟水冷磁体打交道。水冷磁体当然离不开水的冷却。相对于超导磁体而言，水冷磁体可以提供更高的场强，为多学科领域的科学家提供梦寐以求的高场实验条件。

由于水冷磁体对水质、水压等的要求极高，我们系统的很多设备运行工况也比较特殊，会不断出现新的难题。如何解决、如何优化一直是我们的工作主题，所以这几年的运行是一个很好的学习和积累的过程。

经常在一天实验结束后，其他同事已经下班，我们的蓄冷工作才刚刚开始。我们有一个 3000 立方米的蓄水罐，为水冷磁体实验提供冷源。循环冷却水用的是对水质要求极高的去离子水，而为了维持水质，提纯系统必须全天候运行。系统有一套短信提醒的工作模式。一旦制冷水温异常，提纯系统报警，相关人员就必须第一时间回到水冷厂房进行故障排查和恢复。

2017 年夏天的一个晚上，吃完晚饭准备陪孩子的我，就接到了显示制冷出水温度异常的报警短信。我匆匆赶往单位，迅速展开排查和检修工作：打开冷却泵排气阀排掉空气，对冷却塔进行补水，重新进入运行流程……这些步骤于我而言已经习以为常。只是夏天的水冷厂房，蚊子来得特别猛烈。

稳态强磁场实验装置包括系列磁体、技术装备系统、实验测试系统。它使我国稳态强磁场技术跃升至国际一流水平。很幸运自己毕业后的第一份工作就是参与强磁场的建设，并且一坚持就是 8 年。

年终手记

铸牢重器　迈向领跑

曾几何时，我国科学家需要借助国外的仪器设备进行科学研究。随着我国自主研制的大科学装置纷纷建成，这样的尴尬已渐成历史。中国制造的科学重器，不仅极大支撑了国内基础研究和高新技术研发，更让我们的科技成果在国际上备受瞩目。

这一年，我国大科学装置频传科研硕果：全超导托卡马克核聚变实验装置（EAST）团队科研成果连续六年入选《核聚变》（*Nuclear Fusion*）亮点，中国西南野生生物种质资源库研究团队在国际上首次成功破译茶树基因组，上海光源"梦之线"用户国际上首次实验证实非点群拓扑绝缘体中沙漏费米子，郭守敬望远镜（LAMOST）DR3 数据集正式向全世界公开发布，科学家成功破解深海潜标数据实时传输世界难题，中国遥感卫星地面站第一时间共享四川九寨沟震前卫星遥感数据……这些成果的取得，凝聚了科研人员的心血和智慧，更彰显了我国大科学装置在支撑科学探索、技术创新方面的强大作用。

这一年，同样有一批大科学装置在紧锣密鼓地推进建设：中国科学院近代物理研究所 HIRFL 首次实现离子源脉冲束注入运行，中国科学院武汉国家生物安全实验室获中国合格评定国家认可委员会（CNAS）认可认证，陆地观测卫星数据全国接收站网建设项目通过国家验收，ITER 首个超导磁体系统部件成功研制并顺利交付，"神光"驱动器升级装置圆满通过综合验收……大科学装置工程规模庞大，从立项设计、开工建设到验收交付，每一步、每一环都体现着自主研发能力的积淀和技术制造能力的突破。

据统计，到 2030 年，我国将在能源、生命、地球系统与环境、材料、粒子物理和核物理、空间和天文、工程技术等 7 个科学领域部署一批重大科技设施。届时，我国基础科研能力将再次获得显著提升，并将不断推进科学研究从"跟踪""并行"向"领跑"转变，以更多更好的科研产出为国家社会发展提供源源不断的基础支撑。

学术会场，中国科研又一主场[*]

学术会议，是科学家们思想碰撞的公共领域。特别是在智力最密集的基础研究领域，学术会议已被公认为是展现科研工作、获得同行认可的平台之一。2017年，当中国科学事业站在新时代的历史方位、走向世界科学前沿，基础研究的深度与广度也在一系列学术会议中得到不断展示。

▶ 对诺奖的一次"预感"

讲述人：《中国科学报》记者　甘晓

2017年9月底，刚刚休完产假的我重回工作岗位，接到的第一个采访任务就是香山科学会议第605次学术研讨会。香山科学会议我已经跟踪报道了6年多，在这一以探索科学前沿、促进知识创新为主要目标的学术会议上，经常能够找到有价值的新闻，也更容易感受到中国在基础、前沿科学领域强劲的发展势头。

不过，我怎么也没有想到，去参加这次会议的报道居然能和诺贝尔奖扯上关系。第605次学术研讨会主题是"代谢调控"。在一大堆专业术语中，苏州大学剑桥-苏大基因组资源中心主任徐璎的会议报告引起了我的注意。报告的大致内容是介绍生物节律对代谢调控的影响。

生物节律，也就是我们外行理解的"生物钟"，每个人都能真切感受到它的存在。直觉告诉我，徐璎老师的研究有可能成为我报道的对象。紧张的会议间歇，我紧盯着参会者佩戴的胸牌，终于在众多专家当中找到了她。简单自我介绍后，我们互换了微信，我时刻准备着对生物节律的报道。

---

* 本文发表于《中国科学报》2017年12月13日第1版（要闻）。

2017 年 10 月 2 日，一年一度的诺奖刚刚揭晓，徐璎更新了一条朋友圈，让我第一时间知道了诺贝尔生理学或医学奖的结果："今年诺奖生理学奖颁给了生物钟领域三个先驱者。这个领域对生命科学研究的贡献远不止领域内的进展，从植物到动物，从细胞到组织到机体，从信号通路、调控原理、系统生物、建模到合成生物学，从生理、行为到疾病相关，凝聚了多少代的成果。"我为这条朋友圈点了个赞，一边玩笑式地想自己在学术会议现场特意结识一名从事今年诺奖领域研究的科学家，也算"预感"对了一次诺奖关注领域。

当然，我知道这于我根本只是一次偶然事件，我并没有预测到诺贝尔奖。这件小事恰好反映的是中国基础研究已经走上了世界舞台。在攀登科学高峰的征程上，中国科学家在很多领域不仅没有掉队，还走到了队伍的前列。我为此真心感到骄傲和自豪。

▶ 我的"催化"记忆

讲述人：中国科学院理化技术研究所副研究员　赵宇飞

2017 年 10 月，我赴天津参加了第十八届全国催化学术会议。我与几名在中国科学院山西煤炭化学研究所工作的老同学在会议上相聚，话题自然离不开学术问题。聊着这些感兴趣的话题，我的思绪也飞回到 7 年前。

2010 年的广州，我还在此读研究生，那是我与全国催化学术会议第一次相遇。当时，纳米催化是热点，科学家关注追求各种形貌的催化剂，试图寻找更有规律的东西，很多新奇反应被开发出来。会上，我们关注的焦点是哪些小组发表了好的文章、哪些涉及光催化的新式反应被开发出来了。虽然对专家的报告理解得还不够深入，但通过学术会议，我们建立和丰富了自己的知识数据库。

7 年里，我从一名学生变成一名以催化事业为毕生追求的科研人员。催化领域的科学问题、热点方向也在悄然变化。科学家从象牙塔式的理想模型研究体系，逐渐深入到实际反应过程中催化剂的结构变化。例如，为应对日益严峻的环境形势，更加绿色低碳的催化工艺，以及更加节能环保的光催化剂、催化工艺被设计出来，并且已经在很多重要的催化反应上有了崭新的用途；更多高超的仪器被利用到研制催化剂的过程中来。

虽然从事基础研究，但让自己的研究成果能够回应国家和人民的需求，应该是每个科技工作者的共同追求。这次大会上，我更关注反应催化剂背后的故事，以期为自己的科研工作带来启发。我也在和老朋友们的思想碰撞中收获良多，为未来深入探究自己的研究领域积累了素材。

▶ 中国人的时代快来了

讲述人：中国科学院南京土壤研究所研究员 贾仲君

2017 年 10 月，来自 47 个不同国家和地区的 1021 位代表陆续来到南京，准备参加第二届全球土壤生物多样性大会（GSBC2），包括欧美各国诸多国家科学院院士及土壤学领域权威专家。我作为会议主要组织者，早就在我们的主场南京欢迎他们的到来。

那天，我正准备大会欢迎词，接到了同事王宁的电话，一个外国专家腹部疼痛难忍晕倒了。我放下手中的欢迎词，立即赶往医院，所幸这位专家无大恙，悬着的心终于放下了。

这只是会议期间众多突发事件的小缩影。作为这次大会的主办方，我们为这些林林总总的会务工作感到紧张，更为中国科学家群体有能力、有水平举办国际大型学术会议感到自豪。

2017 年 10 月 15～19 日，我们成功组织了 20 个大会报告、15 个分会场专题、8 个圆桌会议和小型论坛。大会组委会和 50 余位志愿者的组织工作得到了与会专家的交口称赞，许多专家回国后主动来函致谢。

其间，我们专门为国际微生物学领域权威专家康拉德教授举办了学术贡献研讨会。康拉德教授是我留学德国期间的导师，他的团队培养了 30 余位中国科学家。意外的是很多国际权威专家都积极参会，他们竟然大都与康拉德教授保持学术联系。

会议茶歇时，我提到英美科学家具有母语优势，一位著名专家微笑着说："不远的将来，大家都会积极学中文了，中国人的新时代很快就要到来了！"

更令人高兴的是，这是一次中国人主导的全球性高端学术会议。近年来中国土壤生物学取得的巨大成就，以及会议上中国同行提出的议题、框架和远景规划，均给国际同行留下了深刻印象。

年终手记

基础研究怎么强调都不过分

近几年，我国科技整体实力持续提升。基础研究正处于从量的积累向质的飞跃、点的突破向系统能力提升的重要时期，无论学术产出还是学术影响力都在快速增长。根据国家自然科学基金委员会的统计，2016 年，中国科学家发表的论文数已经接近世界总量的 20%，其中高水平论文的比例接近 20%，有国际影响力的科学家的比例 3 年内从 4% 增长到 6%。

站在新时代的历史方位中，我们依然离不开对基础研究的追问：我们需要怎样的基础研究？毫无疑问，科学探索的初心就在基础研究中充分彰显，那是对人类宝贵好奇心的满足：生命从哪里来？人类怎样进化到今天的样貌？宇宙深处有什么？未来会是什么样？……这些问题是人类与生俱来的思考，仍然是未来中国基础研究的重要方向。

与此同时，技术创新源自知识创新，知识创新正是基础研究的贡献。基础研究的方向也是国家和人民对创新驱动发展、科技改变生活的期待。实现前瞻性基础研究、引领性原创成果重大突破，加快建设创新型国家，需要基础研究取得更大的突破。

我们需要基础研究，但对于基础研究的结果不能操之过急。基础研究需要长期投入，而且还要面临很多不确定的风险。但即便如此，基础科学对应用技术的支撑发展作用怎么强调也不过分，基础学科所取得的重大成果往往是根本性、革命性的。我们与发达国家在科技上的最大差距也在基础研究方面。为此，提高以基础研究为核心的原始创新能力，最大限度释放广大科技工作者的创新创造热情，不断提高重大产出、提升科技供给，仍是未来科技工作的重中之重。

实验室，"不一样的烟火"*

"我待得最多的地方是实验室，打得最多的电话是外卖。"一位科研人员如是说。实验室是科学研究的基地，也是孕育重大科研成果的摇篮，更是科研人员的第二个家。这里有他们的欢笑和汗水、自豪与失落，这里发生的故事值得一探。

▶ 眼镜与锄头

讲述人：中国科学院工程热物理研究所研究员　陈海生

我们团队有一个特别的符号，叫作"眼镜与锄头"。这个符号是怎么来的呢？

在 10 兆瓦压缩空气储能系统建设初期，客观条件导致混凝土施工需要连夜完成。凌晨两点钟了，戴着黑框眼镜的李文老师仍然与工人一起，拿起锄头用力地将混凝土按图纸的要求进行固型和平整。

作为工业级的示范系统，10 兆瓦先进压缩空气储能系统的建设凝结了整个团队的心血，既需要实验室中的冥思苦想、精打细算，又需要施工现场的撸起袖子、亲力亲为。平时，在钢结构安装、设备调试、电气工程等各个环节、各个角落，处处都有这些"眼镜"和"锄头"同时存在。

就这样，"眼镜"与"锄头"成为我们团队共同的劳动符号。

2017 年下半年，10 兆瓦压缩空气储能系统进入调试关键阶段，作为核心部件的高效换热器运行出现异常。蓄冷蓄热部当即成立攻坚小组，制定了抢修方案，7 位成员集体出动，带领厂家的两位工人争分夺秒地搭脚手架、切割打磨密封挡板、连夜开展气密水密实验……

---

* 本文发表于《中国科学报》2017 年 12 月 14 日第 1 版（要闻）。

此时，换热器密封隔热层内的保温棉在气割和焊接时于高空着火，这种情况大家还是第一次遇到。幸亏攻坚小组此前制定了详细的预案，几位小组成员眼疾手快，于千钧一发之际用灭火器扑灭明火。

明知山有虎，偏向虎山行。攻坚小组长林曦鹏当机立断，增强防护措施，两位成员还深入壳体内部拆除保温棉，导致全身奇痒。经过十天的攻坚克难，抢修工作终于顺利完成，保障了系统调试的进度。

从 1.5 兆瓦试验平台建成到 10 兆瓦示范电站运行，对科研事业执着的情怀支撑着团队不断前进。如今，中国科学院工程热物理研究所储能研发中心建成了国际上容量最大、功能最全、测量范围最宽的压缩空气储能集成实验与验证平台，同时也启动了 100 兆瓦项目预研。随着全球能源变革的步伐加快，市场对大规模储能的需求日益迫切。我们盼望着，将"眼镜"与"锄头"的精神发扬到更大的项目中去。

中国科学院工程热物理研究所储能研发中心的科研人员在现场调试设备

▶▶ "仙气"与肺部

讲述人：中国科学院武汉物理与数学研究所研究员　周欣

"我穿的'马甲'有辐射吗？"

"您放心，没有辐射，它发射的信号跟手机波长一样，对身体无害。"

"那我吸入的气体是有辐射的吧？"

"也没有，这是惰性气体，不会对身体有任何不良影响，会正常代谢掉。"

这是超极化氙气肺部气体磁共振成像（MRI）的志愿者和我们团队研究人员的日常对话。同传统肺部影像学手段具有电离辐射不同，超极化氙气肺部气体 MRI 是一种全新的无创手段，研究人员已经习惯于耐心消除每名志愿者的疑虑。

传统磁共振可以对人体绝大多数部位进行成像，但肺部这个由空腔构成的器官是一个"黑洞"。而我们团队研发的这套设备，只需患者吸入一口超极化的氙气，就可以在磁共振影像上"点亮"肺部。这也是世界上首套极化度增强大于 50 000 倍的仪器。

2017 年，随着技术向应用迈进，项目迎来了临床任务较为集中的一年。但对于这个新生事物，绝大多数人并不"感冒"。在刚开始招募受试志愿者时，实验室可谓门可罗雀。于是，工作人员和研究生们纷纷"吃起窝边草"，发动自己的亲朋好友参与。

其中一名学生的亲属长期呼吸不畅，在医院检查不出问题，最后将信将疑地来到我们实验室。结果，我们的仪器发现他的气管和支气管存在微小的通气功能缺陷，但这种缺陷还不足以被医院现有的常规检查仪器发现。借助我们的检查结果对症治疗后，这位患者的症状得到极大缓解。

就这样，我们的氙气检查法逐渐在大家的口耳相传中成为"仙气"，被越来越多的人所接受。但愿这口"仙气"能早日进入临床，服务于人民健康。

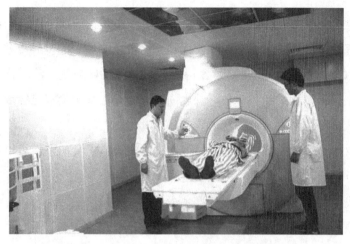

志愿者在接受超极化氙气肺部气体磁共振成像设备检查

▶▶ "古董"与工匠

讲述人：《中国科学报》记者　倪思洁

"这个风洞怎么是木头做的？"

做科技记者四年，走访了大大小小的实验室，已经鲜有科研仪器能引起我强烈的好奇。可是，2017年4月走进中国科学院沙漠与沙漠化重点实验室时，一个木质的室内风洞深深触动了我。

"这可是件'古董'。"带我来走访的老师笑着说，言语中难掩自豪。

这是一条全长近40米、实验段长度为12米多的风洞层流测速系统，也是一个具有独立知识产权的测试系统。进风口的位置像一个大喇叭，由黄色打蜡的木板毫无缝隙地拼接而成，细小的钉子在木板上留下了整齐的小黑点。"大喇叭"的中心，一根钢铁的轴承伸了进去，里面连接着木质的轴心，带动涡轮产生风源。隔着实验段的玻璃，还能看见实验留下的细沙。与现代的金属装置比起来，这些带着古老气息的木头似乎让仪器有了温度。

"这是什么时候建的？"我问。

"1967年，到现在已经半个世纪了。2000年经过了一次改建，补充了一些测试仪器。"从回答中我又一次听出了自豪。

半个世纪前，中国科学院沙漠与沙漠化重点实验室的前身——中国科学院兰州沙漠研究所沙漠环境风洞实验室，就是在这台风洞装置的基础上建立的。正是利用这一木质"古董"，我国科学家得以开展沙漠环境演变、沙漠化过程与防治等与人类生存密切相关的科学前沿课题研究。如今，该实验室已经成为国内唯一一个可以从事沙漠科学研究的综合实验室。

科研仪器是科学研究的基石。然而，走进实验室，我们经常可以看到价值百万元、千万元的科研仪器，上面大多写着国外的品牌名。抚摸着"大喇叭"光滑的表面，我能想象出当年匠人们打磨木板、拼接校核时的专注模样。我想，国产科研仪器要想发展壮大，一定离不开这样的工匠精神。

年终手记

让更多科研成果走出实验室

进入新时代，我国经济已由高速增长阶段转向高质量发展阶段，国家对科技支撑的需求比以往任何时期都更加迫切。加快科技创新，坚持创新引领发展，已成为解决人民日益增长的美好生活需要和不平衡不充分发展之间的矛盾的主要途径。

科技创新由跟跑向并跑、领跑转变，需要不断夯实现有的科技基础。当下，我国同发达国家的科技经济实力差距主要体现在创新能力上，急需瞄准国家目标和战略需求，瞄准国际科技前沿，布局一批学科交叉融合、综合集成的国家实验室，打造一批人财物资源科学配置、协同创新优势明显的重点实验室，着力攻破关键核心技术，抢占事关长远和全局的科技战略制高点，在重大前沿科技领域快速取得突破。

同时，要保障创新驱动，必须为科学家提供更好的科研环境，让科学家得以专注科研，产出更多原创性成果。科学家、科研机构、企业等各个创新环节需要共同努力，加快科研成果转化，拓宽推广应用渠道，让更多优异成果尽快走出实验室，变现为社会生产力。

今年以来，我国科技成果转化亮点频出：全球首套煤经二甲醚羰基化制乙醇工业示范项目一次投产；生物人工肝系统研制成功，预计三五年内有产品投放市场；预热燃烧技术实现低阶煤清洁高效利用，正在进行工程示范；世界首台集高低温消融治疗功能于一体的复式肿瘤微创治疗系统获批上市；世界首条量子保密通信干线——"京沪干线"正式开通……

成果推广周期越来越短、创新力转化能效不断提升，这背后无不与体制机制的深度改革密切相关。可以预见，随着科研成果转化体系的不断完善，会有越来越多的科技工作者把论文写在祖国的大地上，让科技成果服务于人民的美好生活。

创新永远不停歇，改革一直在路上。期待来年，仍是一个改革创新的丰收年。

扶贫，把穷根"踩"在脚下[*]

近年来，我国贫困地区人口大幅减少，贫困发生率持续下降，贫困群众收入保持快速增长，贫困地区生活条件得到改善……虽然一系列成绩有目共睹，但扶贫工作仍面临着很多难啃的"硬骨头"。这也注定了新时代我国的脱贫攻坚工作仍然任重道远。

▶ 从农民到产业工人

讲述人：《中国科学报》记者　秦志伟

在靠近毛乌素沙漠的地方，一排排崭新的生态移民安居房错落有致。这里是宁夏回族自治区平罗县陶乐镇庙庙湖村。我来这里的目的是调研土地整治项目，但当听到不远处有个制衣厂时，便有了前往此处一探究竟的想法。

庙庙湖村是一个纯回族移民村，多数人口是从西吉县搬迁过来的。西吉县是国家级贫困县，位于宁夏南部的"西海固"地区。这里水土流失严重、生态脆弱、自然灾害频发，1972 年被联合国世界粮食计划署确定为最不适宜人类生存的地区之一。

走进刚刚建起来的厂房，200 多名当地妇女正在学习使用缝纫机、包装成品衣服等，忙得不亦乐乎。在厂房一侧的墙上，"精准施策、脱贫致富"的标语异常醒目。

搬迁到庙庙湖村之前，她们边看孩子边务农。但在这里，有些地方即使下雨了都不长庄稼，颗粒无收的情况时有发生。她们只能靠家里的男性劳动力在外打

---

[*]　本文发表于《中国科学报》2017 年 12 月 18 日第 1 版（要闻）。

工挣钱过日子。

搬过来后，政府给每户分一亩土地。征得大家同意后，村集体将土地流转给企业经营，每位农户就此能得到 300～500 元的租金。同时，她们还可以给企业打工，再增加一部分收入。

为了保障所有人就业，政府引进宁夏新丝路商业有限公司在当地建设加工厂，要求用本地员工。制衣成为这些女性人生中头一次的非农务工。

目前她们正处在培训阶段，学期 2 个月，每人每月有 1200 元的补助。在这个厂房的旁边，还有两个在建厂房也即将竣工。预计所有项目建成后，可带动庙庙湖村及周边地区 500 多名移民就地就业。

在这里，我能感受到每个人脸上洋溢的满足和踏实，但也不得不感叹，要想真正"稳得住、能致富"，未来还有很长的路要走。

▶ 贫困村的"科技果"

讲述人：《中国科学报》记者　王佳雯

"一下雨，就踩一脚泥。"在缠绵的阴雨中第一次到"十八洞村"时，村里人的介绍让我印象深刻。

藏身湘西深山里的十八洞村，拥有青山、碧水，但也被贫困困扰。道路不通、居住环境差、人均收入 1600 多元……2013 年，当习近平总书记到访这里时，第一个见到总书记的村民居然不认得他，因为他家里没电视。

几年后，在我视线中出现的十八洞村却是整洁的民房和硬化的石板路，一切都已经发生了改变。追溯这改变的源头，必须说说这个村和中国科学院武汉植物园的故事。

2014 年年底，中国科学院武汉植物园的猕猴桃种植工作在十八洞村流转的 1000 亩土地上有序地开展起来。这些猕猴桃是历经 30 多年的科研积累筛选出来的，"金艳""金桃""满天红"都是优质猕猴桃品种。我至今仍记得那红心、黄心猕猴桃入口的感觉，果实甜味浓郁、果肉口感紧实。那是我吃过的口感最好的猕猴桃，没有之一。

这些猕猴桃不仅抓住了我的胃，也战胜了十八洞村村民的味蕾，打消了他们曾种植猕猴桃失败的顾虑，并下定决心与武汉植物园合作种植猕猴桃。于是，在蜿蜒山路上，村民们常常会见到武汉植物园专家的身影，他们每月都要来这里手把手地传授猕猴桃种植技术。

经过 3 年的培育，当初还有些光秃秃的果园，2017 年首次缀满了果实，预计产量 200 吨，为村民人均增收 1000 元……

科技从来不是扶贫工作的稀客，高大上的科学研究已经在扶贫工作中寻找到了对接口。我想，未来如果有机会再去十八洞村，一定要看看那枝头缀满猕猴桃的种植园，看看科技的力量不断带来的新惊喜。

▶ 扶贫不主要是钱的事

讲述人：中国农业大学教授　李小云

我刚到云南省勐腊县河边村时，看到村里的落后状况，想到的第一件事就是缺钱。农民的一切生活都需要钱，看病、孩子上学、礼尚往来需要钱，落后村庄的建设也需要钱。所以，我每天和村民算账，把河边村建起来要花多少钱。3 年来，河边村经过大家的努力有了很大的改观，由一个深度贫困村变成了全国有名的美丽瑶寨。河边村取得这样大的变化的确花了不少钱，但是河边村真的富裕起来了吗？我开始感觉到，扶贫真的还不完全是钱的问题。

我们成立了小云助贫中心，利用河边村优越的气候资源和文化资源，打造了以小型会议和高端休闲为新兴产业、以特色农产品为辅助产业、以原有农业为基础产业的复合型产业体系。在不到一年的时间里，河边村村民的收入有了很大的提高。但是，河边村扶贫的可持续性的约束开始显现。小云助贫利用广泛的社会联系，为河边村带来了会议和休闲的资源。如果小云助贫离开了，这里的产业体系将如何对接市场？一个落后的、大多数村民都只有小学文化程度的村庄如何运行这种会议和高端休闲产业呢？

河边村是很多处于深度贫困状态的村庄的一个典型代表。其实，在很多这样的村庄，能够开发的具有市场价值的资源是很多的，尤其是处在山区、边远地区和少数民族地区的村寨。我们都觉得只要把基础设施搞起来，条件改善了，农民就可以脱贫致富了。现在乡村旅游搞得好的例子多数都是交通条件方便、离城市消费群体比较近的村庄。更重要的是，很多都是由公司来经营，即便不是公司经营，也都是由那些文化素质相对较高、有商业经验的农户以客栈的形式发展产业。对于像河边村这样处在边远地区、远离城市消费群体，而且农户几乎没有经营能力的村庄而言，成功的案例是很少的。

河边村面临的困境在于，一旦引入"公司+农户"模式，公司势必会在价值分成中获得相当高的比例，从而压低农户实际的收入份额。而保持比较高的收入对于像河边村这样的村庄里的农户走出贫困陷阱至关重要。河边村已经建成近50套高端的嵌入式瑶族客居，这里不是一般意义的乡村旅游客栈，而是真正生活型的瑶族村庄，到这里来休闲是真正进入到一个富有活力的乡村。但问题恰恰是，农户如何能组织起来经营自己的资源。

年终手记

脱贫攻坚成败在于精准

改革开放以来，我国大规模扶贫开发让数亿贫困人口摆脱贫困，成为全球首个实现联合国千年发展目标——贫困人口减半的国家，创造了世界扶贫减贫史上的中国奇迹。

自2013年提出"精准扶贫"以来，我国扶贫工作聚焦"扶持谁、谁来扶、怎么扶"的问题，在脱贫脱困上下"绣花"功夫，精准扶贫工作收到了较为明显的变化。2013～2016年，我国农村贫困人口年均减少1391万，累计脱贫5564万人，贫困发生率从2012年年底的10.2%下降至2016年年底的4.5%，贫困地区农村居民人均收入年均增长10.7%。

但也应该看到，目前我国还有农村贫困人口4335万，其中有6个省份的贫困人口在300万以上，有5个省份的贫困发生率在10%以上，有近200个县和近3万个村的贫困发生率超过20%，特别是深度贫困地区和因病因残致贫等特殊贫困群体的脱贫难度非常大。

党的十九大报告提出，重点攻克深度贫困地区脱贫任务，确保到 2020 年我国现行标准下农村贫困人口实现脱贫，贫困县全部摘帽，解决区域性整体贫困，做到脱真贫、真脱贫。要实现这些目标，就必须继续在技术手段、管理水平和思想观念上进行大胆创新，不断提高扶贫开发的精准性。同时，当前乡村振兴的首要目标是打赢扶贫攻坚战，这更需要大力实施精准扶贫，充分发挥制度优势，提高脱贫质量，提高贫困群众的内生动力和发展动能。

爱"你"就等于爱自己*

像保护眼睛一样保护生态环境，像对待生命一样对待生态环境。随着生态文明建设不断推进、公众环保意识的日益增强，近年来，一些地方的生态环境正在发生令人欣喜的变化。我们的足迹所到之处，恰恰是那些因无比珍视青山绿水而得到丰厚"回报"的地方。

▶ 红火的沙产业

讲述人：《中国科学报》记者 王卉

2017 年夏天，我在参与首届内蒙古国际荒漠化防治科技创新高峰论坛的报道时，跟随中外与会者参加了考察活动。考察全程大约 1800 公里，走访了 20 多家企业的基地和研发中心。当地在大规模防沙治沙和生态建设方面取得的显著成效令人惊叹，其中科技手段的运用功不可没。

数据显示，中国已初步扭转土地荒漠化长期扩展的趋势，荒漠化土地从 20 世纪末年均扩展 1.04 万平方公里转变为目前年均缩减 2424 平方公里。

隶属内蒙古蒙草生态环境（集团）股份有限公司（简称蒙草集团）的阿拉善荒漠生态修复研究院给我留下深刻印象。这个场馆的出现本身就是奇迹。前年秋天，这里还是一片荒凉的沙地，蒙草集团入驻后便建立了基地，并从野外采来乡土植物进行育苗工作。现在基地外已经种了 2500 亩花棒、梭梭等荒漠植物，并且只需在栽苗时浇两次水。

而在阿拉善盟一片一望无际的梭梭林边，本来计划完成的 40 万亩梭梭林，

---

* 本文发表于《中国科学报》2017 年 12 月 19 日第 1 版（要闻）。

最终却变成了近 150 万亩。这得益于老百姓的积极性，从以前的不时砍伐变为现在的主动种植。

地方企业内蒙古汉森酒业集团有限公司在乌海市一片荒漠中用几年时间开辟出有机葡萄种植园，同时让劣质煤变为生物有机肥，把沙地葡萄产业与生态建设相结合，形成了"林、草、农三结合"的循环经济模式。

民营企业内蒙古天龙生态环境发展有限公司通过科学引种、驯化、扩繁，把乡土树变成了一片片旱不死、热不死、冻不死的乡土林，在只靠雨养的条件下实现了 95% 以上的成活率，造林成本比传统方式节省一半以上。

通过类似沙产业的发展，有效遏制了三大沙漠的握手之势。根据气象资料分析，阿拉善地区的沙尘暴天气年平均天数大大降低，处于近 60 年来最低水平。

▶ 好山好水好养人

讲述人：《中国科学报》记者　王佳雯

6 月的江西，烈日被繁密的树林遮蔽成影影绰绰的光斑，一种体型娇小的鸟儿，在树木间辗转跳跃……和科学家一同走进江西饶河源国家湿地公园，那全球仅存 200 余只的靛冠噪鹛在参天古木中追逐嬉戏的画面，深深地烙在了我的脑海里。

灰墙白瓦的徽派建筑、涓涓不息的潺潺河流，傍水而生的百姓悠闲地与濒危物种、受保护树木融合在一起，这画面如同一幅油画，把人与自然和谐地勾勒在一起。

水好、树好、空气好，采访中科学家对蓝冠噪鹛生活习性的解析，更让人理解了曾经一度绝迹的蓝冠噪鹛选择这里安家的原因所在。事实上，除科学家所关注的自然因素外，还有一个重要的原因，便是"人不扰"。

"关掉闪光灯""脱掉鲜艳的外套"，进入这片保护地前，当地百姓和科研人员的叮嘱，显示了他们对蓝冠噪鹛及其所栖息的古木树林倍加珍视。而顺势而为的地方生态保护政策，更是为看护这宝贵的蓝冠噪鹛栖息地提供了经济支持。

人与自然的和谐共生，不仅让人自身获得了更舒畅的生活环境，也让人因珍爱自然的馈赠获得了现实的回馈。

在江西那绿水青山间走访，我看到了许多生态红利悄然向经济红利转化的现实案例。"绿水青山就是金山银山"的理念，终究在因地制宜的科学谋划中变成了现实。

临行前，随行的科学家不无骄傲地告诉我，不光蓝冠噪鹛，近些年庐山西海还发现了水中大熊猫——桃花水母，引来无数关注。

一度消失的物种重新找到可以繁衍生息的家园，重新回到了人们的视线，大概再没有比这更直接的生态保护嘉奖了。

▶ 是牧民更是管护员

讲述人：《中国科学报》记者　黄辛

2017 年夏，来自柬埔寨、中国、老挝、缅甸、泰国、越南的澜湄流域六国青年再次相聚青海省玉树州。为了报道他们在三江源创新创业训练营的活动，我第一次有机会走进三江源头。

20 世纪中期以来，由于受到气候变化与人类活动的共同影响，这里的生态系统发生了大面积退化，出现了严重的生态危机。2005 年 8 月，国家投资 75 亿元启动实施三江源自然保护区生态保护和建设总体规划，开始对三江源生态环境进行应急式保护。

中国科学院的一份评估报告显示，三江源生态保护和建设一期工程实施后，三江源草地面积净增加 123.70 平方公里，水体与湿地面积净增加 279.85 平方公里，荒漠生态系统面积净减少 492.61 平方公里。随着保护和建设工程的深入推进，三江源头日趋恢复了碧水青山景象。

我们所在的杂多县昂赛乡，这些年一直在大力推进三江源清洁工作。牧民管护员仁南说："地上的动植物，天上的鸟类，都在我们的管护范围内。虽然有时也会觉得辛苦，但真是像保护自己的眼睛一样保护着生态环境。"这些生态管护员每日定时定点在辖区内巡护、捡拾垃圾、观测拍摄野生动植物、保护草场、填写巡护日志，昔日的牧牛人成了今日澜沧江源头的环保卫士。

7 月正是虫草采挖季，我看见不少牧民们采挖虫草。他们会自觉地将草场上的垃圾带回村，交到垃圾收集点集中处理。但挖虫草的行为仍让人感到无奈。

近两年，杂多县澜沧江大峡谷出现了雪豹的消息不胫而走。杂多县顺势而为，建立了以雪豹为主题的全域化自然体验基地，吸收牧民从事生态体验和环境教育服务，并且带来不错的经济收益，成为让绿水青山变成"金山银山"的一个真实写照。

年终手记

"美丽中国"走在路上

内蒙古生态环境近年来发生的巨大变化，除了得益于政策导向、资金到位，最重要的是老百姓认识的变化，大家都把建设"美丽中国"置于脑中，落实在行动上，这是最可贵的。

除此之外，生态农业、有机食品等涉及食品安全的问题备受关注，也成为推动生态环境变化的另一股潮流。越来越多的人开始追求健康生态食品，甚至投身生态农业，从养好一片地开始，以追求更高的环境与健康质量。这些行动产生了非常直接的保护环境生态的示范作用。

良好的生态环境是人类社会持续发展的基础。党的十九大报告在阐述生态文明建设主题时，再次强调了人与自然是生命共同体，人类必须尊重自然、顺应自然、保护自然。而在实践中也不难发现，2017年以来国家在空气污染防治、打好蓝天保卫战方面，在土壤污染管控和修复方面，在水污染防治、流域环境治理及近岸海域综合治理等方面，不断加大行动力度，取得了一系列较为明显的效果。

人与自然是生命共同体，只有遵循自然规律，才能有效防止在开发利用自然上走弯路。未来，随着经济社会不断发展，人们不仅期待安居、乐业、增收，更期待天蓝、地绿、水净；不仅期待殷实富庶的幸福生活，更期待山清水秀的美好家园。

听风看雨　云深可知处[*]

2017 年 9 月 25 日 17 时，当很多手机用户打开微信时，其启动界面的地球图片由"非洲大陆"视角变成了祖国的全景。这幅国产地球图片，由我国新一代静止轨道气象卫星"风云四号"A 星从太空拍摄而成。"风云四号"A 星所有的核心技术都由我国自主研发，科技创新的力量，让气象综合防灾减灾更加准确。

回首来时路，无论是台风预报，还是汛期降水预测，气象科技的进步，让气象服务一次又一次"跑赢"了天灾。

▶▶ 与"暴雨谣言"PK

讲述人：《中国科学报》见习记者　高雅丽

2012 年北京"7·21"特大暴雨距今已有 5 年，当时全市降雨量突破历史纪录，气象台连发 5 次预警。关于北京暴雨，成为一道无法绕开的记忆。

而在 2017 年 6 月 20 日，一条"北京将有特大暴雨，已经大到雷达回波无法测量的上限"的新闻突然刷屏，恐慌、焦虑在网络上蔓延开来。

"这几天上班的要请假""千万不要开车上路""不要经过低洼地带"，各种各样的谣言充斥着朋友圈。临近毕业的我，在地铁里一边刷着微博，一边想着如何操作这个"暴雨"选题。

刚出地铁，噼里啪啦的雨点迎面而来，悲剧的是，我没有带伞。狼狈地到了家里，还没来得及休息，我就接到报社部门主任的通知："关于此场暴雨的准确信息已经发布！可以跟进了。"于是不管三七二十一，我立即在沙发上打开电脑

---

* 本文发表于《中国科学报》2017 年 12 月 20 日第 1 版（要闻）。

开始准备采访。一方面整理来自气象局推送的发布会资料；另一方面紧急连线专家进行采访。随着各种信息的不断汇集，我的思路也逐渐清晰起来，绷紧的神经也逐渐放松下来。这个谣言被我"精准击破"了。

2017 年 6 月 22 日，我的报道见报了。再次打开手机，"特大暴雨"的谣言几乎销声匿迹，公众已经不再恐慌。在技术进步的当下，无论是台风还是暴雨，对于各种极端天气的预报与防范，气象工作者已经能够从容应对，虽然这仍是一项极富挑战性的工作。而作为记者的我，通过对气象新闻的关注和了解，也找到一条进入科学记者之门的路径，这种偶然的"小确幸"对职场新人来说不亚于一场"及时雨"。

▶ 风雨无情人有情

讲述人：《中国科学报》见习记者　赵睿

2017 年 7 月，接连三场暴雨，重创了 7 年来风调雨顺的小城——吉林省永吉县。走在被洪水洗劫后的街道上，看着挖掘机正在清淤，临街一楼的商铺像被"掏空"了一样，被洪水冲得只剩一张铁皮的车辆"颓废"地躺在路边，这些破败的景象让我震撼不已。

到了永吉县气象局，走到一层半的地方，我盯着墙体上的水痕看。副局长奚源告诉我，当天水就漫到这么高，他们是被挖掘机从二楼的窗口接走的。他说那天本打算下班后去相亲，哪知道 19 号的雨量更大，紧接着第二天，永吉县碾子沟水库就发生了险情。

碾子沟水库下游是居住着 8000 多人的一拉溪镇。如果漫坝，洪水不仅会"砸"向该小镇，还会冲向吉林市。暴雨滂沱，水位一直上涨，最高时离坝顶不足半米。据水利专家估算，如果雨势再不减小，就必须开凿，可一旦开凿非常溢洪道，泄洪区的损失将是巨大的，即便人员都安全转移，财产损失也不可估量。

我着急地问他："炸坝了吗？"

奚源说："没有。当时气象专家分析，雨势会减弱，接着降水有 3 小时的间歇期。水利专家又重新计算，最终确定把水库闸门开到最大，能够保证安全，不需要开辟非常溢洪道。"

听他讲完，我也舒了口气。记者的笔触可能无法尽述狂风暴雨中的人们经历了怎样的惊险，但是，我们或许能够尽力开启一扇窗，让大家看到风雨中人们的勇气与智慧，看见灾难来临时用科技筑起的一道道防线：气象部门的及时预报预警、防汛部门的科学调度、抗洪战士们的奋力抢险……

▶▶ 泄露"天机"的人

讲述人：中央气象台预报员　钱奇峰

台风，说起来大家都不陌生，更不能忘记像"威马逊""彩虹"这些带给我们巨大损失的台风，脆弱的人类在大自然的力量面前显得格外无助。然而，很少人知道当台风在广阔的大洋刚刚形成的时候，台风预报员就在不断地推测它的移向及会不会对我国造成影响。一份准确的预报，能够极大地减轻台风造成的灾害，特别是保卫人民的生命安全。

时间回拨到 2017 年 8 月 21 日凌晨，我有幸经历了对"天鸽"强度作出重大调整的一次预报。这次预报指出，"天鸽"将以台风到强台风的强度登陆广东珠三角一带，并发布了 2017 年第一次橙色预警。此时各家机构预报的登陆强度比我们弱了两个等级。我们发布这份预报时，心里承受了多大的压力是很难用语言描述的。然而现在知道，当时我们作出了正确的决策，给防御"天鸽"定下了准确的基调。

预报员有信心发布这样一份预报，离不开这些年积累的理论和技术支撑。党的十八大以来，气象现代化飞速发展，台风预报能力也驶入"快车道"，中央气象台发布的路径预报已经连续 5 年优于国外机构预报，预报员敢于在关键台风中发出决定性的声音。

"威马逊"登陆前，预报员发布预报指出登陆强度可能将达到惊人的 60 米/秒，随即启动了最高级别预警和应急响应。应急发布后，海南省紧急撤离了的登陆点附近人员达 18 万，总撤离人员达到了 30 万，有效地保证了他们的安全。

从"跟跑"到"领跑"，凝聚了科技创新的成果，从集合预报订正方法，到卫星定量分析，再到高层出流等理论的实践应用……未来，在国家创新驱动发展战略的指导下，我们将继续不断研究理论、研发技术，发布更准确的预报。

年终手记

让"精准气象"成为一种国家力量

"北风其凉，雨雪其雱""北风其喈，雨雪其霏"，《诗经·北风》中的诗句，记录了古人们的看天经验。从经验传承，到现代气象事业的不断发展，人类每一次为洞悉天气变化所作的努力，都为社会生产生活的有序运转提供了保障。

在我国，气象灾害发生率占自然灾害的 71% 左右，能否科学、精准地预测预报气象关乎着人民生命财产安全和国家经济社会发展。目前，在气象部门的努力下，我国 24 小时暴雨预报准确率提高了 7%，全国暴雨预警准确率达到 81.8%，强对流天气预警提前量达到 28 分钟；我国台风路径预报 24 小时误差从 95 公里缩小到 66 公里，强对流天气预报准确率稳步提升，粮食产量预报准确率持续稳定维持在 96% 以上，极端事件与重要气候过程监测能力不断提高。

12 月 8 日，"风云三号"D 星首幅可见光图像成功传回地面，在距离地球 3.58 万公里的太空中，"风云"系列卫星在轨稳定运行，我国成为国际上同时拥有静止气象卫星和极轨气象卫星的 3 个国家和地区之一。我国自主研发的 GRAPES 全球数值预报系统 2.0 版已经正式业务化，产品数量已从 53 种增至 70 种，并出口到"一带一路"沿线国家和地区，为当地提升灾害性天气预报能力、增强数值天气预报准确性提供了中国力量。

众多科技成果见证了中国气象预报准确性的提升，而它们也将成为星星之火，点亮我国气象事业的未来发展之路。

行走乡野　稻花香里品滋味*

近年来，随着我国经济实力的不断增长，国家对农业的扶持力度逐渐加大，农业科技的翅膀越来越宽广有力。行走在田间地头，日新月异的感觉扑面而来——

▶ 美味"巨型稻"

讲述人：《中国科学报》记者　丁佳

听着蛙鸣，冒着秋雨，十月的一天，我一头扎进了湖南长沙县金井镇的稻田里，却没料到，一向以个儿高自居的我，一下子就被"埋"了进去。

这里是中国科学院亚热带农业生态研究所长沙农业环境观测研究站试验田，田里种的，是研究所水稻育种团队培育的新型杂交水稻——巨型稻。

跟普通水稻最大的不同是，这种巨型杂交水稻可高达 2 米，茎秆粗壮，抗倒伏、抗病虫害、耐淹涝，具有突出的高产、强抗等优势，单位面积生物量比现有水稻品种高出 50%，理论单季产量有望超过每公顷 18 吨。

这么厉害的"巨人"水稻，到底味道怎么样呢？正想着，旁边的工作人员招呼道："米饭出锅了，大家快来尝尝！"

锅盖一掀开，一股米香扑面而来。吃上一口，饱满的米粒、清甜的滋味、弹牙的口感，一切都恰到好处。不知不觉间，每个人都吃进去一碗白饭。

一帮人在农田边上聊天、吃美味的巨型稻，这些经历成为那次"下乡"采访最深的回忆。我也深深地感受到，这份"小确幸"的背后，是农业科技工作者数以十年计的潜心钻研。

---

* 本文发表于《中国科学报》2017 年 12 月 21 日第 1 版（要闻）。

科学家不但种出了优质高产的水稻,还为农民设计了一条"禾下致富"的创业路线:高大的"巨型稻",可为蛙、鱼和泥鳅等稻田养殖动物提供良好的栖息环境。利用这一特殊优势,能够提升稻田的生产经济效益,为农民带去实实在在的收益。

▶ "玩"在乡间

讲述人:《中国科学报》记者　秦志伟

近年来,每逢春光明媚的时候,总有成群结队的人来到四川邛崃冉义镇的田间地头,是来收割庄稼的?当然不是,是来近距离欣赏田间美景、体验农耕文化的。

每年的这个时候,是四川地区油菜花盛开的季节。2017 年 2 月 27 日,冉义镇举办了第二届"龙抬头"油菜花乡村旅游节。为了吸引更多游客,小镇在不破坏生态、不损坏耕地的情况下,让油菜花田"长"出 8 幅巨型创意图案:有憨态可掬的熊猫兄弟、爱意十足的丘比特之箭、传承传统文化的农耕扶犁……数千名游客沉浸在金色的海洋里,玩得不亦乐乎。

曾几何时,这里碎片化的农田和村居杂乱分布,导致生态环境非常不堪。经过地方政府的不懈整治,终于焕然一新。在邛崃十万亩高标准农田粮经产业综合示范区核心区,站在观景台上放眼望去,田成方、渠成网、路相通、沟相连。目前,冉义镇规模化的油菜与水稻形成良性季节互补,既增加了土地产出率,又形成了独特的田园景观。

其实,邛崃也是从 2015 年才有了举办油菜花节的想法。除此之外,当地还在油菜花盛开的时节举办过马拉松比赛。据镇政府统计,2017 年该镇仅这方面的旅游收入就超过了 3000 万元。如果再加上销售农作物的收入,当地农民的收入就相当可观了。

实际上,在农村,好看好玩的地方有很多,农田成为旅游景区之一也是这几年的事。1 个月内,记者走访了 7 个省份,看过无数个田间地头,一些地方因地制宜,敢于创新发展,在壮大新产业新业态、拓宽农业产业链价值链上确实下了真功夫,也积累了一些宝贵经验。

▶ 薯农的变化

讲述人：中国农业科学院农业资源与农业区划研究所副研究员　高明杰

自从 2009 年参加国家马铃薯产业技术体系调研活动以来，在每年 9 月底至 10 月初北方马铃薯大量收获的季节，到内蒙古、甘肃、宁夏等地进行马铃薯田间价格调研，都是我们雷打不动的安排。

由于地方语言的问题，地头调研一般都有当地农科院所的科研技术人员陪同，充当向导兼翻译。说是田间价格调查，其实就是跟老乡聊天，话题很广，包括家庭情况、生产成本、销售情况等，基本是我们问什么，老乡答什么。当问到有什么技术需求时，他们基本也很难说出什么实质的内容，极少有就技术问题进行交流的。

这种调查模式一直持续着，真正意识到有明显改变的是 2015 年秋季。那年我们在做田间市场调研时，当向村民做完基本介绍后，有些老乡的第一反应是问"有啥好品种给介绍介绍"，说起县里的马铃薯技术人员和种薯经销商，也大都熟知。早些年，老乡种植马铃薯的种薯多数是自留种或是串种，大都不舍得每亩地花二三百元购买脱毒种薯。马铃薯退化导致产量普遍不高，而合格的脱毒种薯在其他条件不变的情况下却能使马铃薯增产 30%左右。于是，农户开始主动询问、购买脱毒种薯，说明他们已经认识到优质种薯的好处，认识到科技要素所起的作用。

在随后两年的田间地头调查中我们发现，不仅询问种薯的老乡越来越多，很多人还就马铃薯病害、机械以及市场等技术问题找我们交流。通过这些年的技术推广和生产示范，农民种植马铃薯的科技意识在逐渐提高，对种薯、肥料、农药、机械这些现代生产要素起到的作用逐步认同，农户对马铃薯生产技术的应用正在由被动接受转变为主动索取。

年终手记

农 业 变 了

在很多人的印象中，一提到农业，总会与"土""穷"这样的词汇联系在一起。但在不知不觉间，这样的情形已经有了极大的改变。

2004～2017 年，"中央一号"文件连续十四年关注"三农"问题，提出要强化科技创新驱动，引领现代农业加快发展；党的十九大报告也提到农业农村农民问题是关系国计民生的根本性问题，必须始终把解决好"三农"问题作为全党工作重中之重。

国家的高度重视让农业科技工作者干劲十足。他们已经意识到，科技是现代化农业的第一生产力，农业科技创新对农业现代化建设的作用越来越显著。

农民的需求在哪里，农业科技的主攻方向就在哪里。近些年来，科学家纷纷把实验室搬到田间地头，把论文写在农村的土地上，切实发挥了科技创新的强大驱动力。

杂交水稻、禽流感疫苗、分子育种、智慧农业……一系列具有重大影响力的农业科技成果如雨后春笋般涌现出来，深刻改变了农村的样貌，改变了农民的生活。正如一位农业专家所说的，他们要做的事，不仅仅是论文纸上好看的增产数字，还要让农民获得真正的实惠。

科技兴，则农业兴；科技强，则农业强。让凋敝的乡村重返美丽，让荒芜的土地焕发生机，让农业和农民不再是贫穷的代名词，创新尤其是科技创新，是唯一的路径。

"一带一路"这边风景独好[*]

2017 年，万物并秀的 5 月，"一带一路"国际合作高峰论坛吸引了来自 100多个国家的各界嘉宾齐聚北京，奏响了"一带一路"沿线国家的"大合唱"。这首歌里，有来自科技界的强劲声音。

▶ 例行访问的意外之举

讲述人：《中国科学报》记者　秦志伟

因工作原因，每年我都会多次前往新疆采访调研。一片片雪白的棉花、一望无际的草原、成双结对的羊群马群令人印象深刻。

新疆是我国棉花生产的优势区，其种植面积占全国 60%左右。更值得关注的是，这里是我国面向中亚的桥头堡，也是丝绸之路经济带的核心区。因新疆与中亚各国在民族、文化、风俗和消费习惯上有明显的相似性，这几年新疆与中亚各国的合作交流步伐也在明显加快。

其中，令我印象颇深的是陆宴辉提到的一个故事。他是中国农业科学院的援疆专家，目前担任新疆农业科学院院长助理，主要从事农业昆虫与害虫防治研究。

今年 9 月中旬，乌兹别克斯坦农业部副部长塔沙耶夫访华，途经新疆时提出了顺便前往新疆农业科学院考察的要求。新疆农业科学院方面认为这只是例行访问，做礼仪性接待即可，但接下来的事让陆宴辉很意外。双方经过交流达成很多共识，当场签署了很多合作协议，其中包括棉花绿色防控技术的合作，而签署协议并不在外方的日程安排中。

* 本文发表于《中国科学报》2017 年 12 月 25 日第 1 版（要闻）。

其实，在塔沙耶夫考察新疆农业科学院之前的 8 月中旬，陆宴辉等相关专家已考察过乌兹别克斯坦等国，并为当地棉花病虫害防控提出过建议。

陆宴辉告诉我，近年来他明显感觉到，自从中国提出"一带一路"倡议后，新疆与中亚各国在农业领域的合作越来越多了，比如在病虫害资源共享、信息交流、人才培训等很多方面。实际上，新疆与中亚各国在资源禀赋、产业结构等方面有较强的互补性，具有同处于丝绸之路经济带的地缘优势。他也相信，未来彼此合作的潜力和空间依然很大。

▶ 在巴西建天气实验室

讲述人：中国-巴西空间天气联合实验室/中国科学院南美空间天气实验室办公室主任　刘正宽

如何认知日地空间、预防或减少灾害性空间天气对人类影响，是人类迫切需要回答的科学问题。基于中国子午工程，中国科学家创造性地提出构筑空间天气监测子午圈，像天气预报一样预报空间天气。

中国与巴西在地理位置上具有东西和南北半球对称共轭的优势，对空间天气晨夕监测和对比研究具有重要意义，在巴西共建空间天气联合实验室成为构筑子午圈框架的第一步。

美丽巴西，狂热桑巴，众神眷顾的天堂背后却是黄热病毒和塞卡病毒蔓延、贫富差距大、犯罪率居高、社会治安很差。2017 年 6 月的一天，我们的激光雷达系统建设团队经历 24 小时航程，跨越半个地球抵达巴西，来不及倒时差就开始投入工作。因为水土不服、蚊子叮咬，好几位同事都感冒发烧，再加上夜间调试，大家相继病倒，集体轮流到医院打点滴。

在激光雷达系统 1 米光学接收望远镜安装调试时，搬运机械没能及时到位，又突遇暴雨。为了保护望远镜不受雨水侵蚀，大家赤手将重达 1 吨多的望远镜镜片移到安全位置。

很多次，巴西人向我们竖起了大拇指，他们真正见识了中国人的毅力、决心和效率。通过大家共同努力攻克难关，我们摸索出了一条海外科研机构建设的创新之路，为我国全面实施"一带一路"建设提供了支撑服务。中国科学家研制的钠钾双波长同时探测激光雷达系统也已在巴西上空绽放异彩，获取到我国在南美地区自主监测的第一手空间环境监测数据。

▶ 打通"一带一路"出口

讲述人：中国科学院武汉岩土力学研究所研究员　汤华

"你如果不好好读书，就会像他们那样整天在泥水里泡着，一辈子没出息。"顺着声音的方向，我抬起头，目光恰好与望过来的母子俩相遇。那是几年前的一个雨天，我和团队成员正在亚洲最大钢箱梁悬索桥——云南龙江特大桥重力锚基坑开挖现场进行现场原位试验。当时所有人浑身上下都是泥，头发乱蓬蓬，掺杂着已经干枯的泥土，难免给人以辛苦、邋遢的感觉。

最近，这个情景又从我的记忆里浮现出来。就在几天前，我和龙江特大桥设计单位的一位负责人再次相遇了。回忆起当年那一幕，他用力地拍着我的肩膀连声道谢。

这份感谢也源于那年。一天晚上，我突然接到这位负责人的电话。原来大桥腾冲岸重力锚基坑存在较软弱土层，可能无法满足设计要求，亟待通过现场原位试验验证基底承载力和摩阻力。"时间非常紧，我们找不到合适的人，你们武汉岩土所能不能救个急？"

我毫不犹豫地接下了这项任务，因为重力锚是整个悬索桥可靠性的保障，而龙江特大桥又是昆明至缅甸、印度国际大通道及亚洲公路网的重点控制性工程，可谓"一带一路"的出口。

3 天之内，试验人员、大型设备全部到达距离武汉 2200 公里外的工程现场，接下来就是 28 天 24 小时轮班倒的试验工作。

我至今还记得我与那对母子目光相遇时的感受。作为一名岩土人，我们不仅要有智慧的头脑、丰富的工程经验，还要有见山爬山、见洞钻洞、风餐露宿的奉献精神。这是我们的前辈留下的传统，也是当代岩土人该有的品质。

时间证明，付出都是值得的。经过认真周密的现场原位试验，我们证明了各项参数满足设计要求，无须额外进行基底加固，极大节约了工期和造价。2016年5月1日，云南龙江特大桥正式通车，我国与"一带一路"沿线缅甸、印度、孟加拉国的区域经济文化交流之路开通了。

年终手记

聚力铺开"科技丝路"

"一带一路"是一条科技创新之路，正因如此，我国正在启动"一带一路"科技创新行动计划，以加强与沿线各国的创新合作。作为科技国家队，中国科学院也在"一带一路"建设中承担着使命与职责。

目前，中国科学院主导的"发展中国家科技人才培养计划"正在为我国积累一批优秀的发展中国家青年科技人才资源。预计到2020年，中国科学院在读中国科学院-发展中国家科学院（CAS-TWAS）卓越中心院长奖学金生规模超过800人，累计资助奖学金生超过1500人，向发展中国家输送优秀博士毕业生超过700人。

中国科学院主导的"海外科教基地建设计划"，正在结合我国科技发展内生需求、发展中国家科学发展和社会经济发展需要，建成9个海外科教机构，并使其成为优势互补、互利共赢的科技合作开放基地。

中国科学院主导的"CAS-TWAS卓越中心支持计划"，择优支持若干依托中国科学院建立的CAS-TWAS卓越中心，在发展中国家共同关注的领域建起一批多边科技合作平台，举办了一批国际品牌会议，也完成了一批具有重要影响的专业咨询报告。

在众多计划之外，还有数不清的科研人员奋斗在"一带一路"沿线国家与地区，用智慧筑起"一带一路"的民意基础。也有不少一线记者奋斗在"一带一路"上，用足迹和笔触讲好中国故事，讲好"一带一路"故事，讲好中国科技发展的故事。

积力之所举，则无不胜也；众智之所为，则无不成也。"一带一路"上的中国，正闪耀着科技之光；"一带一路"里的世界，正迸发出创新之力。

科普展馆　从邂逅到流连*

　　如果你对科普展馆的印象还只停留在展品陈列上，那就落伍了。这一年来，不少科普展馆都在尝试更加新鲜的科普方式，比如借助更先进的体验技术，或者与艺术形式相结合。如今的科普展馆少了些刻板严肃，多了些创新趣味，推出的一份份科普大餐味道更足。

▶ 夜探博物馆

讲述人：《中国科学报》记者　张文静

　　"琥珀被称为时间胶囊，缅甸琥珀是世界上最著名的白垩纪琥珀之一，它让我们感性地了解到 1 亿多年前地球上的生灵；泰国有万象之国的美称，大象在泰国的地位举足轻重，它象征着荣誉、神圣、尊贵、力量和优雅……"

　　2017 年 8 月 8 日，当夜幕低垂时，我走进北京自然博物馆。舞台上，一个名为《"一带一路"风情秀》的节目正在上演。这里是"2017 博物馆之夜"的活动现场。

　　演出厅被家长和孩子挤得满满当当，有不少孩子没有座位，但即使站在过道里，他们也安安静静地盯着舞台上的表演，眼睛眨也不眨。

　　北京自然博物馆是我常来的地方，但趁夜而至，这还是第一次。没想到，夜晚博物馆的科普大餐别有一番风味。

　　《"一带一路"风情秀》结束后，北京动物园动物饲养管理员、科普达人杨毅带来了评书《麋鹿回家》，讲述麋鹿回到我国的艰难历程，没想到评书这种传统

---

　　* 本文发表于《中国科学报》2017 年 12 月 26 日第 1 版（要闻）。

的艺术形式让孩子们产生了浓厚的兴趣。接着，北京自然博物馆讲解员刘宗与付琦合作编演的《雨燕：丝路归羽情》，更是吸引了全场小朋友的热情参与。

另一边，博物馆内各个展厅里也挤满了参观夜场的孩子。在古爬行动物展厅，讲解员为观众讲解恐龙的秘密，在古哺乳动物展厅，孩子们争先恐后地问关于哺乳动物进化的问题……

几年来，我做过不少关于科普的报道，也与很多专家探讨过科普的意义。在那一晚，从孩子们好奇的目光中，我似乎找到了答案。

▶ 体验原生态

讲述人：《中国科学报》记者　袁一雪

2017年5月的一天，站在中国古动物馆的一个含有热河生物化石的地层剖面前，我能直观地看到地球变迁留下的痕迹。它偏于一层展览厅的一隅，毫不起眼，但"沉稳"的气质却让人无法忽略。

当时，中国古动物馆馆长王原在介绍旁边的恐龙骨架后，着重介绍了这块地层剖面："它是中国科学院古脊椎动物与古人类研究所研究员汪筱林于2005年采集的，采集地点就在辽宁省朝阳市大平房镇原家洼。"它在博物馆内的占地不大，却是馆内可以承受的最大重量了，运到北京也是颇费气力。要知道，原岩柱可是高达3米、宽2米，厚40厘米，总重达7吨。

这是热河生物群化石出土的地层剖面之一。在发现热河生物群的辽西地区，保存了不少精美且极具价值的化石，这些化石并不能都带回北京，而是在当地就建立了辽宁朝阳鸟化石国家地质公园，把在当地发现的古生物化石、含化石地层、地质构造一并展出。

在当地发现并在当地修建博物馆进行科普展览的并非只有这一个地方。宁夏回族自治区与内蒙古自治区交界处的贺兰山乌达地区也在筹划为距今3亿年的植物化石建造一座博物馆，利用现代技术复原3亿年前的森林原貌。有着"中国龙城"之称的山东诸城，也依据当地的发掘情况建立了白垩纪恐龙地质公园。

不仅是化石博物馆，汶川大地震后，当地建立了汶川地震纪念馆，保存几处地震破坏的原生态现场，设立"汶川死难人民纪念碑"，珍藏与地震、赈灾有关的内容，是一部关于地震的"活辞典"。

因地制宜、因时制宜，让科学普及不再采取大城市向周边辐射的方式，而是以当地情况为主，建立各具特色的博物馆、纪念馆、科技馆，让地方资源成为科学教育的沃土，这才是科普长远之计。

▶ "爆棚"的一天

讲述人：中国科学技术馆党委书记、副馆长　苏青

每年暑期都是中国科学技术馆参观的旺季，也是一年里我们最为忙碌的季节。8 月 12 日是个星期六，正好轮到我带班，调任馆里刚 3 个月的我着实提心吊胆了一整天。

这天北京雷阵雨，开馆不到半小时，一层大厅就挤满了游客。有经验的值班主任提醒我，今天很可能要"爆棚"，得格外小心。果不其然，由于天气闷热，雨又下下停停，游客是多进少出，人越积越多。中午，我从顶层往下巡查，每个展厅都人山人海，越往下人越多，各层楼梯都坐满了人，令人担忧。

我赶紧召集值班干部商量对策，要求一小时报告一次流量，增加保安及时疏导游客，嘱咐值班主任通知各个岗位，随时准备启动突发事件预案。自己则隔一段时间巡查一遍，随时准备停止售票，禁止游客再进入。

近年来，党和政府对科普事业越来越重视，公众参观科技馆的热情日益高涨。2015 年中国科学技术馆单日参观最高量达 49 000 多人，2016 年飙升至 51 798 人，2017 年再创新高，达 55 866 人。游客逐年猛增，欣喜之余，也让人忧心忡忡。中国科技馆展厅面积尽管多达 4 万多平方米，但单日尤其是瞬时游客量一定要有个合理的限度，否则安全很难保证。

2017 年参观量最大的一天就让我赶上了，好在有惊无险。至今思来，仍觉心惊肉跳。

年终手记

无限创意在科普

这几年，由于报道科普话题的关系，我们去过不少博物馆、科技馆、标本馆。与过去比较，能明显感觉到这些科普场馆的展示内容和表现方式，已远不再是以前那种单纯摆放展品的局面。多媒体的展现手法，甚至 VR、AR 的使用，让观众拥有更多层次的体验，而围绕展览主题的各种活动的举办，更是丰富了观众走近科学的方式。

在科普展馆，你能听到相声。从去年年初开始，国家动物博物馆就举办了科普脱口秀"硕毅说吧"，工作人员身穿大褂说起了相声，他们讲动物科学知识，也传播保护动物、爱护动物的理念。如今，"硕毅说吧"已成为国家动物博物馆的品牌活动，每次举办都能吸引大量的观众。

在科普展馆，你能看到戏剧。北京自然博物馆脱口秀"博士有话说"的特别节目——"博物大咖秀之大话西游"就曾给观众留下深刻的印象，一张口就满嘴跑动物拉丁文学名的唐僧是小朋友们的最爱。

在科普展馆，你能亲身体验真实的科研过程。今年，由中国科学院海洋研究所科研人员制作的"龙宫探宝"项目落地国内部分科技馆。戴上 VR 头盔，你就可以"登上""科学"号科考船，在虚拟场景下开展深海生物和岩石取样、原位探测等科学活动。

科技创新、科学普及是实现创新发展的两翼，要把科学普及放在与科技创新同等重要的位置。这两年，科普真真切切地成为一个热词。作为科普重地的科普展馆，也变身万花筒，用丰富的形式传递着科学的精彩。

《全民科学素质行动计划纲要实施方案（2016—2020 年）》提出，到 2020 年，我国公民具备科学素质的比例超过 10%。未来，科普仍然大有可为。让科普这只翅膀真正硬起来，科普展馆重任在肩，也需要创意无限。

深海大洋　是我想念的地方*

人与海，有着不解之缘。海洋孕育了生命、调节着地球的气候，为人类生存发展提供了宝贵的资源。千百年来，人类从未停止探索海洋的脚步，而这其中，科技工作者的身影始终在前。

▶ 与"非常之人"的邂逅

讲述人:《中国科学报》记者　丁佳

3 月底的海南气温已经很高，但却不及码头上等待的人群的热情。与他们阔别了两个多月的中国科学院深渊科考队员，正乘着"探索一号"科考船，缓缓向岸边靠近。

历时 68 天，航行 7929 海里后，科考队员们顺利完成了第二次马里亚纳海沟海域科考任务，成功"做实"了万米深潜，取得了许多世界水平甚至世界领先的成果，带回了大量宝贵的科研样品。更重要的是，"探索一号"的远航，让我国自主研发的技术装备得到了实战的验证。

跟随着专程从北京来接船的中国科学院领导，我再次登上了这艘巨轮。踏上绿色的甲板，在迷宫一般的走廊里穿梭，爬上狭窄的金属楼梯，在船长室里停留片刻，大口呼吸着咸湿的海风，端详着从万米深渊舀上来的那瓶海水……我试图设身处地地去感受科考队员的船上生活，试图去理解，在他们晒得黝黑的脸孔背后，到底有着怎样的一种坚守？

这两年，我多次报道了"探索一号"的科考活动，在我看来，这是一艘有"魔

* 本文发表于《中国科学报》2017 年 12 月 27 日第 1 版（要闻）。

力"的船。我惊叹于他们所取得的成果，更被他们身上流露出来的情怀所感染，不管是领导、大科学家，还是刚刚毕业的"毛头小子"，只要上了船，就都是兄弟，都是战友。

记得当时接船的那位领导，赞叹他们是"非常之人，做了非常之事，立了非常之功"。我深以为然。这，应该就是对他们最好的诠释。

▶ 我在海岛守护你

讲述人：《中国科学报》记者　王佳雯

2017 年 10 月，我在一次采访中登上了南海区域的一个小岛。当时，北京已经进入秋季，这里却仍然烈日炎炎。对于一个北方人而言，那阳光有着令人难以忍受的力道，仿佛我的头顶顶着一个巨大的火盆一般。但最难受的并不是这个，而是那份黏黏腻腻的感觉。

同行的科学家告诉我，这里年平均湿度为 79%，再加上空气中飘浮着高浓度的氯离子，难怪皮肤总是不爽利。

那次采访所住的旅馆，看上去十分整洁，但是水龙头和洗澡的花洒却锈迹斑斑。扳动水龙头还会发出铁锈摩擦产生的吱吱啦啦的声音，让人心里十分不痛快。后来一问科学家才知道，按照大气腐蚀的严酷程度分，这里为 C5+，属于腐蚀等级最高的级别。一个矗立在海边的镀锌钢防腐蚀铁塔，在我们国家的北方地区用 40 年都没问题，甚至都不用涂防腐蚀涂料，但在这种环境下，寿命却会大打折扣。

有一组数据显示，2014 年我国的腐蚀总成本超过了 2.1 万亿元，也就是说当年将近有 3.34% 的 GDP 被严酷的大气环境给腐蚀掉了。而这就是科学家登上这个边陲小岛的原因。

身居水泥森林的人可能会十分羡慕海岛生活，但真正到了这里才能体会生活的不易。那里的确在一次次涨潮后会有满地跑的螃蟹，也有渔民出海打捞回的鲜美海鲜可以享用。但是蔬菜缺乏、淡水奇缺，科学家一度要接天上的雨水过滤饮用，也有很多当地居民的脏器因此遭受不同程度的损害。更别说，科研队伍的人来自五湖四海，许多人对海洋环境几乎要重新适应。

采访临近结束时，记者对这个海岛的新鲜感也消失殆尽，正期盼着回家吃一顿地道的内陆美食。结果，预计有 12 级大风将登陆，航班被迫取消。

扛沙包、备吃食、把行李安放到高处、用毛巾倚住窗户缝……这是多少年我未曾见过的场景。台风登陆时，外面的椰子树摇摇摆摆，许多椰子、胳膊粗的树枝从树上坠落，在风中凌乱起舞。

没经历过台风的记者，会忍不住想冲到风雨中和台风来次亲密接触，但和风雨为伍的科学家思考的，却是如何守护住严酷自然环境中的人类文明……

▶ 从空间到海洋

讲述人：中国科学院宁波材料技术与工程研究所研究员　王立平

为了组建中国科学院海洋新材料与应用技术重点实验室，2015 年 8 月 3 日，我和家人从干燥少雨的西北重镇兰州出发，驱车前往温润潮湿的滨海城市宁波。

2400 公里路程，3 天时间，那一路，我的心里真是五味杂陈，有对未来工作的期待，也有对工作生活了 13 年的兰州的不舍。

5 日到达宁波时，材料所薛群基院士和老伴金老师已经买了很多菜、鸡蛋和牛奶在宿舍等我。自此，我对家的记忆在牛肉拉面的满足中，又增加了海鲜的鲜香。

过去十多年来，我一直从事空间抗磨与润滑薄膜材料及其航天航空应用的研究，彼时却要肩负起海洋新材料与应用研究的重担，挑战之大可想而知。在 2016 年跑遍几乎所有海洋材料或海洋装备研究院所的基础上，2017 年，我和团队的研究足迹开始沿着黄海、东海、南海、海南文昌、西沙永兴等沿海试验站和试验基地不断延伸。

我还记得，在四面环海的西沙小岛上，我们的研究设备曾遭遇过无数次暴风雨的洗礼。7 月份的中午，西沙小岛的温度超过 50℃，设备钢结构表面温度更是超过 80℃，我们的团队就是顶着这样的烈日，安装维护着各类试验设备与装备。黝黑的皮肤和满手的水疱就是团队科学奉献精神和探索求真的最大的价值体现。

团队两年多的努力也在这一年获得了回馈。我们攻克了一个又一个装备如何在海洋环境下延寿的技术难题，成功开发了一个又一个功能防护涂层体系，成果也不断得到同行和市场的认可。

我们经常开玩笑地说自己"不差钱"，因为我们的科研经费多是来自科技成果转化以及中国科学院各类项目的支持。

这一年，为了弥补实验室在自然环境试验场方面的严重不足，实验室通过与国家材料环境腐蚀野外科学观测研究平台、国家电网以及中国科学院南海海洋研究所等合作建立了文昌海洋大气试验站、相关海洋（南海）大气环境和土壤环境试验站。有了试验场所的支持，团队就更加有干劲儿，希望能够进一步为我国海洋工程建设、海洋资源开发、海疆安全保卫以及海洋经济的可持续发展提供重要的理论与技术支撑。

年终手记

挺 进 深 蓝

对很多人来说，大海是浪漫的。不管是壮丽的《泰坦尼克号》，还是凄美的《海上钢琴师》，无不在诉说着深海大洋迷人的魅力。

可对中国来说，大海又有着另一番滋味。西方列强曾用坚船利炮叩开了中国的大门，让近代中国蒙受了丧权辱国的屈辱。走向海洋，不仅是一种诗意的召唤，更是一种国家和平崛起的必需。随着蓝色逐渐渗透到中国社会经济发展的底色、中国建设海洋强国步伐的进一步加快，发展海洋科技，成为当务之急。

在一定程度上讲，海洋及临海区域的科学考察能力是国家综合实力的一种体现，只有这种能力得到突破，国家的科技创新能力才能得到提升，不断朝着建设世界科技强国的目标迈进。

建设海洋科技强国，是建设海洋强国的题中应有之义。当前，我国处于由大变强、民族复兴的关键历史时期，正在由陆权国家向海权和陆权并重的国家转变。挺进深海是历史发展的必然，也是建设海洋强国、实施"一带一路"倡议的迫切需求。

目前，虽然中国等国家已经到达了万米深海，但实际上人类对水深2000米以下的深海几乎一无所知，在海洋观测和气候研究方面，我们还任重道远。中国作为一个负责任的大国，更需要坚定方向，建设和发展强有力的海洋科技力量，带动海洋科技产业的发展，为人类认知海洋、保护海洋生态环境、和平利用海洋资源作出应有的贡献。

世界舞台 闪耀中国科技之光[*]

2017 年，世界科技舞台星光璀璨，各领域科技创新"你方唱罢我登场"，呈现喷涌之势，相关应用层出不穷，并纷纷进入国家经济发展主战场，推动着各国的国际竞争与合作。在这个舞台上，来自中国的科技之光熠熠生辉。

▶ 光伏农场看争锋

讲述人：《中国科学报》记者 冯丽妃

今年 8 月 28 日，美国阿肯色州北小石城与美宝莲—欧莱雅工厂相邻的光伏农场里，一排排太阳能阵列斜冲着阴云密布的天空，等待云开后好捕捉太阳的能量。

"这里有 3200 块太阳能板，是今年 3 月完成的首批工程项目。"光伏农场运营公司 Scenic Hill Solar 的一位小伙子介绍说。欧莱雅农场计划在工厂旁 8 英亩的土地上建 1.2 兆瓦的光伏发电场，它将成为阿肯色州第三大商用太阳能阵列和第四大该类项目。

令我激动的是这里的中国元素。

除了太阳能板来自中国外，农场里连接着输电桩的一组组"灰匣子"吸引了我的注意力，它们上面印着的商标道明了出处——中国华为。"这是华为在美国首次应用这样的逆变器。"小伙子说，正是得益于这批逆变器，欧莱雅农场首期产电量比合同预期高出 9%。

的确，身在异国时，与祖国相关联的每个事物都容易让人心生感慨。今年 8 月中旬到 9 月初，我和 7 名来自不同领域的中国朋友应邀参加美国国务院的国际

＊ 本文发表于《中国科学报》2017 年 12 月 28 日第 1 版（要闻）。

访问者领导项目，聚焦"美国可再生能源资源和相关可持续发展"问题。一路行来，一路感触。

事实上，中国已占据全球光伏发电领域的"半壁江山"。得益于技术创新和成本降低，我国多晶硅、硅片、电池、组件四个制造端主要生产环节产量连续位居全球首位，全球超过 60% 的太阳能电池板产自中国。而 2016 年高达 95% 在美出售的太阳能板系海外制造。美国国际贸易委员会（ITC）由此通过"201 法案"，采取关税、配额等措施限制进口以保护本国产业。

但许多美国机构和人士认为，限制进口是一种"双输"的策略。美国可再生能源最大州加州已与中国科技部及四川、江苏、河北等省确立了共建清洁能源的合作关系。"我们不希望本土的光伏生产商倒闭，更不希望我们自己倒闭。"佛罗里达州太阳能板集成、安装和维护公司 Solar Source 的一位负责人说。据悉，美国相关领域的工作岗位达 26 万之多。

随着相关补贴和红利接近尾声，我国光伏产业已进入关键转型期，面临与国内传统产业以及国际同行"分羹"的激烈竞争。备战未来，技术创新将是决定生死存亡的关键，期待我国光伏产业将世界照得更亮。

▶ 从"少年"到"青年"

讲述人：中国科学院紫金山天文台研究员　吴雪峰

今年 2 月和 9 月，我应邀分别到美国和澳大利亚的天文学会议上作报告。作为一名普通的科研人员，我深切感受到中国在天文学研究领域崛起的强劲脉搏。

我 2006 年到美国做博士后和访问学者，2011 年回国到中国科学院紫金山天文台工作，十余年来参加过不少国际会议。前后对比，十几年前，国际会议舞台的中央总是欧美科学家在介绍科学最前沿的进展。虽然中国学者也作报告，但却更像是学习者，与欧美科学家的交流像是"少年"和"成人"之间的对话。

现在，中国在国际天文学研究的世界舞台已经逐渐成长为"青年人"。随着国家对科研的重视和投入，中国有了一大批跟国际一流水平相当，甚至在某些指标、领域达到国际领先的设施与团队，我国天文学界的亮点工作越来越多。以前，我参加国际会议都是自己去报名，现在很多会议都是主办方邀请我去作特邀报告。

与物理、化学等基础科研在实验室主动操作不同，天文学研究一般只能被动接受太空中各种天体的信号。电磁波、引力波、宇宙线和中微子是传播宇宙天体信息的 4 种基本"信使"，是人类了解宇宙的窗口。现在，人类已经进入"多信使"天文学探测宇宙的时代，最重要的标志就是 2017 年首例双中子星并合引力波事件。当前，中国的天文大设备几乎全面覆盖了各个信使窗口。

例如，开展射电观测的有贵州"天眼"FAST 望远镜、上海天马望远镜，开展毫米波观测的有青海德令哈观测站，开展银河系巡天的有国家天文台兴隆观测站郭守敬望远镜（LAMOST），开展光学观测的有云南丽江高美古的 2.4 米望远镜，在太空开展 X 射线和 γ 射线观测的有"慧眼号"硬 X 射线调制望远镜以及"天宫二号"上的"天极"探测器（昵称"小蜜蜂"），开展宇宙线和暗物质粒子探测的有"悟空号"暗物质粒子探测卫星。中国天文学者利用这些设备在各自领域已经做出很多亮点成果。未来 5 至 10 年内，我国还将启动一批天文大设备，包括空间变源监测卫星 SVOM、空间 X 射线巡天望远镜爱因斯坦探针、空间太阳探测卫星先进天基太阳天文台，等等。我们甚至还在推动研发下一代的地面和空间设备，瞄准更长远的重大科学目标。这些天文大设备投入运行之后，将进一步带动我国天文学者探索未知宇宙。

▶ 做世界的"智囊"

讲述人：《中国科学报》记者　倪思洁

11 月中旬，我来到卡塔尔这个波斯湾南侧的神秘国度。因为靠近沙漠，远处形状各异的伊斯兰白色建筑被蒙上了薄薄的尘雾。卡塔尔首都多哈是个冬天只需要穿短袖的地方，今年的世界教育创新峰会就在这里召开。

"中国的人工智能发展得很快。"在"AI 和 VR：教育的下一步大跨越"分论坛上，主持人这样介绍。台上，两名来自中国的企业家和一名来自德国教育领域的专家用流利的英文探讨人工智能服务教育的理念与实践。台下，各种肤色的听众把会议室挤得满满当当，互动环节活跃得让主持人不得不严格控制每个人的讲话时间。

峰会上，中国教育领域的专家、企业家展示了中国教育的发展现状，他们用实践经验告诉世界，互联网和人工智能技术正在推动中国的共享教育，新技术可以让教育真正做到普惠推广，全世界应该携手共促教育的公平化。

以往，在参加国际会议时，每每听到"中国"，我都会竖起耳朵。这一次，我的耳朵在全程都是竖着的，因为无论是全体会议还是分论坛，无论是会议期间还是茶歇时段，"中国"已经成为高频词汇。

来自中国的身影和他们带来的新视角成为峰会上引人注目的亮点。中国，这个曾经几乎和卡塔尔一样神秘的东方国度，正在以更开放的态度贡献自己的智慧。

年终手记

奏响科技创新时代最强音

2017年，世界科技的舞台上，中国星光熠熠。

日前，英国《自然》期刊在全球十大科学人物年度榜单中介绍了中国科学家潘建伟。依托"墨子号"量子卫星，潘建伟团队在国际上首次实现星地量子密钥分发和量子隐形传态，并实现世界首次洲际量子通信——连通北京和维也纳的量子保密视频通话。

不止如此，这一年，中国在基础研究领域的突破也让世界瞩目。"悟空号"发现疑似暗物质踪迹，人工设计出酿酒酵母染色体，首次发现突破传统分类的新型费米子，成功研制世界上最亮的极紫外光源……这些成果表明我国基础研究已经从量的积累向质的飞跃过渡。而在世界知识产权组织等发布的《2017年全球创新指数》中，中国排名第22位，比前一年上升3位，折射出中国创新"含金量"的提升。正如中国科学院院长白春礼11月在暗物质探测卫星"悟空号"成果发布会上所说的那样："中国科学家已经从自然科学前沿重大发现和理论的学习者、继承者、围观者，逐渐走到了舞台中央。"

这一年，应用领域的创新不断夯实着中国力量。国产大型客机C919首飞，国产水下滑翔机下潜6329米刷新世界纪录，气象卫星"风云四号"拍摄的地球全景图给微信"换头像"……这些成果极大地增强了中国人的创新自信。高铁、支付宝、共享单车和网购等"新四大发明"让"歪果青年"津津乐道，也让中国人的时代自豪感从心底油然而生。

这一年，创新持续推动着中国企业的国际竞争力。阿里巴巴、腾讯、小米、华为等中国企业不断向上游发达国家主导的高端市场挺进，让世界各国看到了中国企业的技术实力。与此同时，更多的中国企业在切入海外市场，融入全球价值链参与全球竞争。

如今，中国，这个屹立在世界东方的经济增长极，正日益改变着世界科技创新的版图。但仍要看到，当前在很多科学领域，我国与发达国家仍有差距。面对国内发展转型与国际竞争的双重挑战，创新的意义超越以往任何时代。创新，没有任何国际套路可以照搬，它需要我们敢于尝试、大胆探索，也需要我们宽容失败、允许试错。

★ 后　　记

　　党的十九大是在我国全面建成小康社会决胜阶段召开的一次十分重要的大会，是党和国家政治生活中的一件大事。会议提出新时代中国特色社会主义思想，描绘了新时代的宏伟蓝图，让人无比振奋；会议就加快建设创新型国家、支撑构建现代化经济体系所提出的路径与战略，为未来我国以科技创新为引领的创新驱动发展指明了方向，让人无比期待。

　　十九大期间，中国科学报社充分发挥了科技媒体的优势和特点，调集精兵强将，前后联动、立体传播，全力做好盛会的宣传报道工作。以《中国科学报》为主要载体，融合科学网、新媒体、《科学新闻》、《医学科学报》等形成的媒体矩阵，全方位、多样式、大时间跨度、持续接力地报道十九大进程，聚焦科技创新成就、战略、举措及科技界的强烈反响，同时及时有力地传递了广大科技工作者的心声与期待。

　　为了增强十九大报道的传播力、感染力，我们精心设置议题，丰富报道手段，周密组织实施，陆续推出综述、专访、评论、案例、署名文章等系列报道、系列评论、系列专题，以鲜明的视角聚焦科技创新，以饱满的热情讴歌创新驱动的伟大时代。从2017年7月推出反映十八大以来我国科技创新成就的系列报道开始，到岁末推出的以反映记者、科研人员一年来主要"足迹"年终特稿系列"2017，我在现场"，仅在《中国科学报》完成的各类报道就达86篇、近20万字。

　　这本以"科技""创新"为特色和主要内容的报道作品集，侧重从相对微观的尺度记录、展示科技领域特别是科技国家队在国家飞速发展的背景下进行的新探索和取得的新成就，彰显了以习近平同志为核心的党中央坚定创新自信、不断砥砺奋进，广大科技工作者奋发有为、勇于探索，我国科技事业蓬勃发展、科技实力迅猛提升的喜人气象。

客观地看，我们的十九大策划及报道仍有一些突出的问题，这些作品在角度选择、主题把握、内容表现等方面也不是无可挑剔，在传播形式创新方面，我们也没有像有些媒体那样推出了一些广泛传播的"爆款"产品，这些都是我们需要深入总结和不断改进的地方。依然值得肯定的是，我们的报道团队、一线采编人员在此次报道任务中所体现出来的无怨无悔和百折不挠的精神，以及在承担诸如此类的重大报道任务时所展现出来的专业情怀与敬业精神。

本书编辑过程得到了郭道富副总编以及保婷婷、潘希、张林、肖洁、赵路、计红梅、闫洁、唐凤、张双虎、冯丽妃、郭爽、邓雅英等同事的帮助，书名由书法家方书华先生亲笔题写。同时感谢科学出版社相关同志的大力支持，在此向他们在图书编辑过程中付出的辛劳表示诚挚的谢意。

虽然是已经刊发作品的集结成册，本书依然难以保证没有纰漏，因此也希望广大读者特别是媒体同行在阅读本书的时候能够理解包容，同时不吝赐教。

2018 年是继续宣传报道十九大精神的重要一年，我们将一如既往地谋划、组织相关报道，持续深入地阐释十九大的战略构想、时代主题和深邃内涵，为创新型国家建设的伟大征程营造良好的舆论氛围。

陈　鹏

2018 年 1 月 17 日